MARRIAGE HUNTER YUI

# マリッジ・ハンター ユイ

TOMOHIDE

ともひで

風媒社

マリッジ・ハンター ユイ

目次

第1話　アオイと副島……5
第2話　ユイとルカ……33
第3話　マリナと阪田……41
第4話　メイ……79
第5話　祖母……99
第6話　リエと早瀬と福原……111
第7話　ルミ子……140
第8話　桂川……153
第9話　ヒロミと斉木……183
第10話　ユイと竹宮……217
第11話　アサヒとミナト……241
第12話　アサヒと安住……275
最終話　神様の万華鏡……302

# 第1話　アオイと副島

## 1

パキッ！

木の割れる音がした。小さな音であったが、人一倍繊細なルカの神経を刺激するには十分な音であった。

テーブルの角で、ユイと肩を寄せ合うようにして座っていたルカは、音のした方に目だけをむけた。大通りに面したガラス窓の下にしつらえられた棚の端に、それは置かれていた。

古びた西洋人形。

足を伸ばせば一メートル近くあるだろうか。一週間前、ユイに誘われて雑居ビルの三階にあるこの事務所を初めて訪れたとき、棚に並んだ数多くのガラス工芸品とともに、目を惹きつけられたのがその人形だった。ルカが人形の前にしゃがみ込み、じっと見つめているのに気が付いたユイがボソリとつぶやいた。

「おじいちゃんが、おばあちゃんに贈ったプレゼント」

どこか投げやりな口ぶりだった。

「アメリカ南部の古道具屋で買ったらしいんだけど。百年前に作られた一点物の人形だって話。その人形が海を渡って、おばあちゃんの手に届いた直後に、二人は別れたの。アメリカに女ができたらしいのね。貿易商というふれこみで、世界中を飛び回っていたらしいんだけど……。港、港に女がいて、というのを地でいくプレイボーイでさ。まぁ、要するにダンナや父親としてはサイテーのクズ男ね。世界各地で買い求めたものが、次から次へと送られてきてね、倉庫はいっぱいだった。それと通帳に残っていた相当な額になるお金にも手をつけないまま、おじいちゃんは着の身着のままで、惚れた女と逃避行——それっきり連絡を断ってしまった。おじいちゃんが残した物とお金のお陰で、おばあちゃんは何不自由なく暮らしていけたんだけどね……。でも、やっぱり捨てられた女の人生って惨めよね」

独り語りを続けるユイの横顔をルカはじっと見つめていたのだが、ユイはルカの顔を一度もみようとはせず、窓ガラスに向かって淡々と語った。淡々と語ることで、込み上げてくる思いを押し殺しているようでもあった。

「一度だけおばあちゃんから聞いたことがあるんだけど。離婚後に庭で焚き火をしたとき、おばあちゃんはその人形を炎の中に投げ入れようとしたって言うの。でも、結局できなかった。『悪いのはこの子じゃない。おじいちゃんなんだから』って言ってたけど。炎の中に投げ込もうとしたとき、おばあちゃんには人形が自分に思えたんじゃないのかな。人形に自分の味わった苦しみを味わわせたくない……。未練を断ち切るのって、難しいことなのよね」

プツン。

糸が切れるように言葉が途切れ、室内は静寂に包まれた。それっきりユイは窓ガラスを眺めたまま、口をつぐんでしまった。ルカはしゃがんだ姿勢を崩さずに、いつまでも人形の青い目を見つめ続けた。

「……ホント、ホレボレしちゃう！　どのアングルで、どう口角を上げれば、サイコーのイケメンに撮れるか、知り尽くしてる男の笑顔だわぁ～」

ユイの声にルカはハッと我に返った。ユイの視線は手にした一枚の写真に注がれていた。

十一月ともなれば、日没は早い。窓の外には夕闇が迫っていた。窓のブラインドは下ろされてない。事務所の照明は弱くして、テーブルに設置されたスタンドの灯りの輪の中に何枚かの写真と書類が広げられていた。

　ユイの手にした写真には、椅子の上に軽く腰を掛け、少し開き気味の両ひざの間で、ごく自然に手を重ねた好青年の上半身を中心に切り取ったモノだった。カメラに正対するのではなく、青年から向かってやや右斜め前方に構えられたカメラに顔を向け、視線を送っている。顔の輪郭はシャープであり、これ以上はないといった角度で上がった口角。頬にはキュートなえくぼさえ浮かんでいる。二重のパッチリとした目。前髪のラインに見え隠れする眉毛も、キリッとして凛々しい。若々しく清潔感に溢れた写真だった。

　その写真を顎でしゃくりながら、ユイはルカに言った。

「今週の土曜日にお見合いする副島《そえじま》純一さん。この人、いくつだと思う？」

　ルカは首をかしげた。そんなルカにはお構いなしにユイは話を続けた。

「ぱっと見、二十代後半と言っても通ると思うんだけど、私と同い年。三十八歳よ⁉　アラフォー。びっくりじゃない？」

　そう言いながら、ユイは写真をテーブルの上に無造作に投げ出し、代わりに二枚の書類を手に取った。一枚は副島さんの直筆のプロフィールシート。もう一枚はパソコンで印字された副島さん本人と家族全員の生年月日、学歴、職歴などが記してある釣り書きだ。

　ユイは書類に目を走らせながら、冷静な口調で話し出した。

「副島さんと父親は、共に最難関私大のW大学を出てる。母親と二人の妹も、全員この地域ではお嬢様大学の代表格として知られているS大学の卒業生。学歴では申し分なし。父親は地域一円の土地管理を請け負っている大手不動産会社の社長。いずれは会長職に退いて、長男である副島さんに社長職を譲ろうとしているの。今、彼は、父親と親交のある別の不動産会社の管理部に勤めているけど、年収は一八〇〇万とある。将来性、収入面という点でも非の打ち所のない男性ね。それでもって、こんな若々しいイケメンときてるんだから、よほど目の肥えた女性か、トンデモナイ高望みをしているバカ女でもない限り、見合いが成功しないわけがない……と思うの」

見合いの成功間違いなし、と太鼓判を押しておきながら、なぜかユイの表情は曇っていた。ルカはそれが気になって、理由を聞き出そうとしたのだが、思うように言葉が出てこなかった。

書類から目を離したユイは、ルカに顔を向けてこう切り出した。

「ルカがこの事務所にやってきた翌日、あなたも会ったよね。大学教授の娘さんで、ユーチューバーでもある高阪アオイさん。彼女のユーチューブを見せてもらったよね」

ルカもはっきりと覚えていた。大学教授の父親を持つエリート家庭で育ち、今は地元の女子高校で国語の先生をしていると言っていたアオイさん。笑顔を絶やさない可愛らしいお嬢さんで、確か自分より二つ年下の二十五歳だったように記憶している。

## 2

その日、アオイさんは見合い用の写真と釣り書きを持参して、この結婚相談所への入会を申請しに来たのだった。結婚相談所の所長であるユイは、既に信頼する筋からアオイさんのお世話をするよう依頼されていたから、彼女と直に会う必要はなかった。だが、彼女のたっての希望でユイと会って相談したいことがあるというので、この日、事務所で面談したのだった。

型通りの挨拶を交わした後、アオイさんは早速相談事を切り出した。

「見てほしいモノがあるんです。私、お見合いは初めてなものですから、相手の方にこれを見せることがいいことなのかどうなのか、判断がつかないんです。それで、一度見てもらって、ご意見をいただこうと思って……」

そう言いながらハンドバッグの中からスマホを取り出し、ユーチューブを見せてくれた。

はじまりは、よく似た顔立ちの二人の女性の笑顔が映っている。片方はアオイさんだった。顔をくっつけるようにして隣にいるのは、たぶん妹のアカリさんだろう。釣り書きに、アオイさんには妹が一人いて地元にある国立大学に在学中と記されていた。

ニコニコ顔の姉妹が、息をそろえて後方へダッシュ。振り向いたとき、その全身が映し出された。色違いのキャップからブーツまで同じブランドでそろえた完璧な山ガールスタイルだった。ただ一点、二人が肩に掛けているモノが普通ではないことを物語っていた。皮のベルトに吊るされた黒光りする猟銃だ。

そこに、白い布を巻き付けた二メートルほどの棒が差し出され、二人はその両端を握った。

「せーの！」

という姉妹の掛け声と共に、棒に巻き付けられていた布が垂れ下がった。その布にはこう書かれていた。

「美人姉妹、シカ狩りに挑戦！」

画面が切り替わり、猟銃を肩にかけた年配の男性五〜六人が先導していく後を、クマザサをかき分けながら、姉妹は追いかけていく。猟銃が重たそうだった。ずり落ちそうになる銃を何度もかつぎ直して、姉妹は次第に山の奥へと入っていく。そんな動画を見せながら、アオイさんは説明しはじめた。

「伯父が猟友会の会長をしている関係で、五年ほど前から狩猟の手ほどきをしてもらっていて。昨年、増えすぎたシカの駆除のためにシカ狩りに行くというので、連れて行ってもらったんです。初めての体験で、上手く仕留められるかどうか分からなかったんですが、せっかく実践に出向くのだから、記念にその様子をユーチューブにあげようということになったんです」

思いもよらぬ動画の登場に、ユイもルカも面食らった。垂れ幕に「美人姉妹」と堂々と記されていたところで、思わずユイは声を上げて笑いそうになり、慌てて口を押えた。伯父さんの手による墨書とはいえ、自称同然の「美人姉妹」という言葉に嘘はなかった。確かにアオイさん姉妹は美人だった。それでも、だ。「美人姉妹」という形容をアッケラカンと受け入れてしまえるアオイさん姉妹のおおらかさが、ユイは何とも言えずおかしかった。その性格から育ちの良さが透けて見えるような気がした。

そんな美人姉妹が揃ってワイルドなシカ狩りに興ずる様子がいかにもミスマッチであり、だからこそ意外性もあって、興味をそそられた。

だが一方で、アオイさんが相談にのってほしいという心配事も分からないではなかった。

害獣駆除という大義名分があるとはいえ、命ある生き物を殺す、殺生であることには変わりがない。いくら狩猟本能の強い男性でも、みんながみんなハンティング好きとは限らない。中には殺生に抵抗感、嫌悪感を抱く男性だっているだろう。見合いの席での話題作り、自己紹介のために見せた動画で、相手の男性にドン引きされては笑うに笑えない。

そのことに思い至ったとき、自称「美人姉妹」に笑い声を上げそうになったユイの表情が急に引き締まり、結婚相談所の所長らしい真剣そのものの表情へと変わっていった。

隣にいたルカは、というと、薄い唇を固く結び画面を見ているようでいて焦点が合ってはいなかった。そして、もうこの場にはいられない、とばかりに、そっと席を立ち、硬直した表情を浮かべたまま小声でユイにささやいた。ユイが小さくうなずくと、部屋の隅にあるキッチンへと向かった。間もなくして芳ばしい紅茶の香りがテーブルにまで漂ってきた。

ルカがお盆に紅茶の注がれたティーカップを載せてテーブルに戻ってきたとき、動画は手ブレの激しい荒々しい様子を映し出していた。その直後、何人かの男たちが猟銃を構えた先を、飛び跳ねるようにして、逃げていくシカの後ろ姿がとらえられていた。

重い猟銃をかかえて走ったせいで、息を弾ませたアオイさんがカメラ目線で早口で語りだした。

「五、六頭の群れだったでしょうか。シカと遭遇したのですが逃げられてしまいました。一回目のトライは失敗に終わったようです。う〜ん、残念……」

そこへ、横から体をぶつけるように割り込んできたアオイさんの妹がニカッと笑った後、

「ドンマイ！」

と叫んだ。姉妹は顔を見合わせ、興奮さめやらぬ表情で嬉しそうに笑っていた。だが、それも束《つか》の間だった。伯父から指示が出た。

「あの小高い丘の向こう側に別の群れがいる。子どもを連れた一〇頭以上の群れだ。すぐに移

動しよう」

姉妹の笑い声は断ち切られた。再びその場に緊張感が走ったのをはっきりと映し出していた。するとアオイさんが説明した。

「この後です。シカ狩りの場面が出てきます」

ユイはいずまいを正すようにして、スマホに顔を近付けた。そんなユイとは対照的にルカは再びお盆を手にしてキッチンの方へと歩いていった。ユイはルカにチラリと目をやったが、すぐにまた目は動画へと吸い寄せられていった。

「狙うのはボス鹿だ。迷うな。撃て！」

その直後に二発の銃声が轟いた。ほぼ同時だった。立派な角を生やしたシカが宙を舞った。高い鳴き声を上げて、猛然と駆け出した。

「はずしたか⁉」

伯父の漏らした声が録音されていた。

ボス鹿は姉妹の放った弾丸をよけたのだが、ちょうどその陰にいた短い角を生やしたシカの腹に命中していたのだ。動けなくなったシカの後ろ足の片方を持ち上げながら、伯父は声を張り上げた。

「二人ともやったな！　初めての猟で大したものだ！」

伯父からの賞賛に、姉妹は大喜び。嬌声を上げて抱き合い、何度もハイタッチを繰り返した。

画面は変わって、そのシカを中心に取り囲むようにして記念撮影をする場面になった。全員が満面の笑みを浮かべて写真に収まった。カシャ、という音が入り、画面はストップモーションになった。


「どうでしょうか？ 見せても構わないでしょうか？」

アオイさんはユイの目を真っ直ぐに見て、そう聞いてきた。声質に不安感がにじみ出ていたが、その反面、はっきりとした物言いに彼女の自信がのぞいているようにもユイには感じられた。間をとろうとしたのか、ユイはティーカップを手に取り、紅茶を口に含んだ。ダージリンティーの爽やかな味わいと香りがユイの心の揺れを鎮めてくれているようだった。つられるようにして、アオイさんもティーカップに口をつけた。そのタイミングで、ユイは口を開いた。

「アオイさんは、お見合いの席で、この動画を見せたいと思っているんですよね？」

すぐに返事があった。

「ええ。妹が上手に編集してくれたお陰で、配信したらびっくりするくらい大勢の方が見てくださったんです。見せれば、きっとお見合いの場は盛り上がると思っているんです……たぶん……」

ユイの心の揺れが収まった分、アオイさんの心の揺れを冷静に観察することができた。彼女の言葉が切れたのを見計らって、ユイは慎重に言葉を選びながら話し出した。

「見合いの場を盛り上げることが目的なんですか？ 自分の長所、チャームポイントをお相手に伝えることが目的なんじゃないですか？ この動画を見せて、お相手のハートをつかめると思えるのですね？」

アオイさんは伏し目がちになり、しばらくの間考え込んだ。必死になって自分の心の中を探っているようだった。それから目を上げるときっぱりと応えた。

「ハイ。この動画で表現されている私を気に入ってくれる男性を望みます」

ユイはまばたきを忘れたように、アオイさんの目を見返した。そして、ニッコリと微笑むとこう告げた。

「わかりました。数日お時間をください。あなたに気に入ってもらえるお相手を紹介します。連絡しますから待っていてください」

その言葉にアオイさんは心底安心したようだった。緊張がほぐれ、パッと彼女本来の明るい笑顔が広がった。

「よろしくお願いします。また何かあったら相談にのってください。頼りにしています」

そう言うと、アオイさんはユイにペコリと頭を下げた。

# 3

ユイはすぐに動き出した。アオイさんの見合い相手に白羽の矢を立てたのは、あのハイスペックなイケメン、副島さんだった。彼からは会員に登録して以後、既に催促のメールが二度送りつけられていた。せっかちなタイプなのだろう。だから、写真と釣り書きを付けてアオイさんを紹介すると、待ってましたとばかりに返事が届いた。二十代で美人の家柄の良いお嬢さんを、という副島さんの要望にぴったりと当てはまる。文句の出るはずがない。是非見合いしたいとの返事だった。

アオイさんにしても同じような反応で、連絡するやいなやＯＫの返事だった。予想していたことではあったが、ただ一点、三十八歳という年齢が気になるようであった。二十五歳のお嬢さんにアラフォー男だ。気になっても不思議ではない。だからといって、迷っている雰囲気はまるでなかった。

「こんなイケメンで、学歴、家柄も申し分なくて。きっと性格も素敵な方なんでしょうね。お見合いの日が待ち遠しいです」

と言い、副島さんへの期待で胸が高鳴っているようだった。

トントン拍子で話は進んでいった。見合いの場所は、テーブルの間隔があいていて、隣席の会話が気にならない市内の大型ホテルのラウンジを提案した。ユイの結婚相談所がよく利用する会場だ。

どこからどうみても美男美女のカップルだ。上手くいかないはずがない。ユイはそう思い込もうとしていた。今は余計なことを考えずに、前向きな二人の勢いに乗って、見合いに至るまでの手順をテキパキとこなしていこうと心に決めていた。

そして、見合いをいよいよ翌日に控えた夕方、ルカと事務所で語り合っていたのだ。特に何かをルカに相談したいというわけではなかった。それでも、胸の中にあるひっかかりを誰かに吐露したいとの思いが強まっていた。その相手がたまたま傍にいたルカだったというに過ぎなかった。ルカは婚活の仕事に関わるようになって、まだ一週間だ。そんなルカが、ユイに意見を言えるはずがなかった。それが良かった。今は他人から意見されたい気分ではなかった。

「副島さんが持ってきたこの三枚の写真をもう一度見て。ルカにはどう見える？」

と、ユイは三枚の写真をルカの前に差し出した。何度か見せてもらった写真だが、改めて眺めても、感想は変わらなかった。ルカは写真を手に取ろうともせず、あっさりと応えた。

「どれもイケメンぶりが、これでもかというぐらいに写し出されてます。ファッション雑誌にでも載っているような写真ばかりです。気分が引いちゃうくらい……完璧に思えます」

その言葉を聞いてユイの目がキラリと光った。

「そう！　完璧なのよ。カメラマンの腕じゃなくて、被写体としての副島さんは完璧なのよ。自分のイケメンぶりに自信満々。この目つきといい、口元に浮かべた笑みといい、見てくれの美しさに何の疑いも持っていない。……そこがひっかかるのよ。腰かけた写真、立ち姿の写真。そして、これ。得意なテニスで、バックハンドを決めた瞬間の写真。こんな動きのある写真にも、前の二枚と同じ目つきと口元の微笑が写ってる。三枚ともみんな一緒。でもさ、そんなことってある？　不自然じゃない？」

ユイは胸の中のひっかかりを洗いざらいぶちまけようとしていた。まだ言いたりないといった顔つきで、言葉を探しているユイに向かって、ルカは不審そうにこう聞いた。

「アオイさんに副島さんを紹介したこと、ユイさんは後悔しているんですか？」

すると、すぐにユイは首を横に振った。

「全然。文句なしの美男美女カップル、互いに求めているものを全て満たしている組み合わせだもの、二人の見合いに迷いなんてないわ」

よどみなく言い放ったユイの言葉に嘘はなかった。それだけにいっそうルカの表情に浮かんだ不審の影は濃くなった。何と言えばいいのかよくわからずに、口ごもってしまったルカの顔を見て、ユイは薄笑いを浮かべてこう言葉を継ぎ足した。

「結婚相談所の所長として、この二人を会わせるのは当然のこと。上手くすれば、短期間で成婚までこぎ着けられるかもしれない。所長として、今なすべきことは、二人の背中を押してあげること。ブレーキをかける必要なんてどこにもないわ。……でもね、所長であると同時に、私だって一人の女、しかも、独身のね。アオイさんの立場に立って、副島さんという男性を結婚相手として、信頼して人生を共に歩むパートナーとして、どうなのかと考えた場合、何だかひっかかるものがある。それだけの話。結婚相談所の使命は、恋愛の手助けをすることじゃない。成婚への手助けをすること。それ以外のことは当事者の問題だし、当事者で解決してもらうしかない。困り果てて意見を求められれば応えてあげるわ。もちろん有料でね。だけど、それ以外のことはしない。してはダメだと思っている。……わかる？」

そう言い終えると、ユイはルカの目をじっと見つめた。一瞬目と目が合ったが、すぐにルカの目はあらぬ方向へと漂っていった。

そのとき、また、
パキッ！

と、木の割れる音がした。ルカはとっさにその音がした方へと首を曲げた。ユイの祖父が祖母に贈った最後のプレゼントの人形。さっき見たときよりも、浮遊感が強く感じられた。棚に収納されているのではなく、浮いている感じ。

ユイの耳には、あの音がホントに届いていないのだろうか？　と、ルカは再び目をユイの方へと転じたのだが、ユイはもの憂げそうにテーブルに頬杖を突き、すっかり夜の闇が濃くなった窓の外を眺めていた。ルカは確かめたかったが、どうしても声にならなかった。

ユイの視界にはルカはなかった。外に広がる闇はユイの心につながっていた。その心の中にポツリと雨垂れが落ち、波紋が広がるようにして言葉になっていった。

見合いの結果は、神のみぞ知る……と。

## 4

ルカは事務所の隅にある小さなキッチンの前に立った。紅茶の並ぶ棚のダージリンの缶に伸ばしかけた手が止まった。

アオイさんを癒すのにはダージリンの優しい香りと味わいが最適だ、といったんは思ったのだが、気が変わった。なんてったってあの人はハンターだ。気つけ薬にガツンといっちゃおう……と思い直し、その隣に並んだアッサムの缶を手にとった。

ルカは手際よく紅茶を淹《い》れると、ミルクとお茶うけのビスケットを添えて二人が座っているテーブルへと向かった。アオイさんの前に差し出すと、彼女は黙って小さくお辞儀をした。

昨日、副島さんとの見合いを終えた夜に、アオイさんから事務所に連絡が入った。見合いの結果なら、電話かメールですむ。だが、彼女は明日会って話を聞いてほしいとのことだった。連絡を受けたユイの雰囲気から、ルカもそれが吉報ではないことはすぐに分かった。しかも、直に会って話をしたいと言われたときの電話口の気配から、ただごとではないこともひしひしと伝わってきた。見合いの席で何かがあったとしか思えない。

電話を切ったユイに、ルカが
「荒れ模様ですね」

と言うと、ユイは表情一つ変えずにルカに告げた。

「明日、あなたも同席するのよ。勉強になるから」

それだけ言うと、ユイは口をつぐんでしまった。

「勉強」——ユイが使ったその言葉に、ルカは苦しみを覚えた。勉強して何かプラスになるならいいけれど、果たしてどうなのだろう……？　ルカはユイに背を向けて、小さくため息をついた。

アオイさんはルカの淹れたアッサムティーを一口飲み、おいしい、とつぶやいた。それから意を決したように口を開いた。

「挨拶の後、いよいよ自己アピールの場になって。ドキドキしながら、あの動画を副島さんにお見せしたんです。驚いていました。私から受けたイメージとのギャップがそうしたのでしょうけど、身を乗り出すようにして興味津々で見てくれたんです。説明をしながら、内心でいいぞ、この調子なら上手くいく……と思いました。ところが……」

アオイさんは言葉を切った。ユイは表情を変えずに次の言葉を待っていた。一方でルカは、フリーズしてしまったアオイさんの顔をまじまじと見つめ続けた。アオイさんは一点を見つめたまま、再び話しはじめた。

「獲物のシカを中心にして記念撮影をした場面で、それまで相づちを打つばかりだった副島さんが突然喋りだしたんです。シカは基本おとなしくて臆病で人間に襲い掛かったりしない。その点、イノシシは怖いよ、とかなんとか言いながら、ポケットからスマホを出して、写真を私に見せてくれたんです。すごく大きなイノシシの死骸の前に猟銃を持って片膝をついた格好で座っているおじさんの写真でした。

ボクの大学の同級生だ、と言うんです。年齢以上に老けて見える方でしたが、同級生という言葉にはびっくりでした。そのとき改めて彼の年齢を実感して複雑な気分になりました」

アオイさんはやっぱり副島さんの三十八歳という年齢にこだわっていたんだ……と、ルカは思ったのだが、話は年齢についてではなかった。

「その友人は山奥で一軒家のジビエ専門のレストランを開業されているそうです。仲が良くて何度も行っているが特にイノシシ鍋が絶品で病みつきになるよ、と副島さんは嬉しそうに話してました。副島さんが話しはじめた時は、私と同じように狩猟をする方が彼の友人にいるなんて奇遇だなぁ、私の話を広げてくださってるんだなぁ、と単純に思って話を聞いていたんですが、だんだんと何か変だな、という気持ちになっていったんです」

アオイさんの眉根にしわが寄った。そして再び話しはじめた。

「副島さんが、写真の大きなイノシシを狩った時の大変さについて語り出したんです。そのイノシシを狩ったのは友人であって、彼じゃないんです。あくまでも友人から聞いた話なんです。それなのに、さも自分が決死の覚悟で狩りに行き、その大きなイノシシを仕留めたかのように話して……。私にはもう何が何やらわけが分からなくなりました」

アオイさんの言葉からは、怒りなのか悲しみなのかわからない複雑な感情が感じられた。

短い沈黙の後、考え込むように額に手をおいていたユイが、

「アオイさんの見せた動画の何が彼の心に火を着けたんだと思います?」

と聞くと、アオイさんは頬を紅潮させながら即答した。

「シカ狩りなんて大したことない。それぐらいのことで僕には勝てないよ、ということでしょうか？」

ユイは片方の眉だけをピクリとあげながら
「さすがですね」

と言った。

すると、目を大きく見開いたアオイさんは彼女らしくない、怒気をはらんだ声でこう言った。

「そんなマウントの取り方ってあります⁉ 自分が経験したわけでもないのに、危険なイノシシ狩りを自慢して、結果的に私のシカ狩りの価値を下げようとするなんて……信じられない！」

「負けず嫌いというか……。自分の話題で盛り上がらないと我慢がならない。たとえその場が見合いの席であったとしても。要するに自分のことが大好きな男性なのかもしれませんね。彼だけじゃなく、ハイスペックな男性には多いかもしれませんね」

ユイの言葉に激しさはなく、あくまでも淡々とした口調だった。そして、結婚相談所の所長として肝心なことを確かめるべくアオイさんに聞いた。

「それで副島さんとお見合いをして、どうでした？ 率直な気持ちを聞かせてください」

そう問われても、アオイさんはすぐには答えられなかった。先ほどの口調が嘘だったように、ボソボソと喋り出したのは、しばらくたってからだった。

「イノシシ狩りの話を終えてからも、副島さんがずっと喋っていました。いろいろお話は出たのですが、正直言ってあまり思い出せないんです。動画を見せた後の思いも寄らなかった彼の反応に気をとられてしまい、そのことばかりを考えて、彼からの問いかけにはうわの空で答えていました。副島さんの反応は、たまたまだったのかもしれません。深く考えない方が、賢明なようにも思います。でも……、もし、これからお付き合いするようになり、さらには結婚の話にまで進んだとき、同じようなことが繰り返されるのではないか? 私がどんなに話を聞いてもらいたくても、結局は自分の話へと持っていかれてしまうんじゃないか? いつも彼が主役で、その話に上手く合わせられる人ならば、誰でもいいんじゃないか」

そのとき、アオイさんの言葉がつまった。

「つまり……彼にとって大事なのは自分で、私は彼には愛してもらえないんじゃないか、と考えてしまい落ち込みました。私は意思のある一人の人間であって、人形じゃないんです」

「人形」という言葉が飛び出てきたとき、無意識にルカの目は人形へと吸い寄せられた。

その瞬間、パキッ! という木の割れる音がルカの鼓膜を突いた。

(人形は何を伝えようとしているんだろう……?)

いくら考えてもルカには人形からのメッセージを理解することはできなかった。

「お見合いを終えて帰宅してからも、そのことがどうしても頭を離れませんでした。考えすぎでしょうか？　収入や将来性、家柄は、結婚相手としては最高ですし、もちろんイケメンであることも捨てがたい魅力です。そんな副島さんとの出会いを無にするのは、もったいない気もします。

……でも、もし愛してもらえなかったら……。私のわがままなんでしょうか？」

ルカはいたたまれなさを覚えた。苦しんでいるアオイさんを助けてやってほしい、と思いユイに視線を送った。アオイさんを正面から見すえながら、ユイは表情を崩そうとはしなかった。

「苦しいお見合いになっちゃったのね。……わかりました。私の方から彼にはお断りの連絡をします。多分今日中に彼からも連絡があると思いますので、その時に事情を説明しておきます。後は私に任せておいてください」

その口調に曖昧さはまるでなかった。ユイの言葉を聞いて、アオイさんのこわばった表情がゆるんだように見えたが、それでもまだ不安そうな様子がうかがえた。それを察知したユイはさらにこう続けた。

「お相手は副島さんで終わりではありません。今回の経験を踏まえてあなたにあった男性を、次こそご紹介したいと思っていますので、楽しみに待っていてくださいね」

そう告げるとアオイさんは精一杯の笑顔を見せて、

「はい、楽しみにしています。よろしくお願いします」

と言って、深々と頭を下げた。

## 5

アオイさんが帰ってからしばらくして、ユイの「予言」通りに副島さんから電話があった。何事もなかったかのように、平然とユイは彼からの見合いの報告に耳を傾けていた。

「ハイ。ハイ。ああ、そうですか……」

ユイの表情に、このときもいっさい変化はなかった。そっけないユイの対応ぶりに、逆にルカは緊張を覚えた。副島さんの声はルカの耳には届いていなかったが、ユイの対応から彼はすぐにでも結婚を前提にお付き合いに進みたい、と考えていることが分かった。

副島さんの話が終わったタイミングを見計らって、ユイはアオイさんの意向を伝えた。事務連絡――まさにそんな口調だった。ユイの簡単な説明が終わると、少しのあいだ、奇妙な間があいた。彼はどうやら絶句しているらしい。

ルカは笑みがこぼれるのを抑えられなかった。もちろん声には出さなかったが、心の中で呟いていた。

（自業自得……。イケメンでハイスペックな男は、どうしたって自己チューになりがち。じゃなきゃ、お見合いの席であんなマウントの取り方はしない。どれほどアオイさんが傷ついたか彼は気づきもしない。だから、のうのうと、本交際したい、なんて言えるのだ。大どんでん返しに思いっきり絶句すればいい。でも、なぜそうなったのか多分理解できないだろうな……。これから彼はどう出てくるんだろう？）

そこまで考えて、ルカはワクワクするような高揚感を覚えた。好奇心の塊――そんな気分を味わっていることが、ルカ自身驚きだった。人への好奇心なんかとは、無縁に生きてきた二十七年間の人生だった。

「……ええ、ええ。全くもって同感です。副島様のように素敵な方をお断りしてくるなんて、私も想定しておりませんでした。……ハイ、ハイ。そうですね。心外だとお怒りになる気持ちはよく分かります……」

ユイが相手をなだめようとしているような言葉を耳にして、ルカは目を丸くした。予想を遥かに超える副島さんの反応が驚きだった。モテる男としてのプライドを隠そうともせず、見合いの不成立に、怒りを剝き出しにしているらしい副島さんという男性に、理解を超える未知との遭遇を果たしたような気分を味わっていた。

それと、相手の気持ちを汲もうとするその言葉とは裏腹に、どこまでもクールなユイの声質と表情が、改めてルカには新鮮だった。くどくどと怒りをぶちまける副島さんの訴えに、ユイはうんざりするそぶりも見せず、根気よく静かに耳を傾け続けた。今は相手の毒を吐き切らせるとき。それ以外のことは一切無駄。毒を吐き切って、初めて次のステップに進めることをユイは経験から学んでいた。

さすが結婚相談所の所長だと感心しつつも、果たして落としどころをどうするのか？ルカはその成り行きを注視した。

「見合いはせいぜい二時間程度です。それ以上長く続けても、お話が進展するようなことはまずありません。わずか二時間の会話で、お互いを深く理解し合うこともまず不可能です。互いを気に入るか、入らないか、それを決めるのはご縁だとしか言いようがありません。副島さんがどれほど素晴らしい男性であっても、人生の伴侶として絶対に選ばれるかと言えば、残念ながらそうとは限りません。ご縁がなければ話がまとまることはありません。ご縁に恵まれるときを待ちましょう。副島さんほどの素敵な男性です。きっと副島さんにふさわしい女性との出会いがあるに違いありません。私も副島さんにふさわしい女性をご紹介できるよう、尽力してまいります。ご紹介したい女性が現れたときには、多少なりともアドバイスさせていただきたいと考えております。どうでしょうか？ご理解いただけたでしょうか？」

立て板に水、ではなく小川が絶え間なくさらさらと流れるような口調でユイは語った。

毒を吐き切っただけに、ユイの言葉は彼の耳に抵抗なく流れ込んでいったのだろう。その後のユイの対応から、彼との会話は、今後の婚活をどうしていくのかという次へのステップへと自然に進んでいったようにルカには感じられた。その間、およそ一時間。コミュ力、人間力、そんな世間一般でよく話題になる能力の実例を、目の当たりにしたようにルカには思われた。

（そんなの、どっちも、私には全然……）

と、自己嫌悪に陥りかけたとき、副島さんからの電話が切れた。

「紅茶、淹れましょうか？」

と、ルカはユイをねぎらうつもりで声をかけた。ユイの顔に微笑が浮かんだ。

「そうね。あなたお得意のルカブレンドをお願い。いつもより濃いめにね。あなたの淹れる紅茶は格別なのよね。魔法でもかけてる？」

と、あながち冗談でもない口ぶりでユイは聞いてきた。こくん、とうなずいて、ルカはキッチンへと向かった。茶葉をブレンドしていると、ルカの心の中に、ある思いが広がっていった。

（私にはコミュ力や人間力はないけど、おいしい紅茶なら淹れられる……）

少しだけ救われたような気分になった。そんな気分を噛みしめていたとき、ユイから思いも寄らぬ言葉を浴びせられた。

「ルカ。あなた、ずいぶんとアオイさんに肩入れしてたようだけど、それってどうなの？　もう少し冷静に彼女のことを観察した方がいいんじゃない？」

ルカの手が止まった。

「あの人には悪いけど、動画を見合いの席に持ち込んで、お相手がそれを望んだ通りに評価しなかったからといって、あんなにも落ち込んだり、怒ったり……。ちょっと過剰反応なんじゃないかしら？　副島さんのマウントのとり方もいただけないけどさ。彼女の思い込みも相当なレベルで、自分大好きという点では、アオイさんも副島さんも同類よ」

いきなり頭上から冷水をぶっかけられたような衝撃をルカは覚えた。ユイの冷ややかな言葉は続いた。

「お似合いの二人だと思ったのは私のミスで、単に似た者同士だったのかもしれないわね」

ユイの言葉と同時に、あの人形がたてた木の割れる音が幻聴のようによみがえってきた。

（警告……。このことへの警告だったの？　この人形には、二人がうまくいかないことが分かっていたの？）

思い出したように茶葉のブレンドを再開したルカだったが、考えの焦点は結ばれなかった。

その空白をつくようにして、ユイと初めて出会った日のことが思い出されてきた。

# 第2話　ユイとルカ

その日、ルカはこの結婚相談所が入っている雑居ビルの一階にある花屋にいた。白菊を中心に供花を選んでいた。花屋でアルバイトをしたことがあったものだから、自分で手際よく花を選びとっていった。

墓はこの雑居ビルから歩いていっても、二十分ばかりのところにある小さな寺にあった。墓には両親が眠っていた。だが、ルカに両親の記憶はない。彼女が赤ちゃんだった頃、家が火事になり、ルカだけが奇跡的に救出され、両親は焼死した。放火だった。犯人はまだ捕まっていない。

全焼した家から発見された焼け焦げた二枚の写真だけが、両親を知る手がかりだった。一枚は自宅前で母親に抱かれたルカと寄り添って立つ両親の写真。そして、もう一枚は両親の結婚式の写真だ。ルカが物心ついた頃に見たその二枚の写真は、既に色あせていた。両親の記憶のないルカには、そのぼやけた両親の顔は、両親の存在と血のつながりをいっそう希薄に感じさせた。

放火事件が起きたときには、祖父母はすでになく、付き合いのある親戚もいなかった。ルカを養子にもらい受けてくれる人はいなかった。ルカは養護施設に十八歳までいた。高校を卒業すると、会計事務所に就職したが、長続きしなかった。誰とも親密に付き合うことができない、陰気な子というレッテルが貼られ、職場で浮いた存在になった。退職したいと申し出ても、誰からも引きとめられることすらなかった。

ルカの心には、幼いころから癒しがたい寂しさが巣食っていた。当たり前になってしまった寂しさが、周囲の人々との交流を阻害し、結果としてルカには居場所がなくなり、流れていくしかなかった。その繰り返しだった。

この日は両親の命日で、墓参りに向かう途中、寄り道をしたせいでたまたま通りかかった花屋が目に留まり、立ち寄ったまでのことだった。

手にした花を確認していたとき、店の影から姿を現した女性と目が合った。

白いブラウスに黒のストライプスーツを身にまとった姿から、いかにもデキる女性を連想させた。ユイだった。ユイはルカの手にしていた花に目を留めた。ルカはなんとなく軽く会釈した。ユイも会釈を返してきた。それから、ユイはルカの方へ近寄っていった。

「お墓参り？」

　透明感のある声だった。

「ハイ、死んだ両親の……」

と言いかけて、言葉を飲み込んだ。初対面の人に言うべき話ではなかった。ユイは真剣な眼差しをルカに向けてきた。何を考えているのか、分からない眼差し。でも、その眼差しにはあきらかに意図のあることを感じさせる強さがあった。

（こんな眼差しで、私のことを見つめてくる人とは出会ったことがない……）

ルカは何かを言わねばならないと思いつつも、気持ちが空回りするばかりで言葉が出てこなかった。すると、思ってもいなかった言葉がユイの口から飛び出した。

「もし良かったら、墓参りの後で、ウチに寄ってくれない？　このビルの三階に私の事務所があるの」

　透明感のある声。しかも、ひきつけられる不思議な響きのある声だった。ユイは慣れた手つきで名刺を差し出した。

ユイ・マリアージュ・オフィス

所長　神宮院　結

名刺には、そう記されていた。

結婚――自分のような人間には無縁な、最も遠くにある人と人との愛情に基ずく結びつき。憧れさえ起きなかったが、そんな男女の出会いを仕事とする結婚相談所にルカの興味はかきたてられた。

不思議な感覚がルカの体を突き抜けていた。何の記憶もない赤の他人も同然の両親の墓参りよりも、ユイの誘いに乗って、彼女の事務所を訪れることの方が重要だ、とルカには思われた。そして、墓参りもそこそこに本当にルカはユイの事務所を訪れていた。


大きく切りとられた窓ガラスから差し込む日差しで、事務所の中は明るかった。窓際にしつらえられた二段の棚には、ガラス製の工芸品がズラリと並んでいた。シックな美しさをたたえたアンティークな品々であった。その中の幾つかのガラス器は釣り糸のようなもので固定されていた。地震が起きても、転倒しないようにするためだろう。

(……ということは、由緒あるアンティークで、高額なのだろうか?)

そんなことを考えながらも、ガラス工芸品以上に気になっていたのが、棚の最も奥まった場所に座っていた西洋人形だった。これといった理由はなかったが、ルカは人形が怖かった。ただの作り物で、人間の形をしているけれども、中身は空っぽで魂なんかない、と頭では分かっていても、魂の存在を否定しきれなかった。青い目は正面を向いていたが、実は、自分のことをちゃんと見ている……。そんな表現は適切ではないが、ある種の呪いをかけられている気分に襲われた。

にもかかわらず、ルカは人形から目が離せなくなった。魅入られてしまったのだろうか？人形の前にしゃがみこみ、青い目をのぞきこんだ。頭の上からユイの言葉が降ってきた。人形にまつわる祖父母の物語。物語が終わっても、ルカは青い目を見続けていた。どれくらい経っただろうか、椅子に座るよう促された。

ルカが椅子に座るのを見届けてから、ユイが真面目な顔つきで、改めてこう言った。

「『ユイ・マリアージュ・オフィス』にようこそ。よく来てくださったわね。……必ず来てくれるって、思ってたけど。」

透明感のある声、そして、片眉をピクリと上げると、いたずらっ子のような表情を浮かべた。

（呪いは人形じゃなくて、この人がかけていたんだ……）

ルカは心の中でつぶやいた。でも、怖くはなかった。

（この人なら、たとえ魔女であっても、呪いをかけられたっていいかも）

そんな風に考えた。

再び真顔になったユイが問いかけてきた。

「さっき両親のお墓って言ってたけど……」

やっぱりユイは魔女で、ルカは呪いをかけられ、すっかり警戒心を解かれてしまったようだ。

二十七年前に、両親は焼死してしまったこと。その後のことを聞かれるでもなく、あらいざらい語ってしまった。なぜか、今日初めて会ったばかりなのにこの人には、自分のことを全て知ってほしいと願っていた。閉ざしていた心をオープンにする解放感を、ルカは生まれて初めて味わったような気がした。

ルカの語る生い立ちを、ユイは柔和な表情を浮かべて聞いていた。その表情に、そしてユイの全身から出る空気感に、ルカは包み込まれるような感覚を覚えた。

一通り語り終え、束の間の沈黙が訪れたとき、ユイはバッグから二本のペットボトルを取り出した。

「悪いけど、今日気になっていた会員の方の結婚話をまとめたところで、疲れてるの。お茶を淹れる気力もなくて、これで許してね。あなた、ミルクティーでいい？ 私はストレートティーをもらうわね」

そう言うと、ミルクティーのペットボトルをルカに差し出した。

「ご両親が眠ってるお寺って栄勝寺よね？ 偶然だけど、そこに私の祖母と父親も眠ってるの」

ユイの目はルカの顔から離れ、窓の外へと向けられた。

「ウチの家系……男運がないのよね。祖父は放浪癖のあるロクデナシ。父親は私が子どものときに蒸発。大きくなってから母から聞いたんだけど、いなくなってから半年後、日本海で浮いてたのを発見されたんだって……。私も……父親に抱き締められた記憶がない。写真の中に残っている父親の姿だけが全てなの。祖母といい、母といい、どうしてそんな男ばっかりに捕まっちゃったんだろうね。因果応報っていうけど、私もごたぶんに漏れず……男運に恵まれないのよね」

最後は消え入るような声で、自嘲気味の薄笑いを浮かべて語った。

（男運に恵まれないのに、結婚相談所を経営しているのか？　それとも、男運に恵まれないから、なのか？　何のために、何を目的にして、ユイさんはこの仕事をしているんだろう……？）

ルカがあれこれ想像をたくましくしかけたとき、ユイはいきなり切り出した。

「ウチで、私の助手として働いてみない？」

ルカは慌てた。心の中で漠然と願っていたことをユイが言葉にしたからだった。

ルカは返事ができず、その代わりに大きく首を縦に振った。

ユイはその様子に目を細め、フフフッ、と含み笑いをした。

ルカは心の中でずっと溜め込んでいたものを大きく吐き出した後で、一つの思いが胸の中いっぱいに広がっていくのをはっきりと感じていた。その思いとは——

（二十七年間、居場所が見つからず、あてどなく流れてきて、とうとうたどり着くべき人にたどりつけた。心の奥底に溜まってしまった寂しさから解放される日がやってくるのかもしれない……）

ユイはペットボトルのキャップをはずし、持ち上げた。ルカもその真似をした。テーブルの中央で、二本のペットボトルが軽く触れ合い、二人の口から同じ言葉が漏れた。


カンパーイ!!

# 第3話　マリナと阪田

## 1

ルカは事務所内の掃除をする手を止め、窓からのぞく空を眺めた。午前中は快晴だったのに、今はいつ降り出してもおかしくない、どんよりとした曇り空だった。

（結婚相談所の上空の天気は変わりやすいのかしら？……でも、ユイさんは全天候型。猫の目のように変化する天気に対応して、今も奔走している。誰もが望んでいる快晴の空を探して……）

そんなことをとめどなく考えていたとき、突然事務所の電話が鳴った。ユイからだった。遅くなるから、適当な時間で事務所を閉めて、帰っていいとの連絡だった。ルカの心に黒雲が湧いた。

（きっとこみいった事情のある依頼者なんだろう）

と、ルカは想像した。気持ちが塞がりそうになった瞬間、
　プツッ！

という音がルカの鼓膜を打った。これまでの経験から、何か異音が聞こえたときには、棚を見ることにしていた。すると、音の正体がすぐに知れた。上段の棚に置かれていたアンティークなガラス製ランプ。三方に糸が伸びて、床面に固定されていたのだが、その一本が切れたのだ。

　そのとき、キノコの傘を模して作られたランプフードの一つが、ぼんやりと青い光を放ったように見えた。電源は入っていない。発光することなどありえない。目をこすってから、もう一度ランプを見直したら、光ってはいなかった。

（何かの予兆なの？）

ルカはしばらくの間ランプの前から離れられなくなった。


　翌朝、ルカが事務所にやってきて、鍵を開けようとすると、鍵はかかっていなかった。そっとドアを開け、中に入ると、既にユイが出勤していた。テーブルの上に資料を広げ、考え込んでいた。まだ九時前だ。こんな時刻にユイが出勤してくるなんて珍しい。

「おはようございます。今朝は早いですね？」

と、ルカが聞くと、ユイは資料から目を離さずにどこか物憂げに答えた。

「何故か、早くに目が覚めちゃって……。この二人だったら趣味も同じだし、うまくいくと思うんだけど……うーん、どうかなぁ……」

ルカに言うというよりは独り言のような口調だった。


もう十二月。ルカがこの事務所で働くようになって、三ヶ月近くが経とうとしていた。この間に、ルカは彼女なりにユイとの対話のコツをつかんでいた。ユイの淹れる紅茶が、対話の潤滑剤だった。ユイの独り言に即応するのではなく、まずは紅茶を淹れる。ユイが絶賛する「ルカブレンド」だ。そこがスタートラインだった。

紅茶をユイの前に差し出す。今日のお茶請けはラスクだった。

「アリガト」

と小声でつぶやき、ユイは早速ティーカップに口をつけた。ふーっ、と一息つき、顔を上げたユイの表情には、疲労が濃い影を落としていた。

ユイの向かい側に座り、ルカも紅茶を飲みながら、さりげなく聞いた。

「昨日、大変だったんですか？」

天井を見あげたままの姿勢でユイは答えた。

「母親の頼みだから、むげに断れないしね。直接話したいからと言うんで、依頼主のお宅まで出向いて行ったの」

ユイの母親、ルミ子は自宅で、華道、茶道、着付けの教室を開き、大勢の弟子に囲まれて忙しい日々を送っていた。そのお弟子さんから、結婚相手を紹介して欲しいと頼まれることがしばしばあった。以前はルミ子が仲人の役割をしていたのだが、今では結婚相談所を開いた娘のユイに話を全て回すようになっていた。

「母のお弟子さんの友人の方から、娘の結婚相手を探して欲しいと頼まれたの。その家に出向いたら本人とご両親が待ってたの。お父さんは経営コンサルティング会社の社長で、結構押しの強いタイプ。お母さんは専業主婦で物静かな方だった。お父さんばかりが喋っていて、このまま娘の好きにさせておいたら、独身で四十歳になってしまう。その前に何とか嫁がせたいと言われるのよ。

娘のマリナさんは、私の一つ下で三十七歳。ぽっちゃりしていて、笑顔の愛くるしい女性だったわ。音大を出ていて、バイオリンの勉強のために一年間イタリアに留学したって言ってたわ。卒業後もバイオリンで食べていけるようになりたいと努力したらしいんだけど、なかなか上手くいかなかったみたい。今も、お父さんの会社を手伝いながらプロを目指しているらしいけど、実態は家事見習いってところね」

ユイは、ふーっ、とまた大きく息を吐いた。

そのタイミングを逃さずにルカは聞いた。

「マリナさんのお相手になる候補者はいるんですよね？」

ちょっと眉根に皺を寄せてユイは答えた。

「いるわ。……でもね〜。……いやいや、マリナさんならきっと上手くいく……と思う」

最後の方は尻すぼみだった。ユイの迷いが露骨に現れていた。

「訳あり……なんですか？」

と、ルカは聞いたが、ユイは問いに直接答えようとはせず、念頭にある候補の男性について語り出した。

「阪田洋一さんと言ってね……」

と言いながら、カバンの中から資料を取り出した。

三枚の写真とプロフィールシートをルカに手渡した。写真に目が留まった。一枚目は怒ったような顔で写っていた。それと比べ残りの二枚の写真は微笑を浮かべ、優しそうで愛嬌のある顔だった。お見合い用の写真に一枚目はボツだわ、とルカは思った。

「写真ではよく分からないけど、身長一七〇センチと書いてあるでしょ？実際にはそんなにはなくて、ずんぐりむっくりの体型。年齢は三十六歳。学歴は芸大ではトップのT大卒。文句なしだわ。マリナさんはバイオリンだけど、阪田さんはピアニスト志望。いくつものコンクールに挑み続けているけど、マリナさん同様、結果が出ないまま現在に至っている。卒業後もプロを諦められずに、コンクールへの挑戦を続けてる。ピアノの練習時間を確保すること、それを一番に考えて正職には就かず、塾で講師のアルバイトをしていたの。けっこうな高給取りだったらしいんだけど、結果が出ないことの焦りから塾の講師も辞めちゃったの。だから、今は無職――」

思わずルカは資料から目を上げ、ユイの顔を見つめてしまった。

（無職って……。高収入を条件にして結婚相談所に入会している女性が大半なのに、それじゃぁ、お見合いの可能性ゼロじゃない⁉）

そんな思いからユイの顔を見つめてしまったのだが、ルカの疑問はちゃんとユイに伝わっていた。

「でもね、生活面では問題なし。父親が総合病院を経営しているから、無職でも困らない。心おきなくピアノの練習に専念できる、けっこうなご身分なの。父親は有名な外科医で、医療法人の理事も務めているんだけど、将来的に彼を後継者にと考えてるみたいなの。理事は医師免許がなくてもできるから。今は好きにさせているけど、いずれ病院経営を学ばせたいそうよ」

ユイはルカに紅茶のお代わりを頼んだ。ルカはキッチンに向かいながら聞いた。

「それで、そんなピアノ一筋の阪田さんなのに、結婚相談所に入会したいというのはどうしてですか？」

ユイはラスクを頬張りながら答えた。

「あなたも写真を見て感じただろうけど、阪田さんの恋愛事情はどんなものか、想像つくんじゃない？」

ルカは、自分にそれを口にする資格はない、と思ったが、思い切って言ってみた。

「あまり経験豊富な方には見えません」

ユイはニヤッと片頬を上げ、ツッコミを入れた。

「あまり、というのは余分ね。今年の初めに、事務所に本人がお父さんと一緒にやってきたんだけど、自分の口から『ボクは、今まで女性と付き合ったことがありません。ピアノ以外にボクにとりえがあるとは思えないし、不細工だから女性に好かれるとは思えません、全然』と言ったの。一時間ばかり話をしたんだけど、阪田さんは一度も笑顔を見せなかった。対照的にお父さんは表情豊かで、大笑いされたりもしたんだけど、そんなときにも阪田さんはムッツリしたまま。女性にモテないということが、相当のコンプレックスになってる、と思ったわ」

ユイは阪田さんについて語り続けた。彼のことを語るユイの顔には、複雑な表情が浮かんでいた。

入会後、この一年で阪田さんは三度見合いにまで漕ぎ着いた。本人ではなく父親が熱心で、見合いが成立しなくても、早く次の相手を紹介してほしい、と何度もせっついてきた。三度の見合いはクリアし、仮交際にまで進んだのだが、残念ながら本交際には至らなかった。それでも見合いを続け、仮交際とはいえ、デートを重ねていく内に、ユイの目にも阪田さんが変化していくのがはっきり分かった。スポーツクラブやエステサロンに足を運んでいるようで、パッと見の印象がずいぶんと変わった。スッキリとして着る物までオシャレになってきた。

人間、外見が変われば、内面も変わる。仏頂面が消え、柔和な表情が増えるとともに、声が大きくなり、話す内容も明るく、前向きな感じのする言葉が多くなっていった。入会前は女性と出会い、親しく言葉を交わすことなど皆無だった男性が、突然毎月のように見合いの話が舞い込むようになり、一年間で三人もの女性が自分に興味を持ち、見合いに応じてくれた。さらにはデートを重ねたのだ。

「ボクは、女性にモテない……」

と、ブツブツ呟くばかりだったコンプレックスの塊だった男性が、

（もしかしたら、ボクはモテるのかもしれない……）

と、自信を持つようになった（カン違いも含めて）。

「それはそれでイイことなんだけどね。ある程度自分に自信をを持った人でないと、誰だって緊張する見合いの席で、自分の魅力を相手に伝えるなんてできない。三度の見合いはとりあえず成功し、仮交際までいった阪田さんの進歩は立派だと認めるわ。でも……」

と、ユイは口ごもった。ルカは黙ってその言葉の続きを待った。

「過剰なのよね。プラスの積み上げなら心配しないけど、マイナスが一気にプラスに転じるような劇的な変化には、どうしたって副反応が生まれる。それが悪い方に現れなければいいんだけどね」

と、ユイは言葉を締め括った。

とっさにルカは昨日起きた変事を思い出し、ユイの口にした「悪い方に現れる」という言葉と結びつけていた。そんな突飛な話をユイにするつもりなどさらさらなかったが、しばしの間ルカはこのことにこだわっていた。

例のガラス製のランプは、そのままに置かれていた。今は青い光を放っていない。しかし、糸は切れたままだった。まだユイには伝えていない。いずれは糸が切れてしまったことを伝えなければならないのだが、そのタイミングは今ではない気がした。いたずらにユイの抱いている不安を増幅しかねない変事を伝えるべきでない、と思えたからだった。

手にしたティーカップに残った紅茶に目を向けつつ、ユイはボソボソとした調子で喋りだした。

「見る前に跳べ、か……。芸術家同士のお見合いなんだから、紹介すればどちらも食いついてくるだろうし、見合いの席での会話も間違いなく弾むでしょ。後はなるようになる。何かが起きても、その時は私の出番となるだけのこと。……クリスマスプレゼント。見合いのシチュエーションとしては申し分なしね」

それからルカの方をチラリと見た。ルカはうなずくだけだった。変事は変事。それが凶事の予兆、と解釈する必要はない。そう自分に思い込ませようとしていた。

ユイは席を立つと、小さくガッツポーズをしてから、事務机の前に座った。電話を手に取ると、すぐに相手につながった。今までルカと交わしていた声のトーンとは明らかに違う営業用の声、結婚相談所の所長になっていた。

## 2

マリナさんと阪田さんのマッチング作戦。今、賽《さい》は投げられたのだ。

街の大通りはクリスマスのデコレーションで溢れていた。今日はクリスマス・イブ。ユイが見合いの会場として利用しているホテルのラウンジは混んでいた。それでも、常連客のよしみで、何とか席を押さえることができた。大きなガラス窓に面した通りの賑わいがよく見える席だった。

ユイはルカを連れ立ち、待ち合わせの時間よりかなり前にホテルに着いた。ラウンジのマネージャーに挨拶に行こうとしたとき、ユイは驚いた。入口のソファーに阪田さんが座っていた。濃い茶色のシックなスーツを身に着けていた。今日のために新調したに違いない。磨き抜かれた革靴の光沢が、彼の心の高ぶりを表しているようだった。

それ以上にユイにとって驚きだったのは、彼の隣に父親が座っていたことだった。

(まさか見合いに同席するつもりでは……⁉)

と、疑ったのだが、さすがにそれは杞憂だった。

ユイの姿に目を留めた阪田さんの父親が、おもむろに立ち上がり挨拶してきた。

「いいお嬢さんを紹介してもらって、感謝しております。ひと目お嬢さんの姿を見たくて、このこ付いてきてしまいました。いらしたら、挨拶だけしておいとまするつもりです。いい年をした息子なのに親バカにもほどがある、とお笑いでしょうが、私の方がどうにも落ち着かなくて……。今度こそ上手くいってくれることを願うばかりですよ」

ユイが如才なく阪田さんとその父親に対応していたところ、ホテルの入り口にマリナさんと中年の男性が入ってきた。それをいち早くルカが見つけ、ユイに伝えた。ユイは傍に阪田さん親子がいるのを忘れて、声に出していた。

「あらっ！　マリナさんも父親同伴だわ」

マリナさんは白いシャツにクリーム色のニット、柔らかなピンクのタイトスカートを合わせた上品で清楚な服装でキメていた。

ユイと目が合ったマリナさんの父親が、娘の後ろからにこやかな表情で近付いてきた。ユイはマリナさんに挨拶をした後、父親に声をかけた。

「偶然でしょうけど、阪田さんもお父様とご一緒です。やはり可愛くてしようのないお嬢様のお見合いということで、いてもたってもいられなかったんですか？」

からかうつもりなどユイにはなかったのだが、マリナさんの父親は照れ笑いを浮かべた。

「いや〜、ま、そんなところです」

と答えた。足早に阪田さんとその父親のもとへと向かい、何度も頭を下げた。

「今日はよろしくお願いいたします」

という声がユイの耳にも届いてきた。父親同士、名刺交換をしている。マリナさんの父親は、もらった名刺を手にしたまま積極的に何かを語りかけているようだった。阪田さんの父親はもっぱら聞き役で、愛想笑いを浮かべていたが、ユイの目にはどこか戸惑っているようにも見えた。何でもない、ごくありふれた光景と言えばそうなのだが、盛んに喋っているマリナさんの父親の後ろ姿を見ている内に、ユイは心の中であるひっかかりを覚えるようになった。この一年間で生じた阪田さんの大きな変化。そこに感じた過剰さを、ユイはマリナさんの父親の後ろ姿に感じたのだった。娘の見合いに、ハイテンションになっているだけなのかもしれない。たぶんそうだろう。でも……それだけでは説明しきれない、マリナさんの父親の過剰な言動。気にするようなものではないと思いながらも、ユイには気分のいいものではなかった。

ユイは腕時計に視線を落とした。見合いの時刻が迫っていた。説明のつかない気分の悪さを吹き払うかのように、ユイは動きはじめた。完璧な営業スマイルを浮かべ、柔らかな声音を作ってこう告げた。

「予定の時刻になりました。洋一さんとマリナさんはラウンジにお入りください……」

ユイの指示を合図に、ルカは小走りにその先頭をいき、ラウンジ・マネージャーのもとへと向かった。マネージャーが予約席へと案内していく。二人の父親は嬉しそうに、でも、不安げに子どもたちの後ろ姿を見送っていた。

# 3

自己紹介もそこそこに、マリナさんは目を輝かせてこう切り出した。

「T大卒って、すごいですね。日本の芸大ではトップですもの。しかも楽器の王様ピアノを専攻されるなんて、それだけでも尊敬しちゃいます」

三十七歳とはとても思えない、まるで少女のような口ぶりだった。

コーヒーで喉を潤してから、阪田さんは答えた。

「全然尊敬だなんて、とんでもありません。ボクはピアノをはじめるのが遅かったせいで、運良くT大に入学できたものの、在学中には劣等感ばかり味わってきました。上には上がいるっていいますが……。T大に入学したことを後悔するぐらい情けない毎日を過ごしていました」

そんな自虐的な返答を遮《さえぎ》るように、マリナさんは口を挟んだ。

「でも、どんなに劣等感を味わったにしても、途中で投げ出さず努力を続けられたんですもの。それだけで立派です。……何が洋一さんを支えたんですか？」

マリナさんは興味深々だった。それは単なる好奇心からではなかった。バイオリニストの夢を追う彼女自身の問題でもあったからだ。

やや間をおいてから、阪田さんは一言、

「ショパン、ですね」

と答えた。マリナさんはその先を語ってほしい、とキラキラ光る目で促していた。

「大学に入って間もなくのことでした。受験を切り抜けた解放感もあって、フワフワした気分で毎日を送っていました。そんなとき、ある教室からピアノの音色が聞こえたんです。素晴らしい演奏でした。ただただその演奏を聴きたい一心で、ボクは教室に入っていきました。きっと教授が弾いているんだろうと、決めつけていたんですが、弾いていたのは女子学生でした。彼女が一心不乱に鍵盤に向かってたんです。うつむき加減の横顔が、ホントに美しかった。お見合いの席で口にすべきではないんですが……たちまちにして恋をしました。彼女の奏でるピアノの音色と彼女の美しさが一つになって、ボクの心をわしづかみにしたんです。その曲がショパンの『ピアノ協奏曲第一番』でした。それまでのボクにとっては、好きな作曲家の一人に過ぎませんでした。でも、このとき、ボクにとってショパンは特別な存在になってしまったんです」

手にしたハンカチをもてあそびながら、マリナさんは抑え気味の声で聞いた。

「その方とはどうなったんです?」

阪田さんは答えた。

「それっきりです……。演奏の途中で男性が姿を現したんです。彼女の傍に寄り、何か声をかけました。すると、パタリ、と演奏を止めて、その男性の腕に自分の腕を絡ませて出て行ってしまったんです。心底嬉しそうな顔でした。ボクだけが教室に取り残されました。ボクの恋はそれで終わり……。不思議なんですが、それ以後、キャンパス内で彼女と出会ったことがないんです。広いキャンパスですから、そんなこともあるか、と思えるんですが、何だか神隠しにでもあったみたいで……。彼女は幻だったんだろうか、とさえ考えたほどです。彼女が消えてしまったことで、かえってショパンの『ピアノ協奏曲第一番』が、ボクにとっては永遠の曲になってしまったようで……。呪われたんですかね？」

阪田さんの顔を見つめながら、マリナさんはこう言った。

「神隠しにあったその女性に嫉妬してもはじまりませんけど、それほどの影響を洋一さんに与えた彼女が気になって仕方ありません」

恥じ入るような笑みを浮かべ、阪田さんが慌てたように言った。

「ホント、この場にはふさわしくない話でしたね。ゴメンナサイ。遠い昔の出来事です。でも、ボクの大学での四年間はショパン一色になってしまいました。五年に一度、ショパン国際ピアノコンクールへの出場を目標に、ボクなりにピアノの腕を磨いたつもりだったんですが、まるで歯が立ちませんでした。最終審査はピアノ協奏曲の第一番か第二番を選ばないといけないのですが、ほとんどが第一番を弾くんです。だから、いっそうボクにとって、この曲は別格になってしまったんです」

ひとしきりショパンについて阪田さんが熱弁をふるった後で、今度はマリナさんの番になった。

「洋一さんのようなロマンティックなエピソードがあればいいんですけど……私の場合はパガニーニなんです。高校生の頃、音楽塾に通っていたんですけど、その教室でパガニーニの自筆譜のコピーを見たのが初めての出会いでした。譜面が音符で真っ黒に見えたんです。これをバイオリン一挺で弾くのか、と思っただけで恐怖を覚えました。

この作曲家は、狂ってるんじゃないの？

そんなことさえ考えました。そこで、私は指導していただいていた先生に聞いたんです。

『私にも、この曲が弾けるようになりますか？』って。そうしたら、先生はこう言われたんです。

『パガニーニか……。猛レッスンを続ければ、形になると思うけど。私はあまり好きじゃないな。「24の奇想曲」、その中でも一番有名な曲が「第24番イ短調」なんだけど。ともかく難しい。曲を聴けばわかるけど、ホントに一挺のバイオリンで弾いてるの？と疑わしくなるほどに複雑この上ない。自分はこんなにもすごいテクニックを持っているんだぞ、とひけらかせたいだけじゃないか？　と邪推したくなる。確かに超絶技巧の連続であることは分かるんだけど、一曲聴いただけでげんなりしちゃうんだよね。ちょっとイヤミじゃないか？　と反発すら覚える……』

先生が、これほど悪口を言ったことは、後にも先にもありません。だからかもしれませんが、パガニーニという作曲家と『24の奇想曲』が、強烈に私の胸に刻まれてしまったんです」

そう言うと、聞いていた阪田さんは目を輝かせて、うんうん、とうなずいた。その共感ぶりにマリナさんも楽しそうに笑った。

「早速CDを買って、聴きました。先生の言われたことも間違いではないとは思いましたが、その魔的な魅力に私はたちまちにして虜になってしまいました。パガニーニを知ってしまった……。そう言うしかない決定的な出会いを感じたんです。イタリア留学したのも、彼の世界にどっぷりひたりたい、との願いからでした。イタリアのお国柄にもすっかり魅了されてしまいました。街なかであんなにもたくさんの男性から声をかけられたのも、生まれて初めての体験でしたし……」

そう言って、マリナさんはケラケラと笑った。阪田さんもつられたように、楽しそうに笑っていた。

見合いの二時間は、そんな具合に互いの音楽話をすることで盛り上がり、終始なごやかな雰囲気で瞬く間に流れていった。

この人となら、楽しい家庭を築けそう――

阪田さんもマリナさんも、そう感じたに違いない。そのはずだった……。

## 4

見合いをしたその日の内に、事務所に阪田さんとマリナさんから連絡が入った。電話から伝わってくる二人の声は、共に弾んでいた。

久しぶりに心ゆくまで音楽の話ができた。こんなにも楽しい時間を過ごせたのは、いつ以来だろう。また是非お会いしたい。ホントに素敵な人を紹介してもらって感謝している……。

まるで判を押したような同じ調子の返答だった。

後から電話をかけてきたマリナさんには、既に阪田さんから連絡があったことを伝え、阪田さんの連絡先を教えた。それからすぐに阪田さんにも連絡した。

ユイは、マリナさんの連絡先とともに、冷静な口調でこう伝えることも忘れなかった。

まだ仮交際の期間だから、互いに行動を慎んでほしい。連絡義務はないが、デートをした際には報告をもらえるとありがたい。その方がサポートをしやすくなる。次の目標は本交際。本交際を実現するために最善のサポートをするので、何か困ったことが起きたら、遠慮なく連絡してほしいと、二人が入会した際にも伝えた内容であったが、改めて繰り返した。

冬が去り、街にも春の訪れを感じるようになった頃に、事務所の電話が鳴った。

別件で、マッチングさせる相手について、ユイが何人かの写真とプロフィールシートを並べて、ルカに意見を求めていたときだった。第一候補にあがっていた女性のプロフィールシートをルカは手にとっていた。相手の男性に求めることを書く欄に、
何事にも誠実に向き合える人を希望します
とあった。「誠実」という言葉がルカの目に留まったのと同時に、電話は鳴ったのだった。

さらにその電話の音を断ち切るように、短い音が二度、たて続けにルカの鼓膜を打った。

プツッ！ プツッ！

またた、とルカは、瞬時にその音の正体を理解した。

ユイは電話に出るために、席を立った。そのタイミングでルカは音のした方を向いた。

やっぱり、だった。例のアンティークのガラス製のランプ。棚に固定するために張られていた残りの二本の糸が切れていた。

そして、キノコの傘を模したランプシェードの一つが、妖しげに青い光を放っていた。弱い

光が、まるで生き物が呼吸しているかのように点滅していた。

ルカはユイの方を振り向いた。ユイはこちらに背をむける格好で、電話に出ていた。

電話――糸が切れ、妖しげな青い光を点滅させるランプ――「誠実」という言葉
常識的に考えれば、互いに何の関係もなく、バラバラに存在しているこの三つが、ルカの頭の中では、根拠もなく共通する何かで結ばれていた。予兆。電話してきたのはマリナさんに違いない。しかも、良くない知らせ……。

黙って、相手の話に神経を集中して聞いているユイの背中を、ルカはじっと見つめた。

手短なやり取りの後、ユイは受話器を置いた。振り向いたのだが、ユイはルカと目を合わせようとしなかった。深く自らの心の内に沈み込んでいるような表情だった。ユイの思考を邪魔してはいけない、と思いながらも、ルカは聞かずにはいられなかった。

「電話、マリナさんからですよね?」

ユイはゆっくりとうなずいたが、心ここにあらずといった風情だった。

ルカはランプのことをユイに告げようとしたのだが、どのように話を組み立てていいのか分からず、結局一言も発せられなかった。代わりにユイが口を開いた。

「そんなに時間はかからないと思うの。マリナさんがここへやってくる。お茶の準備をしてくれる?」

ルカは小声で、ハイ、と答えた後、目の縁でランプを見た。もうランプは妖しげな青い光を放ってはいなかった。

## 5

マリナさんが事務所に一歩足を踏み入れた途端、ルカは、春が来た、と感じた。前に会ったときよりも髪は長く伸び、重い印象にならないようにシックなブラウンにカラーリングされていた。ちょっと渋めのブラウンのアウターを羽織って、中には明るいベージュのニットにラベンダー色のカラーパンツという装いだった。冬から春への移り変わりにぴったりの配色だった。

やっぱりこの人と私では、属している世界が違う……と、ルカは思い知らされた。

そんな春の到来を感じさせる装いとは裏腹に、マリナさんの顔色はさえなかった。テーブルの席に着くなり、彼女は軽いため息を吐いた。彼女の向かいに座ったユイは、ため息を聞き逃さずに、すかさず質問をぶつけた。

「ため息はあなたに似合いませんよ。ため息を吐くと幸せが逃げていく、と言いますしね。電話では今ひとつお話の要領をつかめない点があったものですから、直《じか》にお話をうかがおうと思って……。阪田さんとの仮交際をおやめになりたいのですか？」

するとマリナさんはうつむき気味の顔を横に振った。ユイは、マリナさん自身が語りだすのを待つつもりで、黙って彼女の様子を見守った。マリナさんは胸の内で渦巻いている思いをたぐり寄せようとするかのように、暫くの間言葉を発しなかった。

テーブルを挟んで沈黙が続く中、ルカは二人の前にそっと紅茶を差し出した。悩みを抱えたマリナさんのため、少しでもこわばった心をほぐそうと、今日はフルーツフレーバーティーを用意した。フルーツの甘くて柔らかな香りが広がった。

マリナさんは香りを楽しんでから紅茶を飲んだ。ひと口飲み終えると、彼女の唇が緩み、吐息が漏れた。そして語りだした。

「実はお見合いが終わって、ラウンジを出ようとしたとき、洋一さんがいきなり私の手を握ってきたんです。正直言って、イメージと違って積極的な方なんだな、と思って……」

ユイは見逃さなかった。そう語ったときのマリナさんが不快な表情を浮かべていなかったことを。ユイは小さくうなずいただけで、先を話すよう目で促した。

「お見合いの翌日でした。洋一さんから連絡をもらって、映画を観に行きませんか、と。是非私と一緒に観たい、とおっしゃるので行くことにしました。館内は混んでまして、私の隣の席にも人が座っていました。

映画を観ていたら突然、洋一さんが……洋一さんの手が、私の両ももの間に差し込まれてきたんです。私は映画に引き込まれていたものですから、そのとき何が起きたのかよく分からなかったんですが、その……洋一さんの手がさらに奥へと伸びてきたので、思わずその手を握ったんですけど……。

洋一さんの方を見たら、私の方を見ていなくて、笑顔で映画をご覧になってました」

恥ずかしそうに語るマリナさんではあったが、やはりその顔には嫌悪感はなかった。ルカにもユイの気持ちが手にとるように分かった。ルカも、マリナさんの語る話の内容と、それを語る彼女の表情とのチグハグさに戸惑っていた。

いったん喋りだしたら歯止めがきかなくなったのか、マリナさんの語りは止まらなかった。

「次の週末にも、お食事のお誘いがありました。有名なフレンチのお店の個室がとれたからとおっしゃるんです。

メインディッシュが終わり、デザートが出されたときに、洋一さんが観てほしいユーチューブがある。自分の知り合いのピアニストで、ショパンの『ピアノソナタ第二番《葬送》』の名演だ、と言われるので、私も是非観てみたいとお願いしたんです。

するると、洋一さんは画面が見やすいようにと、私のすぐ脇に近寄ってこられたんです。お顔がくっつきそうな距離でした。動画がはじまって、間もなくのことでした。洋一さんは私の肩を抱きよせ、手を私の胸元へと滑り込ませてきたんです。そのときは恥ずかしくて、身を固くするばかりで何も抵抗できませんでした」

硬いユイの声が響いた。

「そのとき、あなたは何も言わなかったんですか？　まだ仮交際中なんです。そういう行為は禁止だ、とお伝えしたはずです」

マリナさんは首をすくませるようなしぐさをみせて、

「ゴメンナサイ。何も言えませんでした。何か言って、嫌われるのが怖かったんです……」

ホントにそれだけなのだろうか？　と、ユイは内心で疑わしく思った。厭で厭でたまらないのだったら、何か言わずにはいられなかったはず。それなのに……。阪田さんの明らかなセクハラを、ハラスメントと感じていない彼女のせいではないのか？

とがり気味のユイの声が発せられた。

「まだあるんですよね？」

マリナさんは遠慮がちに首を縦に振った。

ルカはいたたまれなさを感じて、空になったティーカップを片付けてキッチンに運んだ。何かをしていないと落ち着かない。ユイはお代わりのフルーツフレーバーティーを淹れた。

「まだ寒い日に洋一さんが水族館の熱帯園にワニを見に行きたいとおっしゃたんです。エサやりの時間を調べたから、その様子を見てみたいと。熱帯園に入ると、中は頭がボッーとしてくるくらい暖房が効いていて、ファーの付いた厚手のコートを脱ごうとしたら、裾が汚れますよ、と言われて、脱ぐのを手伝ってくれました。そのときに胸とかお尻とかあちこち触られました……。暖房が効きすぎているせいか、ホントに頭がのぼせてしまったようで……。

ロープで結わえられていたまるまる一羽のニワトリの肉が、スルスルとたくさんのワニが群れているところへたらされていきました。石みたいに固まってたワニが、突然ジャンプして、ニワトリの肉にかぶりつきました。スゴイ！と洋一さんが声を上げられて、肉をむさぼり食うワニを食い入るようにご覧になってました。見て、見て、スゴイよね！と言われて、私の腰に手を回されて、ぐいっと私の体を引き寄せました。それから私の首筋にキスされました。私たち以外にもお客さんはいたのですが、お構いなしです。頬に、唇に、何度もキスされました。頭がクラクラしてしまい、洋一さんの肩に頭を寄せて、彼に支えられて立っているのが精一杯でした……」

マリナさんは、お代わりで出された紅茶を見つめたまま、熱にうかされたようにひとり語りを続けた。その視線の先をにらみつけるようにしているユイの眉間の皺は、一段と深くなったようだった。ひとり語りを続けるマリナさんの向かい側に座っているのが、もう辛いのだろう、ルカはテーブルを離れ、キッチンに身を隠してしまった。

「洋一さんに肩を抱かれるようにして、水族館を出てから、近くのレストランで夕食をとりました。お酒も飲みました。食事中も彼は上機嫌で話をされていましたが、私は覚えていません。体がフワフワと浮かんでいるようで、夢でも見ているような気分でした。

酔い覚ましに少し歩きましょう、と誘われたので、私もついていきました。夜の空気は冷たくて、のぼせていた頭が少しだけシャキッとしたように感じました。どこを歩いているのか、分かりませんでしたが、やがていくつものネオンサインが明るく輝いている通りへと出ました。すると、私の肩を抱いていた洋一さんの手に力が入りました。私の耳元で彼はささやきました。『ボクたちは同じ音楽家同士。話は合うし、相性はピッタリだと思う。後はカラダの相性がピッタリかどうか、確かめてみませんか？』

そうささやかれて、私は初めてその通りにはラブホテルが軒を連ねていることに気が付いたんです。私は洋一さんに返事することができませんでした。強い力で肩を抱きすくめられたまま、彼と一緒に歩いていくしかありませんでした」

ロウソクの炎が、いきなり、フッと吹き消されたように、マリナさんのひとり語りは終わった。息がつまるような沈黙が訪れた。陰で聞き耳を立てていたルカは息を殺し、自分の気配を消した。

ユイの片方の眉がピクリと上がり、その鋭い両目はマリナさんのボンヤリとした目を射抜いた。

「分かりました。それで、あなたは、阪田さんに正式にプロポーズしてほしい、と告げたんですか？」

その言い方は明らかに詰問調であった。

マリナさんは、射抜くようなユイの視線を見返すことができず、伏し目がちになり、か細い声で答えた。

「言いました。こういう関係になった以上、なおのことはっきりさせてほしい、とお願いしました。でも……」

その声は消え入りそうだった。その後を受けてユイは言った。

「良い返事はなかった、と。もう少し待ってほしい、だとか、その時が来たら必ずきちんとプロポーズするから、とか言ったんじゃないですか？」

マリナさんに返事はなく、目を伏せたままの姿勢で固まってしまった。

ユイは静かではあるが、冷たい口調で話し出した。

「マリナさん、まさかあなたはその言葉を真に受けているわけじゃあないでしょうね？　卑怯な逃げ口上だってことくらい、分かってるでしょ？　大事なときにさしかかってるんだから、聞きたくないことでも言わせてもらうわね。阪田さんはカン違いしてるの。自分はモテるのかもしれない、と。結婚相談所に入会した方にはよく起きる現象なの。次から次へとお見合いの相手を紹介してもらえるものだから、そういうカン違いをなさる方がしばしば現れる。阪田さんも、あなたとの出会いを喜んでいることは間違いないわ。でもね、欲ばりになっちゃてるの。もう少し待てば、もっといい女性が現れるかもしれない。あなたよりもっと若くて夢中にさせてくれる女性が……」

マリナさんの肩が小刻みに震えだした。うつむいた目から涙がこぼれ落ちた。

それでも、ユイは容赦しなかった。マリナさんが最も恐れている現実を剥き出しにして、彼女の目の前に突き出して見せた。

「……だからと言って、今、あなたとの交際をやめるのは損だ。なんてったって、強引に迫れば、どんなことでも受け入れてくれる。都合のイイ女性だ。もっと若くて本命になる女性が現れるまで。それまでのつなぎとして、あなたとの関係は続けていこう。このままの仮交際のままでズルズルと……」

「やめて……やめてください！」

マリナさんはテーブルの上に泣き崩れた。そのとき、彼女の手がティーカップに触れ、すっかり冷めてしまった紅茶がこぼれた。ルカは無言で台ぶきんを手にマリナさんのもとに近寄り、こぼれた紅茶を拭きとると、ティーカップをキッチンへと運んだ。

（今の私にしてあげられることといったら、これぐらいのこと……）

ルカはそう思い、切なくなった。

そこへ、ユイのきつい調子の声が響いてきた。

「いいえ、やめません。まずは自分の置かれた状況をきちんと見定め、認識すること。希望的観測にすがっちゃ、ダメ。その上で、どうすることがあなたの幸せにつながるのか、あなた自身で選ばなきゃいけないの。三十七歳という年齢を考えて。婚活を成功させるのに、時間ほど大切なものはないの。一歳年をとれば、成婚の可能性は低くなる。出会い系アプリなら、年齢をごまかすこともできるかもしれない。でも、結婚相談所ではそうはいかない。だから、一分一秒が貴重なの。あなたを結婚相手として、本気で付き合おうとしない男性と、時間をつぶしている余裕なんか、ないわ！」

ユイは、マリナさんに向かって声を潜めて告げた。

「カラダの相性を確かめよう、なんてクズな男の常套句よ。都合のイイ女。セフレ扱いされて、それでいいの？……ね、分かってくれますよね？」

マリナさんの反応はない。ときおり肩がビクンと動き、くぐもったようなすすり泣く声が漏れてくるばかりだった。ユイは椅子に座り直し、マリナさんを眺めているような、その実、何も見えていないようなボンヤリとした表情になっていた。ルカの目には、強烈な放射能線を全て吐きつくしてしまい、動けなくなったゴジラみたいに映っていた。ルカはキッチンで二人の使ったティーカップを、物音を立てないように注意しながら洗っていた。

（今、この事務所の中では、時は流れているんだろうか？）

と、ルカは不思議な感覚に襲われていた。ビルの三階にある事務所の窓からは、街に夕景が広がっているのが見えた。

6

時間は、人の思いを置き去りにして、無常という言葉そのままに流れ去っていく。だが、ダダをこねてばかりいる人の思いなど一切忖度することなく、流れ去る無常の力によって、逆に人は救われることだってある……。

マリナさんが事務所を訪れた翌日から、また違う女性からの相談を受けていたことで、思いもよらぬ慌ただしい日々を送るようになった。ユイは目に見えて不機嫌になった。書類を手もとに引き寄せ、目を走らせながら、誰に言うともなく、ブツブツと文句を言っている場面をルカは何度も目にした。電話連絡を受けると、会話中の丁寧な口ぶりが一変、人格が交代したように大きなため息を吐いてから、

「あ〜あ、イヤだ、イヤだ！」

と、吐き捨てるみたいに大声を出すこともあった。

ワレモノ注意——ルカは細心の注意をはらいながら、ユイと付き合っていた。

タイミングを見計らい、気になっていた例の切れてしまったランプの糸について指摘した。ユイの返事は拍子抜けするようなものだった。

「あっ、そう。そのままにしておいて」

はあ!? ルカは気をつかっていたことがバカらしく思えた。

ところが、翌日、ルカが事務所にやってきたとき驚いた。ランプを固定させる糸が元通りに張り直されていたからだ。昨晩、ルカが帰った後で、ユイが張り直したものなのだろうが、糸張りの作業をするユイの姿が想像できなかった。いったいどんな気持ちで糸を張っていたのか？

（おじいちゃんが、世界中を放浪しながら買い求めたガラス工芸、って言ってたけど、ユイさ

んにとっては何なのだろう？　会ったことのないおじいちゃんにつながる思い出の品々？　でも、おじいちゃんのことを「ダンナや父親としてはサイテーのクズな男」とも言ってたしなあ。謎だわ……）

今はとてもじゃないが、聞ける状態ではないけれども、いつか機嫌のイイときに聞いてみよう、とルカは考えた。

そんな具合に、ジタバタ、ジタバタと錯綜した思いに絡めとられ、動かぬ時間の中でもがいているばかりに思えていたときに、事務所の電話が鳴った。仏頂面したユイが受話器をとると、その顔つきは柔和なものに変わった。

「マリナさん、どう？　気持ちの整理はつきました？」

マリナさんからの電話だった。彼女が事務所を訪ねてきてから十日ばかりが経っていた。事務所の外の世界では、確実に時間は流れていたのだ。

「そう。あなたの気持ちを尊重するわ。結婚をまとめることが結婚相談所の仕事だけど、まとまるばかりが正解じゃない。婚活を通して、人との出会いを重ねることで、自分を見つめ直すこと。そのお手伝いが少しでもできれば、私は嬉しいと思えるわよ。一度っきりの人生だもの、自分で自分の人生を生きなくっちゃ、面白くないわよ。

……そう、いろいろ迷ったのね。そうよね……理屈や理想だけで割り切れるものじゃないもの……」

電話での会話は延々と続いた。ユイはもっぱら聞き役に回り、ときおり、そう、とか、へ〜、そうだったのね、とか、最低限の相づちを打つのにとどめていた。通話は一時間以上続いただろうか？

「……分かりました。阪田さんへの連絡は私がしますから、心配しないでくださいね。絶対に直接あなたに連絡するようなことはありませんから。散々ルール違反を重ねてきたんだから、最後くらい守ってもらうわ。強く言っておきます。立派な音楽家がストーカーにまで落ちぶれるおつもりですか？　とね。大丈夫。阪田さんみたいなタイプは、強く言われると弱いから。じゃあ、また連絡します。婚活にとって、時は金なり。急いで、今度こそ、あなたと幸せな家庭を築けるお相手を見つけますから、待っててくださいね……」

そう言って、ユイは電話を切った。それからルカに顔を向けると、何も聞かれぬ内から喋り出した。一刻も早く誰かと情報を共有したくて、うずうずしている感じだった。

「お見合いの日に会ったマリナさんのお父さんのこと、覚えてる？　やたら積極的に阪田さんのお父さんに話しかけてたでしょ？　あれ、営業だったのよ」

営業？　何のことなのか、ルカにはさっぱり分からない。キョトンとした顔をしていると、待ってました、とばかりにユイのマシンガントークが炸裂した。

「マリナさんのお父さんは、経営コンサルタントの社長。そして、阪田さんのお父さんは、医療法人の理事長。マリナさんと阪田さんが結婚するという話になれば、二人の将来をどうするつもりか？　ということが当然話題になってくる。阪田さんのお父さんにしてみれば、息子には、プロのピアニストになる、なんて夢みたいな話はいい加減諦めて、自分の跡を継いで医療法人の経営に本腰を入れてもらいたいわけよ。そこが、マリナさんのお父さんにしてみれば狙い目になる。大事な跡取りのお嫁さんのお父さん、つまり義理の親子になるわけだから、婿どのが理事長になる医療法人の経営にも首を突っ込みやすくなる。上手くすれば、大きな利権だって手に入れられるかもしれない。そうマリナさんのお父さんが計算してもおかしくないわけよ。そこに向けての営業第一段があのお見合いの日だった、ということね」

ルカは目をパチクリさせせながら聞いた。

「政略結婚……ということですか？」

いやいや、という具合に手を振って、ユイは答えた。

「それは言いすぎ。マリナさんのお父さんが今回の見合いを仕組んだわけではないしね。たまたま舞い込んできたおいしい結婚話にあわよくば、そのおこぼれにあずかろう、という程度だと思うわ」

ルカは顔を曇らせて、

「何か、イヤな話ですね。娘の結婚に乗っかろうなんて……」

と言うと、ユイはしらっとした口調でこう答えた。

「マリナさんのお父さんが特別強欲だとは思わないけど。程度の差こそあれ、人間なんて、いざとなれば、似たり寄ったりじゃない？　私だって、あなただって」

ルカは心外だ、という顔つきになり、考え込んだ。

（私の心の中に、そんな欲望が潜んでるんだろうか？　そんな欲望、エネルギーがあれば、世の中や世間の人たちともっと上手くやっていける気がする……）

話を引き戻そうと、ユイは再び喋り出した。

「ともかくそんなことを企んでたお父さんだから、マリナさんが阪田さんとの交際をやめたい、と切り出したときには、反対したみたい。当然よね。マリナさんは、阪田さんからどんなことをされたのかもお父さんに正直に話したって言ってたわ。そこがマリナさんの育ちの良さというか、何というか……。さすがに、そのときは、お父さんも父親に戻ったのか、絶句したらしいわ。でもね、すぐにこう聞き返してきたって言うの。

『それで、生理はあるのか？』

って。それからこう付け加えたらしいの。

『できちゃった婚、というのは、昔はみっともない話だったが、今では珍しいことでもないだろう。いつまで経ってもプロポーズしてこない男をその気にさせるには、それぐらいの手を使うのもありじゃないのか?』

だって！　お父さんも言うよね。世間的にはハイソと呼ばれている人たちも、一皮めくれば、同じ穴のムジナ、ってところね」

そう言ってユイはケラケラと笑った。でも、目は冷たい光を放っていた。

ルカは全く笑えなかった。

放火による両親の焼死という悲劇からはじまった、児童養護施設での孤独な日々。そして、居場所を見つけられないまま、いくつものアルバイトを渡り歩いてきた、これまでの二十七年間の人生において、自分が身を置いてきた世界とはまるで無縁な世界の物語だった。ユイさんから「同じ穴のムジナ」と言われてもピンとこない。同じ穴? いつ私がマリナさんや彼女のお父さんと同じ穴に入ったというのだろう? もしも違う穴に住んでいたら、同じムジナのようにみえても、やはりそこには格差があるに違いない。トンデモナイ格差を無視して、ハイソも庶民も同じよね、と言って笑い飛ばす気にはなれなかった。ユイさんみたいにケラケラと笑い飛ばせない、自分のこり固まったような孤児根性が無性に悲しかった……。ルカは、自分の心の奥深くへと沈み込んでいった。

「でも、結局はお父さんも折れざるをえなかった。娘に泣いて訴えられたなら、ね。

あ～あ、似た者同士でうまくいくかな、と思ったんだけどね。……仕方ない。気合を入れ直して、すぐに阪田さんに連絡を入れよう。イヤなことは、サッサと片付けるに限る」

と、最後は自分に強く言い聞かせるようにして、ユイは受話器を手に取った。

そのとき棚の中であのキノコ型をしたランプシェードの一つが、淡い青白い光を放っていた。

電話中のユイはもちろん、このときはルカもその光に気付いてはいなかった。

# 第4話　メイ

## 1

今年の正月明けに事務所に入った一本の電話から、ユイの苦悩ははじまった。ユイは苦悩ではない、と言い張っていたが、傍で見ているルカの目には、イライラしている様子が目立つようになっていた。電話をかけてきたのは入会希望の女性の母親であった。

このケースも、事前にユイの母親から相手を探してやってほしい、と依頼されたものだった。母親のお弟子さんの友人の娘で、行き遅れになりかかっている三十歳の末娘。母娘ともにあれやこれやと条件ばかりつけて、これまで舞い込んできた話はうまくいってない。厄介な話だが、何とか条件にかなう男性を見つけてやってほしい、と泣きつかれたのだ。

電話の内容はこうだった。

近々、娘と一緒に結婚相談所を訪れて、正式に入会手続きをしたいと考えているのだが、内々で事前に所長さんだけには知っておいてほしいことがある。娘の前では言えないので、こうして電話したのだ、という。

厄介な話、と聞いていたが、確かにそんな臭いがする、とそのときユイにはピンときていた。

父親は大手製薬会社の重役を長年勤めていたが、今は退職。三人の子どもがいて、長男・長女とも、成績優秀で、現役での医大進学を果たした。今は二人とも開業医として忙しい日々を過ごしているという。

そんな優等生である兄妹の、末っ子のメイさんはいたって平凡だった。父親は放任主義で、やかましいことは何も言わなかった。だが、母親はそうもいかない。どうしても、つい出来の良い上の兄妹と比べてしまう。メイさんの何事にもやる気を見せないマイペースぶりに逆上し、口汚く罵ってしまうこともしばしばだった。それでも、メイさんが勉学に発奮することはなかった。

地元の大学への進学を嫌がり、他県の女子大への推薦をもらい進学した。これといった資格を取ったわけでもなく、平々凡々なキャンパスライフを送った後に、中堅商社に事務員として就職した。仕事を面白いと思ったことはない。命じられたことを、仕方なくこなしているだけだった。結婚が決まれば、さっさと寿退社するつもりでいた。人並みに恋もした。だが、長続きしない。どの恋も、男性側が愛想を尽かして、別れを告げるという形で終わりを迎えた。そんな経験を重ねる中で、メイさん自身うすうす自覚するようになっていった。

私は、性格が悪い……かなり、と。そして、気が付けば三十歳になっていた。

だから、母親から、結婚相談所に入会してみない？　と誘われたとき、あっさりと了承したのだった。

結婚相談所で紹介されるような男性ならば、ハイスペックな男性も多いのではないか？　イケメンでなければお断りだが（一緒にいて、友人に自慢できるダンナでないと嫌だ）、それ以上に、私を養ってくれるだけの経済力のある男性でなければ困る。私の目標は、専業主婦になること。夫婦共働きなんてご免だ。周囲の人たちにうらやましがられるような暮らしがしたい……私の願いなんて、その程度だ。

メイさんは、大真面目にそう考えていた。

彼女のお母さんは、メイさんのことをふびんに思っていた。何かと優秀な兄妹と比較してしまい、ガミガミと叱りつけることが多くなり、母親の目から見ても、結果的にこれといったとりえのない子になってしまった。

開業医として羽振りの良い生活をしている兄妹に、ひけめを感じさせないために、親として何をしてあげられるのか？　と考えたとき、メイさんと医者の男性を結婚させればいいんだ、との結論に達した。次第にそれだけがメイさんを幸せにする唯一の道だ、と考えるようになってしまった。それを実現させることが、母親の今の生きがいにもなっていた。

電話を切った後、ユイは男性会員のファイルから、職業・医師という二人を選び出した。年齢は三十六歳と三十九歳、ともに初婚だ。クリップで止めてある写真は、二人とも雰囲気がそっくりだった。地味な黒っぽいスーツを着て、どちらもカメラに正対し、ぎこちない笑顔を浮かべていた。

その写真を眺めながらユイは苦笑するしかなかった。

実直さは伝わってくるのだが、どうにも垢抜けない被写体として、どうすれば自分の魅力を伝えられるのか、全然分かってない。単なるスナップ写真では、見合い写真としての役割を果たせない。

「写真館に連れていって、お見合い写真を撮り直させようかな……。なんてったって、人は第一印象が九十九パーセントだもんね」

と、ユイはつぶやいた。

学生の頃から脇目もふらずに勉強一筋で生きてきたのだが、四十歳近くになり、そろそろ真剣に家庭を持つことも考えなければ、という思いが沸き起こってきた。それで結婚相談所に入会した、という点でも二人には共通点があった。

その二つのファイルを手にとり、ユイはルカに言った。

「次の日曜日に入会手続きをしに、お母さんとお嬢さんがここへやってくるわ。お茶の準備をお願いね」

ユイの表情から、ルカは敏感に何かを感じとっていた。ピリピリするようなある種の警戒心を抱いていることが伝わってきたからだ。

入会に際しての事務連絡、見合いのシステムとその後のスケジュール、見合い相手の希望、そして、何ということもない雑談（でも、この雑談が貴重だったりする）をして、メイさんと彼女のお母さんは帰っていった。一時間ばかりのいつも通りの入会時のルーティーンをこなしただけだったのだが、ユイもルカも、なぜかぐったりとしていた。ルカにいたっては軽度の耳鳴りと頭痛に襲われていた。

どこかなげやりな口調で、ユイはルカに聞いた。

「どう？」

ルカはどう答えたらいいのか、すぐには考えがまとまらず、それでも黙っているわけにもいかないので、言葉を絞り出した。

「どう……といわれましても……何というか……。メイさんもお母様も、長くお話をしていると、やけに疲れる……というか、う〜ん」

そんな要領をえない返答でも、ユイには十分だった。

「以下同文。あれは、いったい何だろうね〜？　言葉ひとつ、というけど、自分の発する言葉に対して、相手がどう受け止めるだろうか？　という感受性のかけらもない人たち。メイさんが横にいるものだから、お母さんが少しはまともに思えるけど、単独で会えばお母さんもけっこう疲れる人だよ。それぐらいメイさんはひどい」

ユイがそう断言すると、本当にそう！　とばかりにルカは何度もうなずいた。

ユイは急に意地悪そうな顔つきになり、ルカに聞いた。

「もしもルカがメイさんの相手に選ばれ、お見合いをしたら、どうなる？」

一瞬だが、ルカの顔がひきつったように見えた。そして、先ほどとは明らかに違う、きっぱりとした口調で答えた。

「お見合いは二時間ほどですよね。私には、二時間、あの方と同席する自信がありません。できれば、その場でお断りしたいと思います」

ユイは満足そうに笑顔を浮かべ、

「ハイ、正解。満点解答だね」

それから、まるで多重人格者のように急に顔を曇らせると、声を低めて嘆き節で語った。

「これは長引くかもしれないわね。彼女のために、果たして何人のお相手を用意しなければならないのか？　想像しただけで、うんざりしてくる……。あんな女性を紹介してくるなんて、どういうつもりだ⁉　って、クレームをつけられて、この相談所の評判が悪くなるかもしれない。そんなことになったら、またルカは職を失うかも……ねぇ、どうしよう？」

ユイはホントに心配そうだった。ところが、ルカはさほど動揺したそぶりを見せなかった。

そして、こう言った。

「私はそういうの慣れてますから。以前のようにどこかへ流れていくだけです。短い間でしたが、この相談所でのユイさんとの日々は楽しかったです。私の人生では充実した時間でした。ありごとうございました」

と、ルカは深々と頭を下げた。

慌てたのはユイの方だった。

「ちょっと、冗談だってば。真《ま》に受けて、妙な別れの挨拶なんかしないでよ。こっちまでホントにそんなことになりそうな気がしちゃうじゃない！」

そう言って、無理やり笑顔を作ろうとした。だが、ルカは、キョトンとした表情のまま、ポツリと言った。

「冗談だったんだ……」

それから、テーブルの上に放置されていたティーカップを片付けて、キッチンへと運んでいった。ユイは、改めて、不思議な生き物と遭遇したような目でルカの後ろ姿を見送った。

## 2

母親の、何としてでもお医者様に嫁がせたい、との要望を受けて、ユイが送った相手の資料を見て、母親は大喜びしたという。三十九歳。地元にある私立医大病院に勤務する外科医だった。真面目そのものの人柄が、撮り直した見合い用の写真からはにじみ出ていた。

ところが、メイさんは、その写真をひと目見るなり、NOと返事したのだった。

顔がイヤだ。陰気臭い。一緒にいても楽しそうじゃない、というのが理由だった。

母親はせめてお見合いだけでもしてみなさい。直接お会いして、話をすれば、気持ちも変わるかもしれないじゃない、と何度も説得したようだが、メイさんはガンとして受け入れようとはしなかった。

　母親からかかってきた電話は、

「申し訳ありません。良い人を紹介していただいたのに、あの子ときたら……。また、別の方を紹介してもらえないでしょうか？　あっ、それと次の方も是非、お医者様ということで、よろしくお願いします」

というものだった。

　ユイは、傍で電話に聞き耳を立てていたルカに向かって、口をへの字に曲げ、声には出さずに、ＯＵＴ、と告げた。

　ユイはすぐに次のお相手になる男性の資料をメイさんの母親のもとへと送った。すばやい対応に母親は大喜びだったが、結果は同じだった。

　三十六歳。国立がんセンターの勤務医だった。やはり、顔がイヤ。それに、背が一六五センチと低いのも気に入らない、とのことだった。メイ自身、身長一五〇センチ。丸顔でコロコロした体形だった（ユイは内心、メイさんのことを豆ダヌキ、と呼んでいた）。ダンナの背が低いと、生まれてくる子どもまでが背が低くなるかもしれないのがイヤなのだそうだ。

　ルカはそんなメイさんの反応を聞かされて、心底不思議そうな表情を浮かべ、

「恋人なら、見た目を気にするのも分からないではないですけど、結婚相手となると話は別だ

と思えるんですけどね……」

と、ユイに聞いた。

ユイは薄く笑いながら、こう答えた。

「その通り。正論ね。でも、これぱっかりはね……。内面なんて、何度デートを重ねたところで、ホントのところはよく分からない。だけど、外見は分かりやすい。分かりやすいところで判断するというのも、一理ある選択法なのよ。人間だって、動物の一種。生きてる目的なんて、つまるところ、生存と生殖のためじゃない？　左右のバランスのとれた顔を美しいと感じ、生殖の相手に選ぶ根拠としては、それが健康体であるとの証明であって、そういう健康な相手とつがいになった方が、生存と繁殖のためには有利になると考えられる。だから、見た目で判断するのも合理的なわけ。背の高さもそう。背の高い人を選んだ方が、生き残るためには好都合だ、と考えるのも、あり、ってこと。分かる？」

ルカは小首をかしげて、分かったような、分からないような顔をした。

そのときだった。事務所のドアが勢いよく開き、ものも言わずに女性が入ってきた。ロングコートで全身を包み、色の濃い派手なサングラスをかけている。メイさんだった。

「いらっしゃいませ」

と、蚊の鳴くような声でルカが挨拶した。しかし、メイさんは無視した。

ロングコートの上からブランド物のバッグをたすきがけしていた⁉ 身につけている物は全て高級品ばかりなのに、それらをトータルに使いこなすファッションセンスに難あり、という残念な女性であった。

ユイはにこやかな営業スマイルを浮かべて、メイさんに聞いた。柔らかで涼やかな声音だった。

「今日は、お母様はご一緒ではないのですね？」

すると、その問いにすぐには答えず、誰に勧められたわけでもないのに勝手に椅子にどっかりと腰を下ろした。そして、たすきがけにしたバッグを窮屈そうに外して、横の椅子に置くと、不機嫌そうな声でこう言った。まだサングラスをかけたままだ。

「今日は、母には内緒で来たのよ。ユイさんに確かめたいことがあって。傍に母がいると邪魔なだけだから」

とげとげしい物言いだった。でも、これがこの人の地なのだろう、とユイは思った。前回、母親同伴でやってきたときにも感じたことではあったが。

そして、平静さを装いながら聞いた。

「私に確かめたいこととは、何なのでしょうか？」

その問いにかぶせるようにして、メイさんは明らかに不愉快そうな口調で喋り出した。

「故意か、偶然か、知らないけど、紹介してもらった二人とも医者でしたよね？　そんなことはどうでもいいんですけど、二人とも揃いも揃って地味すぎて、見合いしたいと思えるような男性じゃないんですよ。私の希望は、もっとイケメンで、背がすらりと高くて、お金持ちで、趣味も豊かなデートしていて楽しい魅力的な男性を望んでるんです。最初にここへやってきたときに、私の希望をあなたにはっきり伝えましたよね？　それなのに、どうしてなんです？　高収入なのはイイにしても、あんなさえない男ばかり！　何か、裏があるんじゃないの？　それとも、ああいう男性があなたのご趣味とか？」

終わりの方は、まるでケンカを売っているような調子だった。それでも、ユイは一切表情を崩さない。メイさんのにらみつけるような目を真っ直ぐに見返しながら、メイさんの訴えを静かに聞いていた。

ルカは、スゴイ、と思った。ユイの胆《きも》の太さに驚いていた。あんなケンカ腰でまくし立てられたなら、私なんかひとたまりもない。心が委縮してしまい、ひたすら、ゴメンナサイと平身低頭、謝るばかりになってしまうだろう。泣いてしまうかもしれない。とてもじゃないが、こんな男と女の剥き出しの欲望が渦巻く結婚相談所の所長なんて、絶対に務まらない……。ルカは、テーブルを挟んで向かい合うユイとメイさんとの両方を視界に収められる位置に座って、身を縮めていた。

感情を表に出さないよう意識しながら、ユイはゆっくりとした調子で話しはじめた。

「私の趣味を会員の方に押しつけるような真似など、するはずがありません。写真から、さえない、と感じられたとしたら、それも仕方ありませんが、実際に会ってお話すると、お二人とも良い方ですよ。出会いはご縁ですから、今となってはどうしようもありませんけどね。

それと、私は嘘をつきたくありませんから、可能な範囲で正直に申し上げますが、お医者様が続いたのは偶然ではありません。裏がある、という言い方はどうかと思いますが……ある方から……ご希望があっての上のことだ、とご理解ください。

まあ、こんなことを言ってしまったら、バレバレですけどね」

と言った後、フフフ……と含み笑いした。

その途端、メイさんの表情が一変し、険悪になった。そして、言葉が溢れるように唇から漏れ出した。

「クソババア!」

その怒気の強さにルカの体は凍りついた。そんな言葉をぶつけられる母親という存在を知らないルカには、想像のつかない言葉であり、感情だった。

もう一つ、その一瞬にユイの表情に現れた変化をルカは見逃さなかった。意識的ににこやかにしていたユイの顔が素に戻ったのだ。

ユイさんは、怒っている……

ルカは、ユイの怒りにも脅えたのだ。

そんなユイやルカのことなど、まるで眼中にないメイさんは、ほんのわずかの間だったが、何かを思案する顔つきになった。それから、意外なほどに穏やかな口調で、ユイに聞いた。

「ねえ、ユイさん。今、ここで紹介できる男性って、いませんか？　もし、いたら、その人の写真とプロフィールを見せてほしいんだけど」

メイさんに気付かれないよう、瞬時に営業スマイルに戻っていたユイは、即答した。

「いますよ。メイさんのご希望に添えそうな方が、お一人だけ」

そう告げると、椅子から立ち上がり、事務机に並べられたファイルの中から、ためらうことなく、一つのファイルを取り出した。そのファイルの中に挟まれていた写真を、メイさんの前に差し出した。

「三十四歳の方ですけど、全然見えないでしょ？　二十代半ばと言っても通る若々しさ。大学生の時に、ＩＴ関連の企業をベンチャーで立ち上げて、業界でも注目されている青年実業家なんですって。今泉隼人さん、というの。直接会って、分かったんですけど、経験豊富で次から次へとビックリするような話が飛び出してくる、とっても楽しい方よ。お見合いが成立したら、あなたもきっと気に入ると思うんですけどね。帰ったら、必ずお母様にも話を通しておいてくださいね。私の方からもお母様には一報入れますけど、よろしいですね？」

メイさんは、ユイからの念押しに答えようとはせず、写真とプロフィールを食い入るように見つめていた。そして、言った。

「最初に、この方を紹介してくだされば良かったのに。そうすれば、余計な手間もはぶけたんですよ」

ユイは呆れたような表情を浮かべたが、メイさんの目には留《と》まらなかった。

他人の気持ちを汲み取るなんて芸当を、この人に求めても無理なんだ、と傍で二人の様子を観察していたルカは思った。

メイさんは、プロフィールにもう一度、目を戻してから、ユイにさらりとした口調で質問をぶつけてきた。

「年収欄に三〇〇〇万円とありますけど、この方の経営している会社の決算書って見せてくださる？」

ユイの目つきが厳しくなったのをルカは見落とさなかった。

ユイさんは、どう答えるのだろう？

と、ルカはドキドキしながら、ユイの口が開くのを待った。

「年収というのは、あくまでも自己申告というのが当結婚相談所の建て前になっています。結婚相談所は税務署ではありません。それに、年収を証明する書類が事前に必要となるならば、公正を期す意味であなたやあなたのご両親の源泉徴収票、確定申告書、個人資産の額を示す正式な書類などの提出を求めなければならなくなりますが、よろしいのですか？

お見合いがうまくいって、お二人の関係が深まってから、個人的に、会社の決算書でも何でもお好きなものを見せてもらってはいかがですか？　お互いの信頼の証として。私としてはそちらの方をお勧めしますが、どうでしょうか？」

言い回しは丁寧であったが、ルカはその言葉からユイの怒気をはっきり感じとっていた。

だが、メイさんは顔色ひとつ変えなかった。

「あらっ、そうなの？」

と言ったきり、口を閉ざしてしまった。

ルカは、その様子に、心の中でガッツポーズを決めていた。


メイさんが事務所に顔を出した翌日。ユイはルカにだけ聞こえるぐらいの小声で、

「仕方ない。豆ダヌキのために動いてあげましょう」

と言ってから、メイさんの資料を今泉さんに送った後で、メイさんとの見合いを勧める電話を今泉さんにかけた。検討してもらってから、見合いを受けるかどうか、返答してくれるように

頼んだ。後日、今泉さんから、快諾する、との返事が届いた。

メイさんサイドでは、やはり母親がネックになった。相手が医者でなかったことに不満を抱いたのだ。メイさんなりに母親を説得しようと努力したようだったが、すぐには首を縦に振らなかった。ユイも電話をかけ、見合いだけでも認めてあげたらどうですか？　と勧めたのだが、なかなか折れるそぶりを見せなかった。けれども、最後はメイさんの粘り勝ちで、渋々認めざるをえなくなった。

見合い前に、一度自分の家に戻るというメイさんに、ユイは親切心から、手土産を買ってきてはどうか？　とアドバイスした。メイさんが住んでいる地元ならば、名物も多い。手土産には事欠かない。今泉さんの印象を少しでも良くするよう努力した方が賢明だ（特に、気配りのできないメイさんの場合）、との思いからだった。

ところが、（というか、案の定というか）、メイさんは、必要ない、と断った。なぜ自分だけ、そんなモノを用意しなければならないのか、合点がいかない、というのだ。そういう問題ではない、とユイは何度も言ったのだが、聞く耳を持たなかった。老婆心といえば老婆心なのだが、ユイのメイさんのためを思う気持ちなど、まるで理解できない女性であった。

そして、いよいよ見合い当日。

いつものホテルのラウンジに、母親を伴って現れたメイさんの身なりに皆の目は釘付けとなった。

裾をひきずるような真っ白なロングドレス。それだけでも充分に人目を惹く衣装であったが、こんな特別な日にも、そのドレスの上から派手なブランド物のバッグをたすきがけにした異様なファッションで姿を現したのだった。

ルカは、下を向き、笑いを噛み殺すのに必死だった。ユイにひじで小突かれたのだが、そのユイも笑いをこらえるのに、頬をひきつらせていた。今泉さんも複雑な表情を見せていた。

この期《ご》に及んでは、さすがに打つ手はない。ユイは覚悟を決めたように粛々と見合いを進行させていくほかなかった。

見合いの翌日、午前中の早い時間に事務所の電話が鳴った。今泉さんからだった。彼は、これまでに二度、この結婚相談所で仲介した女性と見合いをしていた。二度とも見合いは成功し、一人の女性とは本交際まで進んだのだが、最終的に双方の将来の生き方について意見が合わず破談してしまった。もう一人とは、仮交際中の期間で、住む家の場所の件で折り合いがつかずに流れてしまっていた。今泉さんはこれまでに見合いした女性の人格について、悪口を言ったことはなかった。根っからの紳士だったのだ。

電話口で、今泉さんはこれまでの二度の見合いを振り返りながら、昨日の見合いでの様子を語った。

「急に会社の決算書をみせてくれませんか？　と切り出されたときには、びっくりしましたよ」

と、笑って話してくれた。

ユイは、自分の身内の不始末を聞かされているような気分で、申し訳ありません、と詫びるしかなかった。

「もうすぐ会議がはじまるので、結論だけ伝えますけど」

と、前置きをした上で、きっぱりとこう言った。

「あれほど性格の良くない女性とお会いしたのは初めてです。さすがに、あれじゃあ……今回は、ご縁がなかったということで、相手の方にはご連絡ください」

プツン、と電話は切れた。ユイは無言になった受話器を握りしめたまま、しばらく動けなくなった。そして、気を取り直したように、無言の受話器に向かって、声に出してこう語りかけた。

「まことに到りませんで申し訳ございませんでした。罪滅ぼしに、次こそは今泉さんに気に入っていただけるような女性を紹介しますので、お許しください」

受話器をおしいただくような格好で、ユイは深々と頭を下げた。受話器を置いてから、一転、

「くっそー、メイの奴！　退会させてやろうか！」

と、毒突くユイをルカはじっとみつめていた。

（ユイさんはメイさんを退会させない……。優しさ？　面倒見の良さ？　それとも、所長としての責任感？　いったいユイさんは何をひきずっているんだろう？）

ルカは聞いてみたい気もしたが、なぜだか知ってしまうことに怖さも感じていた。

# 第5話　祖母

恋路……いや、違う。恋とは似て非なるもの。結婚へ至るいばらの道を歩もうとする何組ものカップルと並走するようにして、過ごしてきた七ヶ月間だった。ルカには、今もって、なぜ自分がこの「ユイ・マリアージュ・オフィス」にいるのか？　その意味がわかっていなかった。結婚相談所の事務所が入っている雑居ビルの一階にある花屋で、たまたま出会ったユイさんに拾われたようなものだ。ユイさんの気紛れだった、と考えた方が、筋が通っているようにルカには思えた。

事務所に必要な物を、その都度《つど》買いに走ったり、訪れてきた会員の方に紅茶とお茶うけを出したり、見合いにユイさんのカバン持ちとして同行したり、そして、ときにはユイさんの相談相手……と言えばカッコイイが、意地悪な質問をぶつけられることもしばしばの、要するに気晴らしにイジる相手欲しさに選ばれた気がしてならない。ユイさんから、あなたの淹れてくれる紅茶は最高！　ルカスペシャルティーよね、などとおだてられることはあるにはあったが、それ以外で、自分がこの結婚相談所に何か貢献しているとはとてもじゃないが思えない。だから、結婚相談所にとっての自分の価値なんてものは、極力考えないようにしていた。落ち込むだけに決まっている。

あくまでも、自分にとって、この事務所にいることの意味に目を向けるようにしていた。実にバラエティーに富んだ男女の組み合わせ（ハイソな会員さんが多かっただけに、自分のような養護施設で育った者にとっては、もの珍しかった）、全員が全員、共通する目標、結婚というゴールを目指しているのに、どうしてこうもみんなバラバラなのか？　不思議でならなかった。結婚という一つの物差しで計るから、会員一人一人の個性（性癖といい換えても、イイように思える）というか、ものの考え方、感じ方、生き方の違いがはっきり見えてくる。面白い。飽きることがなかった。この七ヶ月間、結婚にこぎつけようとする人たちのドタバタ劇を通して、ただひたすらに人間について、人生について、考えてきたように思う。でも、つくづく自分って頭が悪いなあ～、と恥ずかしくなってくる。考えてはみるものの、人それぞれだよね、というだけで、それ以上のことは何にも見えてこない。情けないなあ～、とガッカリしてしまう。

それでも、ひとりぼっちの自分のことばっかり見つめてきたこれまでの二十七年間の人生よりも、遥かに楽しい日々だったことだけは確かに言えた。所長のユイさんの役には立てなくて、ホントに申しわけないが、彼女の傍にくっついて何組ものカップルと関わることで、泣いたり、怒ったり、笑ったり……それだけでもう充分に充実した時間を送れている。これからもずっとユイさんの傍に置いてほしい、と願っている。

「役立たずのあんたなんか、もういらない。クビ！」

そう言われたら、恐らく私は返す言葉もなく、黙って、「ユイ・マリアージュ・オフィス」を去っていくだけだ。ユイさんの気紛れで拾われた身だ。気紛れで捨てられたとしても、文句を言えた筋合いではない……。

事務所の外には、すっかり夜のとばりが下りていた。室内にユイの姿はなく、ルカだけがポツンと椅子に座っていた。ユイは相変わらず忙しい。つい最近、一組のカップルを成婚にまで導いたばかりだというのに、息つく暇なく、今夜も会員の女性から依頼されて、夕食を共にしながら相談を受けている。

「遅くなるかもしれないから、片付けが終わったら帰ってもいいわよ」

と、出しなにユイから言われたのだが、ルカはなんとなく帰りそびれて、ボンヤリと事務所にとどまっていた。

街の灯りに照らされて、夜空には星は見えない。窓枠に切り取られた何も見えない暗がりを、何を見るともなく眺めていた。ルカはこの結婚相談所で過ごしてきた日々を振り返っていた。

普段はあまり選ばない紅茶、アールグレイを淹れてみた。茶葉のベースは中国茶だが、そこにベルガモットを香りづけしてある。どこかエキゾチックな香りと味わいで、いつもとは違う気分にひたることができた。

事務所は雑居ビルの三階にあり、街路樹のソメイヨシノは見えないが、きっと街灯の灯りを受けて、光り輝く桜吹雪の舞を見せていることだろう。サクラが咲くのを目にすると、心は浮きたってくるが、桜吹雪を目にするのは、ルカには心寂しく物悲しかった。

アールグレイのエキゾチックな風味と、心を乱す桜吹雪の想像とで、ルカの気持ちは妖しげに揺れていた。ほんの一瞬だったが、意識がフーッと遠のいたように感じられた。街を吹き抜ける春の風が強まったのか、事務所の窓ガラスがカタカタと音を立てた。ルカは音に敏感だった。特に大きな音は苦手だった。大きな音を耳にすると、仕事が手につかなくなるほどだった。誰にも相談できなかったが、そのせいで、いくつかのバイトをクビになっていた。

そのとき、ヒユーッ、ヒユーッ、という、はっきりと耳に届く風の音、ビル風だろうか、その風音と共に、高く舞い上げられた桜吹雪が窓の外に見えたと思った途端、無数の花弁が窓内へと吹き込んできた。

窓は閉まっているのに……そんな⁉

ルカは不思議に思い、確かめるために、椅子から立ち上がろうとして体が動かないことに気が付いた。首がわずかに動くばかりで、首から下はまるで意のままにならなかった。

金縛り……⁉

幼い頃から、金縛りにあうことはときどきあった。けれども夜眠っているときだけだった。今夜のように、椅子に座った姿勢で金縛りにあったことなどなかった。

舞い狂う花弁は、窓ガラスをすり抜けて、次々と部屋の中へと侵入してくる。室内に風は吹いていないのに、渦を巻きながら、一つの意思を持った生き物のように次第に一か所にまとまっていった。数多の花弁は寄り集まると、動きを止め、淡く白く輝く人影らしきものを形づくっていった。

その人影は、棚の前に置かれた、あの西洋人形の前に立っていた。

室内への花弁の流入が終わったころに、人影は明らかな一人の人間の姿になっていた。顔がよく見えない。髪は真っ白で、長く伸ばした髪を頭頂部からやや後ろの位置で、お団子状に束ねていた。お団子には、サクラの花弁からなる可愛らしいシュシュが巻かれていた。小柄なおばあさんであることは間違いない。着衣は、ウエストの高い位置で切り替えが入ったゆったりとしたワンピースタイプのドレス。ハワイの人たちが、よく着ているムームーというドレスだ。

だが、通常のムームーと決定的に違うのは、その柄だった。ドレス全体をサクラの花弁がおおい尽くしていた。ルカは、その美しい柄にさらに目をこらした。すると、花弁の埋め尽くした海の中に、白い肌をしたイルカが泳いでいるのを発見した。サクラとイルカ——奇妙な組み合わせだ、とルカは思った。

おばあさんは、腰をかがめ、腕を伸ばした。棚にはガラスがはめ込まれていた。おばあさんの手はガラスをすり抜け、西洋人形の両脇に差し込まれた。愛おしげに人形を抱きかかえ、その顔に頬ずりした。人形がまばたきした。それから、うっとりとした表情を浮かべ（ルカには、そう見えた）、安心したように目を閉じた。おばあさんは、人形を抱きかかえたまま、ルカに向き直った。丸メガネをかけた優しげな顔立ちだった。口もとには微笑がこぼれていた。唇は閉じていたのだが、おばあさんの柔らかな声が、直接ルカの心に届いてきた。

「パパは優しい人だった。誰にも優しい人だった。特に女性にはね……。だから、時に不安になったの。そして、その不安は的中してしまって……」

直感的にルカは理解していた。おばあさんは、ユイの祖母。ずいぶん前に亡くなったと聞いていた。そして、パパ、とは彼女の夫。妻とまだ幼かった娘を捨てて、外国の女性と駆け落ちしてしまった祖父のことだ。

ルカは聞いてみたかった。でも、金縛りで声を出せない。必死になって、心を集中させ、言葉を思い浮かべた。

自分と幼い子どもを捨てた夫を、恨んでいないのか？と。

おばあさんの微笑は変わらない。ルカの心に、音楽の静かな調べのように返事が響いてきた。

「不安になるぐらい優しかったパパのことを、結局恨みも憎みもしなかった。誰にも優しくて、優しすぎて、優しさの海の中で溺れて流されてしまった……。思わず伸ばした手の先には、私の手はなく、どこかよその国の女性の手があった。それだけのことだったのよ」

ひとり取り残されて、おばあさんは、不幸な人生を送ったのではないですか？とルカは心の中で念じるように聞いてみた。すると、すぐにおばあさんの声が返ってきた。

「ひとりじゃないわよ。娘がいたもの。優しかったパパの思い出が、抱きかかえられないくらい、いっぱい残っていたし……。あんな優しかった人と恋に落ちたことを後悔なんてしていない。幸せな人生だった。パパが優しさの海のかなたへと流されていってしまってからも、ずっと幸せだったわ。今だって……」

私は、今だって、幸せ――その声に反応したかのようにムームーの柄にあった白いイルカがはねた。おばあさんの閉じらていた唇が、ほんの束の間、まあ！という形に開いた。

「パパが、ハネムーンの代わりに連れていってくれたハワイで、お揃いのアロハを買い、一緒にムームーをプレゼントしてくれたの。ムームーを選びながら、パパが、イルカの柄の入ったものを手に取ってこう教えてくれたの。

『ドルフィンはね、恋愛運の向上を意味するんだよ』

って。そう言ってから、イルカの柄が入ったムームーを私に買ってくれたの。パパへの愛が募るとき、今もイルカは嬉しそうにはねるのよ」

おばあさんは、右腕で人形を抱き、残る左手をそっと棚の上に添えた。

ルカの目に、次々と灯りが飛び込んできた。全然まぶしくはない。ホッとするような光だった。例のキノコ型のランプシェードはもちろんのこと、棚に並べられた数多くのガラス容器が光を放ちはじめたのだ。どこかにじんだような淡いピンク、イエロー、オレンジの光が連鎖反応を起こしたように点っていった。光の数が増えていくに連れて、ルカの意識は、その光の中に飲み込まれていくように薄れていった。もう目の焦点が合わなくなりかけたとき、おばあさんの輪郭がおぼろになり、再び輪舞するサクラの花弁と化し、幻のように消えていった。そして、ルカの意識も失われた——。


「ルカ、風邪ひくよ!」

頭の上から降ってきた声と、肩を揺さぶられた刺激で、ルカは目を覚ました。目を覚ました途端、怒ったような顔をしたユイと目が合った。

「……お、おかえりなさい」

声には出してみたものの、ルカの意識はまだ戻りきってはいなかった。

ユイは、事務所机の上に放り出すようにしてカバンを置いた。ルカから目をそらし、カバンの中から資料を取り出した。その資料に視線を走らせながらユイは喋り出した。

「ビルに戻ってきたら、事務所に明かりが点ってるじゃない。えっ、まだ残ってるの？と思って、急いで駆け上がってきて、中をのぞいたら、椅子にあおむけになってるあなたがいるじゃないの。座っている、というよりも、ずり落ちて、かろうじて引っかかってるって感じでさ。一瞬生きてるの⁉って疑っちゃったわ」

その声音は、心底呆れたという感じだった。

「まさか、と思ったけど、若くても突然死というのがあるから。声をかけるのが、怖かったのよ」

と言ったときには、声は半笑いになっていた。

「寝方《ねかた》が寝方だったからさ〜。とりあえず生きてて何よりだったわ……。何か、あったの？」

相変わらず資料に目をやったまま、ユイは聞いた。

自分の見たこと、聞いたことを正直に言うべきか、どうか、ルカはためらったのだが、このまま黙っている気にはなれなかった。

「えーと……、ユイさんのおばあさん、ムームー着てませんでしたか？」

ルカの突飛すぎる質問に、ユイはさすがに資料から目を離し、ルカの方に向き直った。ハトが豆鉄砲を食らった、とは、まさにこのときのユイの表情を指すのだろう。ユイは昔の記憶を引きずり出そうと、しばらくの間考えていた。そして、ボソッと答えた。

「おばあさんのアルバムの中に、若い頃の写真に確かそんなのがあったように思うけど……」

その答えにかぶせるようにしてルカは聞いた。

「そのムームーの柄、イルカじゃありませんでしたか？」

「古いモノクロ写真だから、柄まではっきり写ってなかったけど……。そう言われれば、そうだったかもしれない……」

ユイは自信なさそうだった。

「おばあさんは白髪で、頭の上でお団子にしてませんでしたか？　丸いメガネをかけて」

ルカは矢継ぎ早に質問を浴びせた。

「……うん。……そうね。亡くなる少し前の記憶なんだけど、実家で会ったときのおばあさんはそんな感じだったと思う。

……まさか、あなた、私のおばあさんと会ったとか……ここで？」

目を丸くして、ユイが聞き返すと、ルカは一つこくんとうなずいた。それから、おばあさんから聞かされた、おじいさんへの思いについて、ルカはユイに丁寧に語って聞かせた。ユイは神妙な顔つきで、うなずきもせず黙って聞き続けた。語り終えた後、ルカは責任を果たせたような安堵感と何とも言えない疲労感を覚えた。ユイはうつむき気味の姿勢をずっと変えず、一点を見つめ続けていた。

　ふと顔を上げ、ルカの顔を正面から見たユイの目には光るものがあった。ルカは、ハッとした。緩やかなせせらぎのような声でユイは語りはじめた。

「おばあさんから、そんなことを聞かされたことは一度もなかったわ。母が、あまりおばあさんのところへ私を連れていきたがらなかったし、まだ私も子どもだったから仕方がないんだけどね。祖父母のことは、たいていが母から聞かされることばかりだった。おじいちゃんの記憶は、母にもなかった。母の口から出るのは、ただおばあさんと自分を捨てたサイテーの男、というイメージだけね。おばあさんには、母の胸の中で複雑な思いがあったようで、そのせいもあって、おばあさんは捨てられた女、という括《くく》りで哀れな女の半生という物語として聞かされることが多かったの。今、あなたが語ってくれたことは、私には驚きの連続だった。パパのことを愛していた。私の人生は幸せだった――そんな言葉をおばあさんが語っただなんて、今も信じられないくらいよ。……ちょっと混乱しちゃってて、気持ちを整理できないの。冷静に受け止めるには、もう少し時間がかかりそう……。漠然とした予感だけど、これから結婚相談所の仕事を続けていく上で、何か重大な影響を受けそうな気もしてるの」

ここまで語って、ユイは一つ息を吐いた。

反射的にルカの緊張は高まった。

「あなたと出会ったのには、何か特別な力が働いて、意味を与えられているのかもしれないね。まだ私にはよく分からないんだけど、とりあえずお礼を言っておくわ。……ルカ、私と出会ってくれてアリガトウ」

ユイの目には光るものがあった。

ルカは、幼い子どもがイヤイヤをするように頭を振り、顔を上げることができなかった。

# 第6話　リエと早瀬と福原

## 1

翌日、昨夜起きた不思議な出来事について、二人は一言も触れようとはしなかった。昨日、ユイが夕食を共にした会員のリエさんの件で、朝からバタバタしていたことが主な理由ではあったが。今はこれ以上、おばあさんのことに深入りしたくない、という気持ちが、ユイに強く働いていたのは明らかだった。そんな気持ちが作用して、いつも以上に仕事にのめり込んでいるように見受けられた。

リエさんは地元の有名私大を卒業後、母校の高校で、生物・化学を教える非常勤講師として勤務していた。年齢は二十八歳、今年二十九歳になる。ご多聞に漏れず、アラサーの仲間入りをしたという意識が高まって、危機感から結婚相談所に入会したのだった。彼女には、三歳離れた弟がいたが、やはり母校の高校で物理の教師をしていた。両親は二人とも同じ国立大学を卒業し、母親は専業主婦、父親は大学院に進み、今はその大学院の医学部研究室の教授であった。

家族揃っての高学歴、必然的にリエさんのお見合いに対する希望も高いものであった。高学歴、高収入、イケメン、高身長……。リエさん自身は、できれば、という程度であったが、母親が、娘の結婚相手は医者がいい、と明言していた。しかし、難航したメイさんの母親のように、何が何でも医者でないと困る、それ以外はご免だ、と異常なほどにこだわっているわけではなかった。

昨日の夕食の席には、リエさんだけでなく母親が同席していた。入会するために初めて事務所にやってきたときも、二人は一緒だった。これで二度目の出会いとなる。食事のときには、ワインも飲んだため、アルコールの勢いもあって母娘ともにお喋りになり、本音がポンポンと飛び出した。事務所で会ったときは、物静かで控えめであったリエさんだが、猫をかぶっていたようだ。言葉の端々から、けっこう上から目線でものを言うタイプであることが分かった。母親の言い分に対して、『ちょっと、黙っててよ』と平然と言ってのけ、自分の言い分を通そうとするわがままぶりをユイは何度も目にすることになった。

それでも、この程度のことはよくあることで、高校の理科の先生をしているならば、どうしたって上から目線になりがちだ、とユイには理解できた。見合い相手の男性がよっぽど子どもっぽくって、それが気に食わない、というようだったら、そんなオコチャマはやめときなさい、とユイが進言するまでのことだ。

だが、問題はそんなことではなかった。母親から見せられたのは釣り書きのみで、見合い写真はまた後日に、と入会時に言われたものだから、今夜の食事の席で渡されるもの、とユイは決めつけていた。ところが、いつまで経っても渡そうとするそぶりを見せなかった。

忘れているのだろうか？　とユイはいぶかったのだが、食事もそろそろ終わりという頃になり、こちらから催促しようかと思った矢先に、リエさんがバッグの中から写真を取り出し、ユイに渡してきた。

「これで、お願いします」

と、声を潜めてリエさんは言ったのだが、写真を確認した途端、ユイは、あれ？と思った。目の前にいる実物のリエさんと、印象がずいぶんと違っていた。違和感の原因がどこにあるのか？　すぐには分からなかった。ところが、その原因に気付いた途端、ユイの胸の中で違和感が爆発的に膨れ上がったのだった。

鼻だ……。

今どきの見合い写真に、修正を施すなんてことは日常茶飯事であった。全く修正を加えていない見合い写真の方が稀になっていた。シミや皺をとる、目を大きくする、小顔にする……何だってアリ、だ。要は程度問題だ。

リエさんがユイに渡した写真では、彼女の鼻のラインがボカされていた……というよりも、はっきり言って鼻が照明で飛ばされていた⁉ 写真から、鼻が消されてしまっていたために、かえって目の前にいる実物のリエさんの鼻が、異様に巨大に見えてしまう。口にこそ出さなかったが、ユイは内心、

（これは困ったことになるかもしれない……）

と直感した。

（不安が、杞憂《きゆう》に終わってくれればいいのだが……）

と考えたのだが、とうとう食事も終わってお別れをするまで、ユイの感じた違和感と不安をリエさん母娘に伝えられなかった。写真を渡されたタイミングと、そのときにリエさんが口にした言葉、「これで、お願いします」という言い方から想像するに、リエさんは鼻を消したことについて、今はあれこれと言ってほしくなかったに違いない、とユイは考えたからだった。

結婚相談所の所長として、その経験智から、見合いに支障が出るかもしれない心配事については、事前にきちんと注意するべきなんだ、と思う。まずは、見合いを成功させることが、自分の果たすべき使命なんだから。分かってはいるんだが……何だろう？ 同性として、リエさ

んのしたことの根っこにある思いを分からないでもない、と共感してしまう、そっちを優先させてしまう所長としての弱点が自分にはある——。

ユイはそう思わないではいられなかった。そして、悩ましかった。

見合い候補として選んだ何人かの男性会員のファイルをテーブルに並べて、ユイは見比べていた。そんな作業をしながら、同時にリエさんのことを語るユイの口調が、どこかいつもと違うことにルカは気付いていていた。

見合い写真に問題があった場合、ルカの知っているユイならば、迷うことなく指摘し撮り直させていた。それが昨夜に限ってはできなかったことを、自分の弱点ととらえ、まるで愚痴を漏らすような口調で語った。

（ユイさんらしくない、何か、変……）

とルカは感じ、

（もしかしたら、昨夜のおばあさんの一件が影響しているんじゃ……）

と、考えたところで、すぐに否定した。

（リエさんとの食事とおばあさんの一件は、ほぼ同時刻に別々の場所であった出来事なんだから、関係あるはずが……な……い……）

と、考えかけて、思考が止まってしまった。

（理屈に合ってるとか、合ってないとか、この場合そんなことは大事じゃない気がする。そもそもユイさんの亡くなったおばあさんが、私の前に現れて、おじいさんのことを語ったこと自体、理屈じゃあ説明できないことなんだし……。ユイさんの迷いとおばあさんが現れたことが、同時に起きたってことに意味があるように思える。偶然の一致に過ぎないかもしれないけど、何とかいったよね、……シン……そうそう、シンクロニシティ！　前に雑誌で読んだことがある。それだ！）

自分で考えていることなのに、ルカにはわけが分からなくなっていた。だが、それでもなぜか、ストンと腑《ふ》に落ちたような感覚を味わっていた。

我知らず、ニターッ、と笑顔を浮かべたルカの顔を、ユイは不審そうにじっと見つめた。その視線に気付いて、慌ててルカは目を伏せた。何とかしてこの気まずさをまぎらわせようと、とっさにルカは口走った。

「ワッフル、ワッフル買ってあるんですけど、食べます？　紅茶、淹れますけど」

まだ不審そうな視線を向けていたユイであったが、ワッフル、と聞いて、表情が一変した。

「食べる！　食べる！　悩めるアラフォー女子にとって甘いものは必需品よ。ルカブレンドでお願いね」

いつもの声音に戻ったユイにホッとして、呪縛から解放されたようにルカは腰を上げ、いそいそとキッチンへ向かった。そのルカの背中に、ユイの声がかぶさってきた。

「……うん、迷っていても仕方がない。ド本命は後に回して、まずはこの方に当たってみようかな？　あの写真を見せたらどんな反応が返ってきて、その後、どう展開していくか、実験してみる価値はありそうね。縁は異なもの、味なもの、というからね。スイス～イとまとまるのならば、それはそれで良いし。まとまらなくても、やっぱりね、仕方がない、で納得できちゃう。お相手の男性には悪いけど、この二段階作戦で臨まないと、リエさんに成長はないし、私の悩みも解消しない。個人的なことに利用するみたいで、気がひけるけど……。あなたにだけは打ち明けとくね。絶対に内緒だよ。ま、必要なこともあまり喋らないあなたに口止めする必要はないけどね」

ルカに向けて言っているようで、実質はユイのひとり言のようにルカには聞こえた。それに、絶対に内緒だよ、と言われても、ユイが胸に秘めている作戦の中身を、ルカにはよく理解できなかった。それもユイは分かっているはずだ。でも、それでいい、とルカには思えた。

ルカは返答せず、黙って紅茶を淹れた。皿にワッフルを取り分けて、生クリームとブルーベリージャムを添えてから、ルカは心の中で、ヨシッ、とつぶやいた。悩めるユイさんの吐き出す思いを受け止めること。そして、ユイさんを元気にするために、おいしい紅茶を淹れること。

それが私に課せられた使命なのだ、とルカは自分に言い聞かせた。

ユイが選んだ見合いの相手は早瀬俊介さん。産業用ロボットの部品製造で、急速に売り上げを伸ばしてきた会社の若手社長だった。三十五歳。仕事一筋で生きてきて、家庭を持つことなど考えてもいなかった。一八〇センチを超える長身で、俳優になってもおかしくない渋めのイケメンだった。若い頃から女性にもてたが、長続きしない。本人に結婚する意志がまるでないのだから、自然消滅のような形で終わることがもっぱらだった。

結婚相談所に入会したのも、心配した両親からの強い勧めで仕方なくであった。

だが、ユイから送られてきたリエさんの写真を見て、一発で気に入ってしまった。是非、会いたい、とすぐさまユイのもとに連絡を入れた。ほぼ同じタイミングで、リエさんからも見合いを望む返答が送られてきた。

見合いは一週間後の土曜日、場所はいつも通り例のホテルのラウンジで、ということで決まった。

出足は順調。いつもならば上機嫌になるはずのユイに笑顔は見られなかった。口数も減ってしまったユイの様子に、ルカまでが緊張を強いられた。ユイのカバン持ちでホテルへと向かう道中でも、ルカは一言も喋らなかった。ユイが殻を閉ざしたように、何も語りかけてこなかったからだ。こんな経験はルカにとって初めてだった。

ラウンジの入り口で、リエさんと早瀬さんを引き合わせた後、ユイは二人に見合いについて簡略な説明を行った。いつもと変わらぬ見合いの光景であったが、ユイの傍にいて、ルカは、これまでのユイには見られなかった変化をはっきりと見てとっていた。ユイの視線は、早瀬さんの表情に注がれていることが圧倒的に長かった。

ルカにはよく分からなかったが、何というべきか……早瀬さんの表情に張りがない、とでも言ったらいいのだろうか……？

見合いに臨む場合、男女を問わず、緊張していることが多い。抑えきれないほどの緊張感から、顔を紅潮させている場合も少なくない。当然だろう。ところが、そんな反応が早瀬さんには全くなかった。

それ以上に、ルカに強い印象を残したのは、リエさんに出会った瞬間の早瀬さんの態度だった。彼の歩みがピタリと止まり、明らかに戸惑ったような表情を浮かべたのだ。

もう一つが、ユイの反応だった。早瀬さんの戸惑い、混乱に気付いた途端、ユイも歩みを止めた。ユイの異変にルカが思わずその表情をうかがうと、片眉がぐっと上がったのが見えた。フラットだった表情が、みるみる険悪になったようにも見えた。ユイは何も言わなかったし、その一瞬の早瀬さんやユイの心の動きを全て読めたわけではなかったが、ユイの胸の中で、ある思いが一気に噴き上がり、もの凄いスピードで計算しはじめたのを、ルカは感じ取っていた。

ラウンジの中へと二人を誘導し、顔なじみのフロント・マネージャーに後のことを託し終えたユイは、席へと向かう二人の後ろ姿を目で追いながらも、心はもう既にここにはなかった。

ちょっときつめの声で、ユイはルカに告げた。

「事務所に戻るよ。たぶんお見合いが終わったら、すぐにでも連絡が入るから」

ユイはルカの返事を待とうともせずに、スタスタとホテルの階段を降りていった。

ユイは紅茶を口に運び、ワッフルを頬張りながら、電話をにらみつけていた。そして、電話が鳴った——。

## 2

「今日はありがとうございました。いい方を紹介していただいて。高校の先生をされているだけにとても知的で、ロボット工学の話をしても理解が早くて感心しました……」

案の定、早瀬さんからの電話だった。表面上は平然とした態度で、話をきいているように見えるユイとは対照的に、その傍でルカは電話に聞き耳を立てながら、いかにも落ち着かない様子だった。

「……ハイ。……ハイ。分かりました。私からお相手の方へは連絡を入れますので、後のことはご心配なさらなくても結構です。今日はお疲れさまでした。今回の経験をいかして、次回こそは早瀬さんの期待に添える方を紹介できるよう尽力しますので、今後ともよろしくお願いします。では、失礼します。」

電話を切ると、ユイは事務所の天井を見上げ、小さく息を吐いた。そして、自分の顔に穴が開くほどに、熱い視線を送っているルカに気が付いた。どちらも口を開けようとはしなかった。最初に口を開いたのはユイだった。たった一言。

「鼻……」

「ユイさんの心配が的中したんですね？」

と、ルカが聞くと、

「親にせっつかれて入会した早瀬さんだもんね。結婚を焦ってたわけじゃない。写真を見て気に入ったんだから、写真の通りじゃなきゃ、こういう結果になるのも当然でしょ」

ユイの返事は冷たかった。

電話で、早瀬さんの語った内容はこうだった。

ラウンジ前でリエさんと初めて会ったとき、目が合ったにもかかわらず、早瀬さんは彼女に気付かなかった。彼女の方から会釈され、

「今日は、よろしくお願いします」

と言われて、初めて目の前にいる女性がリエさんであることが分かったのだった。

「あっ、失礼しました。こちらこそ、よろしくお願いします」

慌てて挨拶したものの、気持ちが急速にしぼんでいくのを早瀬さんは自覚せざるをえなかった。写真をひと目見て気に入って以来、彼の頭の中で、リエさんの顔のイメージが勝手に膨らんでいった。無意識であったが、自分好みの顔に、彼女の顔がどんどん変容していったのだろう。

いやいや、話をすれば、彼女のいい点に気付けるかもしれない。ああ、いい感じだな、とか……。そうすれば、また気持ちが高まってくるかも……。

早瀬さんはそう思い直して見合いに臨んだのだが、期待通りにはいかなかった。

リエさんの顔の中央にどっかりと居座った鼻が（彼の目には、そう映った）、全てを邪魔した。自分の話に彼女が笑っても、鼻が笑っている、としか見えなかった。

うん、うん、と彼女がうなずいても、鼻があいづちを打ってる、と見えてしまう始末だった。

見合いの途中で、彼はあきらめてしまった。大きな鼻を好きになるなんて、土台が無理な話

なのだ。早く時間が過ぎればいい……。ただそれだけを願っていたという。早瀬さんが語ったという話をユイから聞いて、ルカの表情は曇った。

「残酷ですね」

するとユイは突き放すようにこう答えた。

「たった二時間かそこらで、お付き合いをするかどうか、決めるんですもの。お見合いは、一期一会。残酷な真剣勝負になるのは当たり前でしょ」

何も言い返せず、不安そうな顔を見せてルカは聞いた。

「リエさんには、今日のお見合いのこと、どう連絡するんですか？　まさか鼻のことを……」

ユイは唇を曲げて、ニヤリと不敵な笑みを浮かべた。

「それも面白いかもね。……でも、リエさんが、がんじがらめになってるコンプレックスに下手に触れたら、脱会するか、結婚自体をあきらめてしまうか、整形に走るか、どれにしてもろくな結果を招かないわ。もう一度彼女にはここへ来てもらうつもりなの。今日のお見合いの失敗を、彼女という人間の成長につなげていかなきゃ、意味がない。それができない間は、私の持っているもう一人のお見合い候補。彼女にとってはド本命になるに違いない、と踏んでいる男性とのお見合いをセッティングするわけにはいかないわ。また同じあやまちを繰り返すだけだものね……。私は、一人でも多くの会員さんに幸せになってもらいたいのよ。私は悩めるアラフォー女で、恋のキューピッドなのよ」

最後は冗談めかした口調で語ったユイではあったが、ルカには、その目は決して笑っていなかったように見えた。

そして、ふとユイのおばあさんの告白を思い出した。

「パパと結婚できた私は、今だって、幸せ！」

人間の理解を超えたシンクロニシティーの力？　そのおばあさんの言葉が、ユイを変えていくのでは？　理屈なんかいらない。それでも、ルカにはそう思えてならなかった。

ラベンダーのブラウスに、同色のスカート。彼女の膝の上に置かれたアイボリーのジャケット。その色の組み合わせが、四月も中旬を迎えた春本番の季節感とマッチしていた。

紅茶とお茶うけをリエさんに運びながら、チラリと視線を送った彼女の装いに、ルカは

（ああ、やっぱりこの人も自分とは違う世界の住人なんだ……）

という思いを強くした。リエさんばかりではない。ハイスペックな結婚相手を求めて、この事務所を訪れる女性を見るたびに、ルカは同じ思いを抱かされていた。

でも、誰一人として、ルカがそんな思いを抱いていることなど想像もしていない。そもそも眼中にない。見合いに成功すれば有頂天になり、ルカの存在などないに等しいものとなり、反

対にうまくいかなければ、自分だけが悲劇のヒロインと思い込み、自分を羨望の眼差しで見つめているルカのことなんか、いないも同然であった。

今、ユイを前にして、身を縮こまらせているリエさんは、後者だった。

紅茶とお茶うけを出されても、リエさんは無反応だった。今にはじまったことではない。今さらルカはそんなことで傷つきはしない。それでも、ほんのちょっとだけ、自分を透明人間扱いする女性たちに意地悪な目を向けるようになっていた。

（運良く恵まれた環境で生きてきたんですもの、お見合いに一度か二度、失敗したところで、どうってことないでしょ？　それでも悩みたければ、好きなだけ悩みなさい……）

そんな呪詛《じゅそ》にも近いルカの思いを地で行くように、ユイからの説明にリエさんは深く悩み、落ち込んでいった。

（たかが鼻が原因で、お見合いに失敗しただなんて……）

リエさんはあまりの情けなさと理不尽さに押しつぶされそうになり、泣くまいと自制していたのに、いつの間にか涙がこぼれ落ちていた。ユイは、スッと、ティッシュの箱をリエさんの方に押しやった。蚊の鳴くような声で礼を言い、ティッシュでリエさんは涙を拭き、意外と大きな音を立てて鼻をかんだ。ルカはリエさんの死角に入り、声を押し殺して微かに笑った。

彼女の涙になど無反応に、ユイの目は鋭く光っていた。そして、こう言った。

「ねぇ、リエさん。あなた、まさか鼻が問題だ、なんて考えてないでしょうね？」

ほんのわずかだが、うつむいていたリエさんの顔が上がった。

ユイはさらに続けた。

「誰にだって、コンプレックスの一つや二つはあるわ。あるのが自然よ。ただし、それを自分の価値を下げるものとだけ捉えて、コンプレックスと感じ、ひたすら隠そうとすると、そのコンプレックスに感じるところがかえって強調されちゃうの。結果としてその意識が相手にも伝わってしまい、相手も否定的に感じとってしまうということなの。鼻はあなたにとってコンプレックスに感じるものじゃなくて、唯一無二のあなたという個性を作り上げている要素の一つに過ぎない、っていうことよ」

そう言い切ってから、ユイは手鏡を取り出して、リエさんの顔の前に突き出した。

「リエさん、これは魔法の鏡なの。私の祖母はね、夫を外国人女性に略奪されたというのに、死んだ今になっても、自分を捨てた夫を愛している、私は幸せよ、と広言してる人らしいの。スゴイ話でしょ？ そんな祖母から譲り受けたのがこの鏡なの」

ルカはびっくりした。ユイさんの心に、深く深くおばあさんの言葉が突き刺さっていく。今も、どんどんと。ユイの中で、確実に何か科学反応のようなものが起きているのをルカは感じた。

「鏡を見てくれる？ 笑って。無理でもいいから、ともかく笑ってくれる？ あなたは素敵な女性よ。口角を上げて笑おうと意識するとき、一瞬あなたは鼻のことを忘れるはずよ。それは、鼻も含めて、あなたが素敵な女性であることの証拠よ。でもね、今のあなたは、鼻が目に入った途端、その素敵な笑顔が消えてしまう。どんなときでも、その素敵な笑顔を見せていられる女性になること。それが今のあなたにとっての最大の課題よ。もちろん、それがお見合いを成功させるためのカギなんだけどね。分かる？」

リエさんはユイを見返そうとはせず、虚ろな眼差しで首を縦に振りかけたのだが、その動きは止まり、強く首を横に振った。虚ろだった眼差しに力が宿り、再び涙で目が潤みはじめた。そして、リエさんの口から言葉がほとばしり出た。

「鼻に修正をかけずに、お見合い写真を撮るなんて……裸を見せるより恥ずかしい！ バカな女と思われるでしょうが、あの写真以外に男性に見せられる写真はありません。あの写真で、……お願いします」

リエさんは苦しげだった。

見合いで失敗することを恐れながらも、それを克服するために、素《す》のままの自分を見合い写真に使うことには耐え難い恥ずかしさを覚える。矛盾していることは百も承知だ。それでもその矛盾から抜け出せないでいる苦しさが、彼女の言葉からはにじみ出ていた。

ユイは鋭い視線をリエさんに向け続けていた。涙ぐんだリエさんの目とぶつかった一瞬だった。ユイの顔がほころんだ。

「リエさん。あなたのその我の強さ。ご自分で認めている通り、あなたのバカなところ。私は嫌いじゃないわ。私の中にもあるもの。バカのくせに頭のいいあなたのことだから、もう気付いているんでしょうが、今のままじゃあ、あなたのお見合いはうまくいかない。……それじゃあ、結婚相談所の所長としては困るのよね。成婚率が上がってくれないと相談所の評判が悪くなっちゃうし。……そうだ」

と言って、ユイは一冊の文庫本を取り出し、リエさんに見せた。

「これね、あなたも読んだことがあるかもしれないけど、芥川龍之介の小説。短編集なんだけど、その中の『鼻』という小説をあなたに読んで欲しいの。あなたが鼻を修正した写真で見合いを続けたいと言われるなら、こちらもお客様あっての仕事ですから従います。何人でもお見合い相手を紹介します。それはそれで、……でも、その前に一度、この小説を読んでみてほしいの。お見合いに失敗し、心に傷を負った今だからこそ、その傷口から深くしみ込んでくるものがあると思うから。

もうこれ以上、くどくどと先生相手に説教するつもりはありません。後はあなたの判断にお任せします」

そう告げると、手にしていた文庫本をリエさんの前に差し出した。リエさんはすぐには手に取らず、黙ってその表紙に目を注いでいた。

3

リエさんが帰った後に、後片付けをしながら、ルカはユイに聞いた。

「あの文庫本、前もって仕込んであったんですよね？」

事務机に座って、また別の会員に記入してもらったプロフィールシートに目を通しながら、ユイはどこか不機嫌そうな声で答えた。

「そりゃあ、そうよ。私が芥川龍之介の本をいつもバッグに入れて、持ち歩いてるような人間だ、と思える？　小説なんて、この何年か読んだことないわ」

そりゃあ、そうだ、という顔をして、ルカはうなずいた。そんなルカの反応に、さらに不機嫌さを増した声でユイは口を開いた。

「仕込んだ、っていう言い方は、何だか人聞きが悪いわね。私が悪知恵の働く悪党みたいに聞こえるじゃない。……ま、確かに、悪知恵というか、サル知恵というか、そう言えば言えなくもないけどさ。相手は、何と言っても高校の先生でしょ？　頭が良くて、プライドも高くて。そんな人間に説教垂れて、納得させようたって無理がある、と思ってね。最後は彼女自身で納得して決断してもらうしか、手はない。正解は、もうリエさんの頭の中にある。でも、それは頭がいいからこその理屈に過ぎなくて、心がついてきてない。そこで思いついたのが、小説の力を借りようというサル知恵だったわけ。頭で答えは出ていても、心がついてきてないから、足を踏み出せずにいる。ならば背中をぐっと押してくれる、何かきっかけみたいなものがいる。小説は心に働きかけてくる。彼女の背中を押すきっかけの役割を果たしてくれるんじゃないかな、と思ってね」

ルカには、分かるような、分からないような……ポカンとした顔つきになっていた。その顔を見てユイは聞いてきた。

「もしかして、ルカは、芥川の『鼻』を知らないとか？」

ルカは正直に答えた。

「もちろん……知りません」

ふむふむとユイはうなずきながら、少しだけ機嫌が良くなった。

「単純な話よ。昔、偉いお坊さんがいたんだけど、大きな鼻をぶらさげていてね、陰で人が笑っていることを知っていた。気にはしてたんだけど、プライドが高くてね、気にしていることを表には出さなかったの。ところが、ある日、弟子が鼻の治療法を聞きつけてきて、それを実践してみたわけ。すると効果バツグンで、翌朝には鼻が人並みの大きさになっていた。ところが、周囲の人たちは、鼻が大きかったときよりも笑い出したの。中にはお坊さんのいる前で吹き出す者まで出る始末。それでお坊さんは余計に傷ついちゃった。何日か経ってある寒い夜に、急に鼻がむずがゆくなり、翌朝目を覚ましたら、鼻は元通りの大きさに戻っていた。お坊さんは思ったの。これでもう笑う者はいなくなるだろう、って。お坊さんは晴ればれとした気分を味わった――以上、それだけの話よ」

ルカはますます、ポカン、とした表情になった。

「……だろうね～。ルカにはピンとこない。私だって同じ。でも、リエさんは違うと思うの。彼女の背中を押せるのは理屈じゃない。お坊さんが最後に味わった、晴ればれとした気持ち、ってのが、彼女の胸に刺さると思えるの。スコーン、てね。突き抜けた後にやってくる爽快感。鼻にこだわってる限り、絶対に味わえない感覚。リエさんも無意識にきっとそんな気分を切望しているはず。そんな気分になれれば、彼女にとってお見合いなんてどうってことない。スイスーイ、と結婚まで行っちゃうんじゃないかな、と私には思えるのよね」

そう言って、ユイはニンマリと笑った。

ユイにそう言われると、ルカにもそう思えてきた。でも、ホントはよく分からない。ボンヤリとした気分のまま、それでもユイさんの言う通りなんだろうな〜、とルカには思えた。

（あっ、鏡⁉）

まるで稲妻が走ったみたいに、違う疑問がルカの頭をよぎっていった。

ユイは、おばあさんから受け継いだ手鏡を魔法の鏡と呼んだ。

（あれは、単なるその場限りの思いつきだったのだろうか？）

ルカはユイに聞いてみたい欲望に駆られた。

ユイはリエさんに、この鏡に向かって笑ってみなさい、と言った。無理にでも笑顔を浮かべれば、そのとき、鏡にはリエさんのまだ気付いていないホントの彼女の顔が映る、という意味だったのだ、とルカには思えた。

（……ということは、ユイさんは既に実証ずみで、その鏡に自分の顔を映してホントの自分の顔を見たのではないのか？）

ユイのホントの顔――ルカはまだ知らないと思った。

ならば……と、さらにルカは考えようとしたわけでもなく考えてしまっていた。

（もしも、魔法の鏡に自分の顔を映したら、どんな顔が見えるんだろうか⁉）

一瞬見たいと思い、その直後に、見たくない、と思った。怖かった。

（自分のホントの顔なんか……）

ルカには勇気が持てなかった。

両親を放火で失い、両親の記憶はおろか、自分に両親というものが存在するのか、まるで実感が持てないまま養護施設で他人に囲まれ育ってきた。施設で、ここが自分の居場所だ、など感じたことはなかった。誰にも心を開かなかった。社会に出てからも同じ。心を開けないから周囲の人たちから弾かれた。自業自得。全部、自分が悪い。ひとりぼっちの心を抱えて、流れるだけの二十七年間の人生を送ってきた。

(そんな自分のホントの顔なんか……イヤだ!)

そう考えて、腰が引けてしまった途端、ルカはユイに聞くのをやめてしまった。

(自分みたいな人間に、いつそんな勇気が持てるようになるのか分からないけど、いつかそんなときが訪れたら、聞いてみよう)

と、ルカは考えた。

ユイもルカも、それぞれが自分の心に閉じこもるようにして黙ってしまった。

その日から一週間ばかりが経ち、リエさんから封筒が届いた。中にはユイが渡した文庫本と写真が入っていた。

「きたよー!」

満面の笑みを浮かべて、ユイがルカに大声で告げた。その声で事情を察したルカも嬉しくなった。でも、それ以上に驚きの方が強かった。本当にユイの思いがリエさんに届いたのだ。

（魔法の手鏡を持っているユイさんは、ホンモノの魔女だったんだ……）

そう、ルカは心の中でつぶやいた。

文庫本には一枚の便箋が挟んであった。そこにはこう記されていた。

「この小説には、私が登場してきます。そら恐ろしいような気分で読みました、繰り返し。そして、涙が止まらなくなりました。泣けて、泣けて、泣き尽くした後に、ほんのちょっとだけ、お坊さんの気持ち、晴ればれとした心持ちが、私の心の中に広がってきたように思います。一〇〇パーセントではありません。でも、今の私の気持ちに正直にお見合い写真を撮り直してみました。ご覧になってください。

本当にありがとうございました。ユイさんの結婚相談所に入会できたことに、心から感謝しています。まだまだ未熟者ですが、今後ともよろしくお願いします」

読み終わった後、ユイはくるりと背を向けて事務所の天井を仰ぎ見た。

日頃はからかわれていることの多いルカは、かたき討ちの絶好のチャンスとばかりに、ユイの背中にむかって聞いてみた。

「泣いてるんですか？」

すると、ユイは天井に視線を注いだままの姿勢でこう言い返した。

「バカおっしゃい！　私が泣くもんですか。次の手を考えてるのよ！」

ユイさん、カワイイ、と思いながら、ルカのニヤニヤは止まらない。

それから、ルカは同封されていた写真を手に取った。無修正だった。思わずルカは声を漏らした。

「リエさんって、きれいですね」

心からの感想だった。

ルカに向き直るとユイは口を開いた。

「そう。鼻にコンプレックスなんか持たずに晴ればれとした気分で、ありのままのリエさんがニッコリ微笑んで写真に収まれば、たいていの男性はイチコロよ。

ヨシッ！　そのときが来た。ド本命のお見合い相手を紹介しましょうかね。今のリエさんなら、間違いなくお見合いは成功する。私が保証するわ」

そう言うや否や、既に準備してあった資料の確認をユイはしはじめた。

ユイがリエさんにとってのド本命とねらいを定めていた男性は、福原由一さん。大手製薬会社の主任研究員を務めるエリート社員。三十三歳だが、年収は三〇〇〇万円近い。

福原さんとユイは事務所で一度面談していた。スーツの似合うスラリとした体型。鼻筋が通り、二重の目が涼しい爽やかな好青年だった。話し方は理路整然としていかにも賢い理系男子であったが、笑うとエクボができる。カワイイ。ギャップ萌えで、さすがのユイもその笑顔に胸が、キュン、としたほどだった。

どうしてこんな魅力的な男性が三十三歳で未婚なのか、不思議でならない。ユイはストレートにその点について聞いてみた。

福原さんは苦笑いを浮かべながらこう答えた。

「大学、大学院と、ともかく研究が面白くって、薬品開発がいつの間にか趣味のようになってしまって、つい……」

つい、か……。ついっていうのも罪作りだね～、と福原さんの話を聞きながらユイはつくづく思った。

そんな福原さんとリエさんとの見合いは、何の支障もなく成立し、たちまちにして意気投合。出会ったその日から、結婚するのが当然であるかのような勢いで、交際は進展していった。仮交際などという様子見の期間は不必要、といった感じで、初めから本気モードのデートとなった。

ユイのもとへリエさんから連絡が入った。見合いをしてからまだ一か月も経っていない。福原さんからプロポーズされた、というのだ。リエさんの口調は弾んでいた。

「晴ればれとした心持ち、というのは、こういうものなんですね」

と、リエさんはかろやかに語った。

鼻の一件で、見合いに失敗したときの落胆ぶりが嘘のようであった。二人はもう結婚式の日取り決めと会場探しに動き出しているとも言った。

リエさんからの報告を聞くユイの顔も、晴ればれとしているようにルカには見えた。仕事とはいえ、他人の幸せのために奔走し、知恵を絞って、できる限りのサポートをする。そんな努力が結婚という形で結実する。当事者たちと同じ熱量で、我が事のように喜んでいるユイの姿に、ルカは人としてまぶしさを感じた。自分もこの結婚相談所で、ユイさんと一緒に歩み続けたならば、いつかユイさんみたいに、他人の喜びを自分の喜びとして喜べるようになるだろうか？ 心もとない気持ちもするのだが、それでも、そんな自分を夢想することが楽しかった。

かつての自分からは想像もつかない自分の心の変化に、ルカ自身驚いていた。結婚なんて、自分のような人間には無縁なことだと承知していたが、結婚とは関係なく、リエさんの味わっている、晴ればれとした心持ちを自分も味わってみたい、とルカは願っていた。

リエさんの電話が切れた。受話器を置いたユイの頬に、ほんのりと赤みが差していた。

ユイの相づちの様子から、あらかたリエさんの報告内容は想像できていたのだが、それでも、ルカは改めてユイの口から聞きたかった。

「リエさん、幸せになれそうですね」

と、ルカから口火を切った。

「もう充分に幸せよ。これ以上幸せになったら、あの人、昇天しちゃうよ」

思ってもみなかった、どこかひんやりした言葉でユイは返答してきた。

「昇天ですか……?」

ルカがそう聞き返すと、

「そう、昇天。結婚の極意と言ってもいいんだけど、婚活に燃えるような愛情なんて必要ないのよ。かえって邪魔なだけ。そんなものを求めていたら、永遠にお相手なんか見つからない。燃えるような愛情に恋い焦がれて、全身やけどの重傷を負うのが関の山よ。結婚だけに限らないけど、何ごともほどほどがいい。愛情っていう天国と地獄を、激しく往復するようなお付き合いは体に毒よ。どーってことないけど、この人と一緒にいたら楽。ま、これが幸せというものかな? というゆる~いレベルが、ベストなのよね」

ユイは真顔で答えた。

(ユイさんって、二重人格……? 他人の喜びを自分のことみたいに喜べるくせに、同時にメッチャ醒めた目でその喜びを観察している。どういう精神構造をしているんだろう……?

ユイさんには憧れるけど、どこかついていけないところがある……）

ルカは胸の内でつぶやいていた。

すると、ユイがボソッと言葉を漏らした。

「さ～て、桂川さん。どう攻めようかしら？　リエさんとは真逆なんだよね～」

# 第7話　ルミ子

わんこソバ⁉　ハイ、次。ハイ、次。おわんにフタをしようともしない。苦労してやっとカラにしたおわんに、容赦なく継ぎ足されるソバを、嫌な顔一つせずにかき込んでしまう。次々と舞い込んでくる依頼に、フットワーク軽く対応するユイの態度を見ていると、ルカにはそんな想像が生まれた。婚活という人間の限りない欲望に答えるべく、開催されているロングランのわんこソバ大会。その大食い女王――ルカの目には常軌を逸したように映る大食いの果てに、ユイは何を求めるのだろう？　ルカは考えてみたのだが、答えらしきものなど何も浮かんではこなかった。

リエさんとは真逆だ、という桂川正史さんの依頼が持ち込まれたのは、先週のことだった。ユイから

「あなた、明日は休みなさい。働きづめなんだから。なんだったら、二、三日休んだっていいわよ」

と、命じられたその日、久しぶりに昼近くまで寝て、アパートの自室で紅茶とサンドイッチという何ともわびしいブランチをとった。だが、その後、何もすることがない。したいこともなかった。身の置き所に困り果て、ぶらりと部屋を出たのだが、行くべきところは結婚相談所の事務所しかなかった。顔を出せば、ユイに叱られるのは覚悟の上だった。それでもルカがいて、しっくりくる居場所は事務所しか思いつかなかった。

事務所の入っている雑居ビルの一階にある花屋で事務所に飾る花を買ってから、二階にも立ち寄った。

ドアを開けると、コーヒーの豆の香りに包まれた。二階はコーヒー豆と紅茶の茶葉を売っている店で、店内でコーヒー、紅茶を楽しむことができた。喫茶店と呼ぶほどには席がないため、常連客以外めったに立ち寄る人はいない。ルカはこの店で紅茶の茶葉を選ぶのが好きだった。マスターの矢口さんは恐ろしく無口な人で、こちらから話しかけなければ絶対に口を開かない。聞かれたことだけに返事をし、それ以外の無駄口を叩かなかった。そんな物静かな店の置物みたいなマスターも、ルカには好もしかった。事務所で乏しくなっていた茶葉を買い足してから、三階の事務所へ向かった。

ドアにはカギはかかっていなかった。ルカは恐るおそるドアを開けた。

（叱られるのは、嫌だな～）

そう思いながら中をのぞくと、棚の前にしゃがんでいる人の後ろ姿が見えた。明るい紺色の着物、目をこらすと、十文字の井げたの小さなかすれたような模様の入っているのが分かった。どこか懐かしい。施設にいた頃、小学生だったときのおぼろげな記憶がよみがえってきた。ふいに一つの言葉が浮かび上がった。

大島紬……おばさんは、確か、そう言ってた……

記憶をたぐり寄せていたとき、その白髪の多く混じった髪を後ろに束ね、べっ甲のかんざしを刺した頭がくるりと向きを変え、ルカと目が合った。その顔を見た途端、ハッとした。

（ユイさんだ……。三十年もすれば、この顔になる……）

ルカが挨拶する前に、三十年後のユイが口を開いた。

「こんにちは。ユイの母のルミ子です。ルカさんね？　娘からあなたのことはいろいろ聞いております。あの子はわがままで、私の言うことなんかまるで聞いてくれません。強情だから、振り回されてるんじゃありません？　私の育て方が悪かったものだから。許してくださいね。あの子は、あなたを頼りにしているんですよ。あなたが手伝ってくれるようになってから、あの子は変わりました。ずいぶん明るくなった気がします。ホントに感謝しています。これからもあの子を助けてやってくださいね」

そう言ってから、ルカに向かって深々と頭を下げた。

頭を下げられてルカは慌てたが、ユイの母親、ルミ子の言葉に胸の熱くなるのを覚えた。

（私がユイさんの役に立っている……）

自分のことを認めてくれたルミ子にシンパシーを覚えたせいか、ルカ自身思っていなかったことをつい聞いてしまった。

「あのー、お母さんのお召し物は、大島紬ですか？」

その途端、ルミ子の顔がパッと華やいだ。

「あらっ、お若いのに、着物に興味がおありなの？」

再びルカは慌てた。ルミ子が着付け教室の先生であることを思い出したのだ。ルカは大仰《おおぎょう》に手を振りながら否定した。

「いえいえ、全くの素人です。ただ、大島紬には子どものころの思い出があったものですから。その……」

と言ってしまい、話の流れから、かいつまんでその思い出についてルミ子に聞いてもらうことになった。

ルカが児童養護施設にいたときのことだ。小学生のころ、年に何度か、ひな祭りや端午の節句、七夕、クリスマスといった行事のある日に、お菓子やおもちゃを子どもたちに配っていたボランティアのおばさんがいた。どういう素性の人なのか、まだ子どもだったので知る由もなかったが、お菓子やおもちゃを渡してくれる際に、ルカのからだをギュッと抱き締め、優しい声で

「しっかり勉強して、賢い人になるのよ」

と言われたことを覚えていた。そのギュッと抱き締められたときのおばさんが着ていた着物の感触が、ルカには新鮮だった。それでいつか聞いたことがあったのだ。

「この着物はね、大島紬というのよ。冬、暖かくて、夏、涼しい。長年着ていても、着くずれることがない。日本を代表する伝統ある着物なのよ」

と、おばさんは教えてくれた。そんなスゴイ着物を着ているおばさんは特別な人に違いない、とルカは思った。ところが、ルカが小学校を卒業する前に、おばさんは死んでしまった。ガンだった、と記憶している。病気になってからも、体の動く限り施設の慰問を続けた人だった……。

神妙な顔をしてルカの話を聞いていたルミ子だったが、その話が終わると、しゃがんでいた棚の前から離れ、ルカに近寄り、そっとルカを抱き締めた。

「そのおばさんはこんな感じだったかしら？」

と、ルミ子はルカの耳元でささやき、腕に力を入れ、ギュッと抱き締めた。

ルカは目をつぶった。思い出していた。おばさんの着物の感触、そして自分のことを思ってくれる人に抱き締められる安心感を。

ルミ子は続けてささやいた。

「あなたの生い立ちは、ユイから聞いてる。大変だったね……。苦労したのね……。それでもよく生き延びて……あなたは、偉いわ……。よく生き延びて、あの子と出会ってくれた……ありがとうね」

ルカの耳元ですすり泣く声が聞こえた。

よく生き延びて、という言葉が、ルカの耳の奥で何度もこだました。それは、私のこと……。ユイさんのお父さんのことでも……？ つらい思いをして生き延びてきたのは、私だけじゃない……。ルカは優しく力強い母鳥の羽毛に包み込まれたような心地よさを覚えながら、そう感じていた。ルミ子の腕に身を任せたきり、軽いめまいを覚えかけたとき、すっとその腕が離れた。泣き笑いの表情を浮かべたルミ子がルカに言った。

「もう一人、娘が増えたような気がするわ。あなたには迷惑な話かもしれないけどね。……やりかけてたこと、片付けちゃうから。ちょっと待ってて。ユイは会員さんと外で会った後で、来るって言ってたから、じきに顔を見せると思うわ」

ルミ子は再び棚の前に向かい、しゃがみ込んで、棚に並べられたガラス器を一つ一つ取り出し、丁寧にほこりを拭きとりはじめた。それから、足元に積まれた木箱にガラス器を布でくるみ納めていった。手慣れたもので、ルミ子は棚全体を眺め回し、半分ほど残したガラス器の位置を変えていった。見ていても、ルカにその配置変えの基準は分からない。でも、ルミ子に基準があることは、その手際の良さからしても明白だった。次に、テーブルの横に置いてあった大きなトランクを転がしてきて、中から、やはりいくつもの木箱を取り出した。新たに陳列するガラス器だった。布をはずし、次々に棚のあいたスペースにガラス器を並べていった。すべてを並べ終わるのに三十分もかからなかった。並べ終えると、もう一度棚全体を眺め回し、微調整した。

「こんなものかしらね～」

と、ひとり言のようにルミ子は声に出して言った。そして、ルカの方を振り返り、

「どう思う？」

と聞いてきた。聞かれても、ルカはどぎまぎするばかりで何も返事ができなかった。

「だよね～」

と言い、ルミ子は、ハハハッと朗らかに笑った。その間合いといい、空気感といい、ユイと同じだ、とルカは思い、そのことに感心した。

（やっぱり血のつながった母娘、そっくりだわ！）

カラになったトランクに棚から取り出したガラス器の入った木箱を詰め終えると、トランクを再びテーブルの横に転がしていった。

「よっこらしょっと」

と声に出し、ルミ子はテーブルの椅子に腰を下ろした。

「ルカさん、ルカブレンドをお願いできるかしら？　あの子から聞いたわ。格別なんですって？　是非、私もご相伴《しょうばん》させてほしいんですけど」

ルミ子はいたずらっぽい目つきでルカを見て、そう言った。

ハイ、と返事をして、ルカは早速キッチンへと向かい、紅茶の準備に取りかかった。そのとき、何気なくキッチンの隅に買ってきた花束を置いた。目ざとくルミ子はその花束に目を留めた。

「あらっ、重なっちゃったわね。さっき私も活《い》けたところなの」

ルミ子は、テーブルの奥にしつらえられた花台の上に載った花瓶に目をやった。つられてルカもそっちへ視線を向けると、ゴージャスなフラワーアレンジメントが目に飛び込んできた。華道の先生が活けたものにかなうはずがないのだが、それでも、自分が購入してきた花束のあまりのみすぼらしさに、ルカは心底消沈してしまった。

すると、ルミ子はルカの顔つきから、その心情を鋭く読み取ったのだろう。こう告げた。

「大丈夫。派手なフラワーアレンジメントばかり、この狭い事務所に並べちゃあ、息苦しくなっちゃう。その花は私がもらうわ。あなたは紅茶に専念して。それぞれに専門分野ってあるものだから、ね」

ルカには反論の余地などなかった。ハイ、と小さく返事してから、淹れたての紅茶と来る途中で買ったサブレを添えて、ルミ子の前に並べた。

「うわ〜、いい香りね〜。早速いただくわ」

ルミ子はティーカップに口をつけた。ふーっと息をついて、満足な表情でルカを見た。

「あの子が言ってた通り、おいしいわ〜！　優しいんだけど、深みがある。何だろう……？どこかあなたに似てるわ。淹れる人の人格が紅茶にも乗り移るのかしらね？」

さらに、一口、二口と飲み、カップをソーサーに置くと、ルミ子は思い出したように棚に視線を移した。

「ガレ……、エミール・ガレって知ってる？」

と、ルミ子は聞いた。最前までの声とは違って、なんとなく寂しそうにルカには聞こえた。

「いいえ、知りません……」

ルカの返答にもルミ子の表情は変わらない。棚に並んだガラス器を見つめてるというよりも、もっと遥か遠くを見据えているような目をして話し出した。

「十九世紀後半に、フランスで活躍した天才的な工芸作家。日本でもガラス器や陶器がよく知られていて、今でもファンは多いわ。私はあまり詳しくないんだけど、全部、母の受け売りね。母にしたところで、父からの受け売りなんだろうけど……」

ルミ子は一度言葉を切った。短い沈黙だったが、そのとき、ルカの心の中には西洋人形を愛おしげに抱き、桜吹雪に彩られたムームーを着たユイの祖母の姿が浮かんでいた。

「母がよく語っていたのは、黒いガラスのこと。黒いガラスは、『悲しみの花瓶』とも呼ばれていてね、ガレというと、これをイメージする人が多い、ガレを象徴するガラス器なの。母は、黒いガラスのいろんな作品について話してくれたんだけど、子どものころに聞かされて、今でもはっきり覚えているのが、死を迎えて、池に落下していくトンボを描いた花瓶のこと。もう飛ぶ力を失って、四枚の羽は張りを失い、バラバラに広がってるの。頭を下にして、まるで枯れ枝のような長いシッポを伸ばした姿で落ちていくところなんだけどね。その花瓶の底には、バイカモだったかな、水中花が小さな花を咲かせていて、その周辺を六匹のメダカが泳いでいる光景が描かれてる。その池の光景は、死ぬ間際のメダカの目に映ったものなの。ガレにとって、トンボは、生命の母胎という水の意味を思い起こさせる重要なモチーフだったらしいんだけど。それよりも、母に聞かされてショックだったのは、花瓶の背面に刻まれた文章だったわ。

そこには『私はひとり、ひとりぼっちでいたい』と刻まれているの……」

ルカは身を固くした。死に近づき、池の面に落下していくトンボが自分のことに思われた。行く先々で周囲の人たちと合わず、苦しさのあまりひとりになって、バイト先を転々と移っていった。気が付けば、ひとりではなく、ひとりぼっち、になっていた。周囲に理解してもらおう、と努力する必要のないひとりは楽だが、周囲から存在を否定されるひとりぼっちはつらく悲しい。その思いを伝えようと、ルミ子さんに視線を向けたとき、口を閉ざしたルミ子さんの目が、真っ赤に充血していることに気が付いた。ルカの心は激しく揺さぶられた。

ルミ子さんは、心を病んで、自分と幼いユイさんを残して自殺した夫のことを考えている。ルミ子さんの目は、断崖絶壁から身を投げた夫の目となり、吸い込まれていく海面を見つめている。バイカモの小さな花とメダカの代わりに、海面にどんな光景をその目は見つけたのだろう……?

バネ仕掛けの人形みたいに、ルカはテーブルの椅子から立ち上がると、充血した目で棚のガラス器を見つめていたルミ子さんにしがみついた。

（こんな私に、他人を抱き締める力があるのか⁉）

だが、そんな迷いを突き抜けるように、ルカは、力の限りルミ子さんの硬直してしまったからだを抱き締めた。ギュッと。どれぐらいの時間、そうしていただろう？　ルミ子さんの着物に顔を埋めるようにしてそのからだを抱き締めていたルカが顔を上げると、そこには、一筋の涙を流したルミ子さんのまるで菩薩のような柔和な表情が浮かんでいた。彼女もまたそっと両腕でルカのからだを抱いていた。ルミ子の口がゆっくりと開いた。

「ユイに出会ってくれて、ありがとうね。……私にも出会ってくれて、ホントにありがとう」

その声が合図であったかのように、ルミ子さんが見つめていたガラス器の中で、黒ずんだ肌を見せていた首の細い花瓶が、ぼんやりとした黄色い光をにじませるようにして明滅《めいめつ》しているのが、ルカの視界に入った。

(ガラスが言い尽くせない人の思いに反応している……。あの光はルミ子さんや私の心そのものなんだわ……)

ルカには、何の迷いもなくそう思えた。光の明滅を繰り返すガラス器に目をやりながら、ルカは聞いた。

「ここに並んでいるガラス器は、ガレの作品なんですか?」

ルミ子は薄く笑った。

「もしそうだったら、億万長者ね」

ルミ子の答えを、いったんはそんなわけがない、と否定の意味で受け取りかけたのだが、そうとも言い切れない、という思いが頭をもたげてもいた。ルカには、どう理解したらいいのか分からなくなった。
そんな疑問を断ち切るようにして事務所のドアが開く音がした。

# 第8話　桂川

## 1

「ルカ、どうしてここにいるの⁉ 今日は休みなさいって言ったよね」

ユイの詰問調の声が事務所内に響いた。だが、それ以上は追及しようとしなかった。それよりも、ルカと母親が、まるでホンモノの母娘のように抱き合っていることの方がユイには不可解だった。ユイは興味深そうに身を乗り出し、でも、意地悪そうな目つきで二人を見比べながら聞いてきた。

「ふ～ん……。今日会ったばかりなのに、ずいぶんと親密そうじゃない？ 私の知らないところでいったい何があったの？」

ユイの言葉に含まれた毒気にあてられて、ルカはすぐには返答できず、おろおろするばかりだった。彼女とは対照的にルミ子は腹が座っている。泰然自若とした態度で娘の問いに応じた。

「ルカさんはホントにいい子ね。ひと目見ただけで、ビビッときたわ。こんないい子を助手にするなんて、あんたにしては上出来だわ。私にもう一人娘が出来たお祝いにハグしてたところよ」

当たらずといえども遠からず。ルカは、そう言ってしまえば、その通りのような気がした。体験がないからホントのところは分からないが、たぶん母親に抱かれるというのはこんな感じなのだろう……。

その母親の返答に不敵な面構えに変わったユイが、挑発的な言葉を口にしはじめた。それはルカにとっては初耳であり、びっくりするような内容だった。

「それは、それは。親子の契りを結ぶめでたい席に、突然お邪魔して悪かったわね。大学を卒業したと思ったら、妻子持ちの中年男に熱を上げ、生きるの、死ぬのといった修羅場を演じた挙句に男に逃げられて……。廃人同然の引き込もり生活に陥った。いい加減、好いた、惚れたの世界にはうんざりしたはずなのに、どういう風の吹き回しか、母親が道楽でやってた仲人役を引き継ぐようにして、結婚相談所という稼業をはじめてしまった。いったい何を考えているのやら、さっぱり分からない不肖《ふしょう》の娘、それが私。お母さんはそう思っているんでしょ？　あなたにとっては、いつまで経っても気苦労の絶えない困った娘でしょうよ。申し訳ございませんね〜、こんな娘で。

あなたの言う通り、ルカはいい子よ。私だって、会った瞬間、ビビッときたもの。この子だったら支えになってくれる。もしかしたら、この子にとっても私は必要なんじゃないかしら？　出会ったとき、そんな不思議なことを考えたもの。自分が必要とされる——会員さんとの関りで、そう感じるときもしばしばあるけど、結局は仕事、お金が絡んできてしまう。仕方ないけど、それが寂しいところね。でも、ルカは違うのよ。安くて申し訳ないけど、給料は払ってるわ。だけど、そんなことは関係なく、ルカが傍にいてくれると自分の存在理由みたいなものが感じられるの」

ルカは細い肩を震わせながらうつむいてしまった。ユイも話しはじめた時の不敵な面構えが消えて、穏やかな表情を取り戻していた。ユイの言葉を引き取るようにして、ルカの震える肩をそっと抱き寄せつつ、ルミ子が話し出した。

「そうね。あんたの言う通りかもしれない。何も否定するつもりはないわ。ルカさんが、あんたとの関係の中に入ってきてくれることで、何かが変わるかもしれないわ。あんたが話してくれたルカさんが見たっていうムームーを着て、人形を抱いていたおばあさんの話。生前に母から父のことでそんな話を聞かされたことは一度もなかった。愛してるだの、幸せだのって……。だから、意外すぎて今も私は混乱してるの。心の整理がつくまでには、もう少し時間がかかりそうよ。私にとっても、ルカさんが来てくれたことはすごく重要なんだ、と思えるの」

三者三様、それぞれの思いに沈潜するように誰も喋らなくなった。そんな沈黙を破ったのはユイだった。

「お母さん、私に渡すものがあって、今日ここへ来たんじゃなかったの?」

ルミ子は苦笑いを浮かべて、バッグの中から一通のクリアファイルを取り出し、ユイに手渡した。

「イヤだ、イヤだ、年をとるって。肝心なことを忘れちゃう。茶道教室の生徒さんから、またお見合いの相手を紹介してほしいって頼まれてたの。二十代後半の男性よ。いつも通り顔写真と全身写真、それと釣り書きをそのクリアファイルの中に入れておいたから、あんたの方で何とか面倒見てやってちょうだい。話を聞いた限りでは、ちょっとてこずりそうな方かもね。私はもう帰るから、何かあったらまた連絡ちょうだい。トランクは誰かに取りに来させるから、事務所の隅にでも置いといて」

そう早口でまくしたてると、もう一度ルカのからだをギュッと抱き締めて、彼女の耳もとで何事かをささやいた。それから、キッチンにあった花束を手に取ると、

「じゃあね」

と、ひと言残して、事務所から出ていった。

顔面大アップの写真を、テーブルの椅子に並んで座ったユイとルカがにらみつけていた。

写真のフレームをひと回り小さくしたような真四角な顔。ひげそり跡が青々としている。お見合い写真だという意識が強すぎるのだろうが、必要以上にあごを引いているために、二重あごになっている。頬が出ばっているせいで、鼻がめり込んでしまい、低く見える。歯を見せまいとしているのか、唇を閉じたまま微笑もうとして、口角が下がり、不機嫌そうな表情になっている。手入れをしていないせいで、形の整わない太い眉。つぶらな目で奥二重ではあるが、まぶたがはれぼったくて、口もと同様、機嫌が悪そうな印象を受ける。

特に、問題なのは髪の毛だった。本人はナチュラルヘアを意識し、広いおでこを隠そうとしているのかもしれないが、おでこにかかっている前髪が、すだれのようで、すきまが多くて、かえって薄毛が強調されてしまっていた。

この顔で……というのは失礼な話なのだが、無修正で、顔を大アップにしてお見合い用の写真に使おうとしている神経が、まるで分からなかった。

しかも、背景が、会議室にあるようなドアと茶色の壁の一部が映りこんでいて、殺風景きわまりない。背景に緑を配したり、夜景をバックにすることで、その前に立つ人物の印象を引き立たせるというお見合い写真を撮る上での基本を全然分かっていないように思えた。

どちらともなくため息が漏れた。脱力気味にユイが聞いた。

「この写真、点数をつけるとしたら?」

ルカの眉間に皺が寄った。口をとがらせた後、苦しそうに答えた。

「この方には申し訳ないんですけど……0点。……マイナス、かな?」

ユイは、口をへの字に曲げて応じた。

「同感。よくもまあ、これをお見合い用に使おうとしたものよね。今どきのオシャレ男子のレベルを求めるつもりはないけど。まだ二十代だというのに……シャレッ気、なさ過ぎだわ～」

釣り書きを手にして、ルカはつぶやいた。

「二十八歳、今年二十九歳になるのか……。実際の年齢より老けて見える」

ユイは穴が開くほどに顔写真をにらみつけながら、怒ったように言った。

「世界に誇る日本の代表的な自動車製造メーカーの本社勤務。この年齢で、年収一〇〇〇万を超えるというのは、なかなかのエリート社員のはずなんだけど、残念ながらこの写真でチャラね。とてもじゃないけど、お見合いにまで漕ぎ着けられないわよ」

辛辣《しんらつ》なもの言いであったが、ルカも賛同せざるをえなかった。

この結婚相談所に勤めるようになって、毎日のように数多くの会員の方と出会ってきたが、希望する異性について、何だかんだと理想を述べる人は多いものの、結局は顔。イケメンや美人でないと、第一関門をクリアできない。パッと見の第一印象で、あれやこれやの理想が全て吹き飛んでしまう実例ばかりを目にしてきたように思う。

写真から目を上げたユイは、毅然《きぜん》とした口ぶりで言い放った。所長モードにスイッチが入った、とルカは感じた。

「すだれ君……桂川さんにまず会う必要があるわね。母が言ってた『ちょっとてこずりそう』という原因を探るところからはじめるしかない。それが、単純にお見合い写真の問題に過ぎないのか……？　もしそうだったら、『ちょっとてこずりそう』という言い方をあの人が使うとは思えないのよね」

その週の土曜日に、桂川さんは事務所にやってきた。はき古したスニーカーに、ジーンズ。グレイのTシャツの上に、厚手の黒いパーカーを身につけていた。顔面どアップの写真のままの顔つきで、ユイが「すだれ君」と命名した通りの髪型で現れた。この事務所を目的にやってきたというよりも、通りがかりにふらっと立ち寄ったといった風情《ふぜい》だった。ドアを開け、桂川さんが、ぬっと顔を現した途端、ユイはすぐ傍にいたルカにだけ聞こえる声で、

「おおっ！」

と言った。確かに、おおっ！　だとルカも思った。

「ようこそ、いらっしゃいました。お待ちしておりました。どうぞ、こちらにおかけください」

おおっ！とはまるで別人の声で、ユイは桂川さんにテーブルの席に座るよう促した。

身長は一八〇センチはあるだろうか？体重も一〇〇キロ近くはありそうだ。真四角な顔と同様、体型も四角い。

（冷蔵庫みたい……）

と、ルカは思った。

まずユイは会員規約の説明をはじめた。立て板に水。よどみなく静かな口調で説明は続いた。桂川さんも規約文に視線を落としながら、黙ってユイの説明に耳を傾けていた。ルカが桂川さんの前に差し出した紅茶とお茶うけの菓子にも、これといった関心を示さず、わずかに頭を下げただけだった。その態度に変化が生まれたのは、規約の説明が終わった直後に起きた、小さな出来事のときだった。

## 2

それも、ユイのカンだった。

遠回しに核心部分に触れていくよりも、桂川さんにはストレートに切り込んだ方がいい、と踏んだのだろう。規約の説明をひと通り終えると、ユイは聞いた。

「何か、疑問な点はございませんか？」

桂川さんは即答した。

「いや、大丈夫です。よく分かりました」

彼はそのタイミングで、紅茶に手を伸ばし一気に飲み干してしまった。喉仏の上下する動きがはっきりと見えた。さらにお菓子にも手を付けた。クリームを挟んだ一口サイズのチョコレートパイだったが、あっという間に胃袋に納まってしまった。その様子を目の当たりにしたルカは、桂川さんの死角に入る位置に座り、気付かれないようにクスッと笑った。そして思った。

（何か、カワイイ……）

以心伝心。ルカがその直後に思いついたことをユイが言葉にしたのだった。

「紅茶のお代わりを差し上げて。それと、今日買ってきたその紙袋に入っているものをお茶うけに出してくれない？」

ユイが菓子を買ってくることは珍しい。単なる思いつきじゃないだろう。ユイは何かを企んでいる。ルカの直感だった。背筋にゾワッとくるものを感じた。紙袋を開けると、中にはバウムクーヘンが入っていた。しかも、洋菓子専門店でしか買えない高級品だった。ルカは急いでカラになったティーカップと小皿を下げると、新たに淹れ直した濃いめの紅茶とその高級バウムクーヘンを皿に出し、桂川さんの前に持って行った。ユイの前にも持っていったとき、彼女はルカの顔を上目づかいで見て、かすかに不敵な笑みを浮かべたのをルカは見逃しはしなかった。

「食い意地のはってるのが、バレちゃいますね」

桂川さんの屈託のない笑顔と明るい声がルカには新鮮だった。例の写真のイメージが強烈で、ルカは桂川さんに対する偏見に捕らわれてしまっていたせいだろう。

彼の気持ちが和んだ隙を逃さず、ユイはさらに追い打ちをかけた。

「私もいただきますから、どうぞ召し上がってください。お話はそれからということで」

桂川さんの表情が、いっそうほころんだ。

「では、遠慮なくいただきます」

早速紅茶を一口飲んでから、バウムクーヘンを口に運んだ。

「うん……。これは文句なしにおいしい。柔らかくて、パサパサした感じが全くなくて、口の中で溶けていきます」

奥二重のつぶらな眼《まなこ》なのに、はれぼったいまぶたのせいで不機嫌そうに見えた目つきまでが溶けてなくなり、愛嬌たっぷりの細い目に変わっていた。ホントにおいしそうに食べる。これもまた秒殺での完食であった。口の中いっぱいに広がった甘みを濃いめの紅茶で中和させても、プラスマイナスゼロではなかった。甘みと苦みがミックスされて、えも言われぬ旨みとなり、いつまでも、舌を、脳を喜ばせ続けた。紅茶を飲み干し、上を向いていた桂川さんの顔が正面を向き、口の中に残った至福の味わいを楽しんでいた瞬間、ユイの手にしていたスマホが光った。

彼はびっくりした表情を浮かべ、次第に怪訝《けげん》そうな表情に変わっていった。何かを言おうとした直前に、機先を制するようにユイが話し出した。

「不愉快な思いをさせて、ゴメンなさいね。あなたには、理屈じゃなくて身をもって分かってほしかったの。見て、これ」

そう言って、今撮ったばかりのスマホの写真を見せた。

「恥ずかしいかもしれないけど、よく見て。いい表情をしていると、ご自分でも思わない？」

桂川さんは目をこらして、至福の表情を浮かべた自分の顔を見た後、少しの間考え込んだ。

「……いい表情だと言われれば、そうかもしれませんが、あまり人様におみせする顔ではありませんね」

照れたような、そして、不服そうな顔をじっと見つめていたユイがこう言った。

「でも、正真正銘のあなたを写し出した写真ですよね？」

ぐっと返事につまってしまったが、少し間をおいてから、ボソボソとした声で返答した。

「……確かにそうです。食べることが大好きで、おいしいものには目のない自分が写っています」

すると、今度はポケットに入れていた例の写真を、ユイは彼の眼前に突き付けた。

「じゃあ、これはどうです？　ホントのあなたが写ってますか？」

桂川さんは情けなさそうな顔になった。そして、渋々認めた。

「お見合い相手の女性に見せるために、作った自分です……」

ユイは追及の手を緩めない。

「では、聞きます。魅力的なあなたを写し出した写真は、どちらだと思われますか？」

桂川さんは渋面を作って、考え込んでしまった。その間もユイは彼の顔から目を離すことはなかった。

二人のやりとりをかたずを飲んで見守っていたルカは少し怖くなった。どんな獲物であっても、仕留めるためには一切の手加減をしない獰猛な肉食獣――それが今のユイだ。こんなふうに問いつめられたら、私ならば何も言えなくなって、泣き出してしまうかもしれない。涙を見せたところで、ユイが追及の手を緩めてくるとは思えなかったが……。

　苦しそうに桂川さんが喋り出した。

「ユイさんの言わんとしていることは、ボクなりに分かります。作った自分になんか魅力はない。たとえ食い意地のはった自分であっても、正直にさらけ出した自分の方が魅力的だとおっしゃりたいのは……」

　そう言いかけたところで、ユイは言葉をかぶせ、きっぱりと言い切った。

「正直に自分をさらけ出せ、なんて私は言ってません。これはお見合い用の写真です。相手の女性はこの写真を見て、お見合いに応じるかどうかを決めるんです。高学歴で、高収入で……お見合いで相手を選ぼうとされる方は、他にもいろいろと条件を出してきますが、ファースト・インプレッション、写真の意味合いは大きいんですよ。正直に自分をさらけ出したところで、魅力が伝わらなければ、お見合いにはつながりません。こちらのスマホで撮った写真を、もう一度よくご覧になってください。おいしいものを食べた〜、大満足！という生きる喜びをストレートに感じられる。心の底から楽しい、と感じられる点が大切なんです。写真を見る方もハッピーになれる。それこそがあなたの写真の魅力なんですよ。生きる喜びをお相手とシェアすることのできるナチュラルな笑顔が、あなたのお見合い写真には必要なんだということ。ご理解いただけましたか？」

半分理解したが、半分理解できない——桂川さんの顔はそんな顔だった。勉強に自信のない生徒が、恐る恐る先生に質問するような口調で彼はユイに聞いてきた。

「まさか食事風景を撮れと……」

ユイはカラカラと笑い、そして、急に真剣な顔になりこう答えた。

「食事風景を撮ってもお見合い写真にはなりません。そういう場面で見せるあなたの生きる喜びを満喫している楽しげな表情を撮ってください、と申し上げてるんです。お分かりになられました？」

桂川さんは、ますます出来の悪い生徒のような顔つきになってしまった。

それでもユイは容赦しない。彼がまだピンときていない点をぐりぐりとえぐってくる。

「食事風景を撮っても仕方がない、という理由は分かります？」

彼の目が泳ぎ出した。でも、勇気を出してこう答えた。

「……不真面目に思われるから、ですか？」

ユイはピシャリと言った。

「違います！」

彼は思わず首を引っ込めた。ルカは、桂川さんがかわいそうになってきた。

獲物に逃げられないようユイは確実に仕留めにかかった。

「真面目かどうかは、もちろん大事です。お見合いの相手を選ぶ上での大前提ですから。遊び相手をあさろうとするクズな男は論外です。でも、大前提である真面目さだけではお相手のハートをつかめません。お見合い写真を見て、ひとときをこの人と一緒に過ごしたい、と思わせる必須条件は、ズバリ、清潔感です。衛生学的に清潔かどうかが問題なんじゃありませんよ。清潔感ですからね。カン違いなさらないように。食事風景を撮っても、この清潔感を伝えることにはなりません。そこで……」

そう言って、再び例の写真を見せた。

「この写真で最も欠如している点は清潔感です。それを踏まえた上で聞きます。この写真から清潔感を感じられない最大の要因は何だ、と思われますか？」

ユイはあごを引き、目をさらに大きく見開いて、上目づかいでにらみつけた。彼はオドオドしはじめた。それでも、もう逃げられないと観念したのだろう。言葉を探しながら真剣に答えようとした。

「……もう全部ダメだと言われてる気になってきました。でも、その……やはり……髪の毛、でしょうか？」

ユイはまばたきを忘れたように、彼の顔をにらみつけたまま言った。

「そうです！」

そして、ニッコリと微笑んだ。

「今、『やはり』と言われましたよね？　あなたは既に分かっていらっしゃるんです」

そう言ってユイは立ち上がり、桂川さんの傍に移動して、

「ちょっと失礼します」

と告げた後、かがみ込んで、座ったまま動けなくなった彼の前髪を手ぐしで軽く横へ流してから整えた。それからスマホでその顔を撮った。画像を見せながらユイは聞いた。

「どうです？　いいですか、基準は清潔感ですからね。清潔感があるのはこちらですか？　それとも、あなたの撮られた写真ですか？」

もう降参だ、という感じで答えた。

「スマホのです」

ユイは、桂川さんの顔にぐっと自分の顔を近づけ、とどめとばかりにこう言った。

「清潔感を感じさせるこの髪型に、先ほどお見せしたあなたの至福の表情を足したなら、お見合い写真としては合格です」

彼は、うん、うん、と何度もうなずいた。最前までの肉食獣に追いつめられた獲物同然の苦しげな表情は消え、明るい笑顔になっていた。

それから、ユイは効果的なお見合い写真の撮り方をいくつか伝授した。できれば写真館へ出

向き、お見合い写真を撮り直した後、至急送ってもらえれば、早速見合い相手の選定に入ることを伝えた。

帰り際、桂川さんはユイとルカに深々と頭を下げ、礼を述べた。ぬっと顔を出し、不機嫌そうな表情で事務所に入ってきた時とは大違いの態度だった。


ルカは片付けを終えた後、事務机に座り、桂川さんのお見合い候補を会員ファイルの中から探す作業をはじめていたユイに、率直な疑問をぶつけてみた。

「お見合い写真を撮り直したぐらいで、桂川さんのお見合いがうまくいくと考えているんですか？」

ユイはファイルをめくる手の動きを止め、ムッとした顔つきでルカを見た。

「『ぐらい』って何よ。その『ぐらい』を直さないことには九十九パーセント、あの人にお見合い相手は見つからない。お見合いまでたどり着ければ、あの人の場合、生身で会った方が絶対いい印象を残せるんだから、仮交際に入っていける可能性は高いわ。だから、あの人にとってお見合い写真は重要なのよ。それぐらい理解してほしいものだわ、いい加減」

ユイのもの言いはきつかったが、ルカは、なるほど、と思った。なるほど、と合点しながら、お見合い写真つながりで、ルカの脳裏に、鼻で悩み、お見合い写真の鼻を消してしまったリエさんのことがよぎっていった。一見すると似たパターンではありながら、両者には違いがあるように思えた。ついでに、そのことについてもユイに聞いてみた。

「リエさんの場合は、強烈なコンプレックスから鼻を消した。それに対して、桂川さんは、さっと前髪を下ろすことでおでこの広さが目立たなくなり、写真写りが良くなるかな、とでも思ったんでしょうね。この二人の差は大きいわ。リエさんのは明らかにコンプレックスだけど、桂川さんはコンプレックスを抱いているかどうかさえ疑わしい。果たしてイケメンに見せようと、彼は前髪を下ろしたのか?」

そう言って、ルカに鋭い視線を向けた。

「そこまでの意識はなかったように思います。桂川さんなりに、髪型にナチュラルな感じを出すことで、多少なりとも印象が良くなれば……といった程度だと思いますけど」

考え、考え、やっとそれだけを答えた。

ユイは、こくんと、一つうなずいた。そして、こう言った。

「そもそも自分みたいな男はイケメンとは縁がない、と思い込んでる。あの人、話の中で、『真面目』って言葉を使ったでしょ? 覚えてる? 人って、日頃から心の中でつぶやいてる言葉を、何かの拍子に使っちゃうものなのよ。彼は、イケメンではない自分は真面目に生きるしかとりえはない、と思ってる節がある。真面目に勉強していい大学に入り、学生生活も真面目に送っていい会社に入る。高学歴で、高収入、そして、自分は誰よりも真面目なんだ、と。それを武器に、中身のスカスカのイケメンとは対等に、時にはそれ以上に渡り合っていける。お見合いも例外ではない……。そんな意識が、例のお見合い写真に端的に表れているように私には思えるの」

ルカはユイの解説に、なるほど、と思いながらも、今ひとつ自分の感覚にしっくりとこないために薄ボンヤリとした表情を浮かべていた。そんな表情を見たせいか、ユイはさらに言葉を継いだ。

「真面目さに捕らわれていた桂川さんには、おいしいものを食べた後の生の充実感、そこから発散される他人を幸せにする力に全然気が付いていなかった。その力をあの人は人一倍持っていることを自覚していなかった、と言ってもいいわね。同じように、清潔感もそう。婚活の場で女性が男性に魅力を覚えるかどうか、この清潔感のあるなしが決定的な力を持っていることにも、あの人は全くの無知だった。だから、平気ですだれ髪で見合い写真を撮れちゃうわけだけどね」

そう言って、薄く笑った。

ルカは心の中で、ふ〜ん、と思った。

異性を好きになった経験のないルカには、生の充実感だの、清潔感だのが、婚活で異性をひきつける力になる、ということがよく分からなかった。でも、結婚相談所の所長として何組もの男女を見てきたユイが言うんだから、間違いないのだろう。そうルカは自分に言いかせた。

「さ〜て、桂川さんが私の言いつけ通り写真を撮り直してきたとして、スムーズにお見合いにまで漕ぎ着けられるかどうか……？」

ユイが急にそんなことを言い出したものだから、ルカは、エッ⁉ という顔でユイを見直した。だが、涼しい顔でルカの視線を受け流すとこう言った。

「そうよ。あなたが口にした疑問、私の疑問でもあるの。お見合い写真の撮り直しは、婚活のスタートラインに立つためのもの。無事に走り出せるかどうかは、次のステップなんだから。でもね……男女の出会いなんて、しょせん縁なのよね。彼は彼なりに、お相手に好意を持たれるよう最善を尽くした後は、天命を待つしかないわけ。私だって最後にできることと言えば、良縁に恵まれるよう祈ることぐらいよ」

そう言い終わると、ユイはまた女性会員のファイルをめくっていく作業へと戻っていった。これは、と思うファイルを抜き出す。それを見比べては、う〜ん、とうなり、いったん取り出したファイルを元にあったところに戻す。その作業を繰り返していくのだ。

ルカは、と言えば、ユイから頼まれない限りその作業に一切口を出さない。ユイの縁結びのための仕事に、彼女が没頭できるようそれ以外の事務所管理に関わる雑用全般をこなしていく。

ユイがやっていることに比べれば、大した仕事ではない。こんなとりえのない自分にだってできるのだから、とルカは考えていた。それで満足していた。親のかたきにでも出会ったように、会員ファイルをにらみつけているユイの気配を背中で感じながら、ルカは心密かにこう思っていた。

（少しでもユイさんの助けになるならば、ユイさんがそう思ってくれるならば……嬉しい）

3

桂川さんのお見合いは苦戦続きだった。

最初のお相手は、中堅どころの地銀に勤める二十五歳の工藤ユミさん。ひな人形のような顔立ちをした色白の和風美人だった。優しくて安心して一緒にいられる人が好きです、と事前に聞いていたのだが……。写真を見るなり、イケメンじゃないから嫌だ、とはっきり言ってきた。なんだ、こいつ⁉ とユイはカチンときたのだが、それはユミさんに限った話ではなくそういう反応が一般的であった。

さらに彼女は断りの理由として、ヒゲが濃くて、そり跡が青々としているのが気持ち悪い、とも言ってきた。ユイは、ユミさんの反応として気持ち悪いという言葉はカットして、ヒゲの濃さについて指摘があった旨を極力ソフトに伝えると、なんと桂川さんはヒゲの永久脱毛に通い出したのだ。そんな健気な努力を聞きつけたとき、ユイとルカは、期せずして互いの顔をみながら、同じ言葉を口にしていた。

「真面目だわ〜」

一週間後に、ユイは次の相手を選び出した。大手の百貨店で人事部に勤務する青山イッキさん、二十七歳。中肉中背の一見するとおとなしそうな目立たないタイプの女性であったが、夏はサーフィンに、スキューバダイビング。冬はスノボに、スケートと、アウトドア系のなかなかワイルドな女性であった。彼女は、桂川さんの写真を見るなり、

ラグビーとか、柔道とか、体育会系の男性ですか？

と聞いたそうだ。だが、彼がそのガッチリした体型に似せず、インドア派で、映画鑑賞やゲームが趣味だと知ると、イッキさんは興味を失ったようで、断りの連絡を入れてきた。そのとき、ユイは彼の人柄の良さについて熱弁をふるったのだが、イッキさんの気持ちを変えることはできなかった。よくよく話をしてみると、趣味の違いがネックになっているのではなく、やはり外見が障害になっていた。

インドア派でも、もう少しイケメンだったら考え直してもいいんですけど……

というのが本音であった。彼女も事前にとったアンケートで、相手への希望として、優しく包容力のある人、と記していたのだが。

今度もまた断られた旨を連絡したとき、ユイはイツキさんの本音を言わずに、スポーツマンでなかったことが主な理由だ、という表面上の理由だけを告げた。すると真面目すぎるほどに真面目な桂川さんは、その日のうちにスポーツジムへの入会をすませ、休みの日には欠かさずジム通いを続けるようになった。見合いにまでたどり着けない屈辱を、彼は屈辱と感じないで、自らを見つめ直す好機ととらえ、永久脱毛やジム通いといった肉体改造へとつなげていった。

ユイは、あっぱれ！と感じた。

たった一度の失敗で、婚活をやめてしまう人は多い。見合い相手に選ばれなかったことが、自分を否定されたと感じてしまうせいだろう。血統の良いハイスペック男子にその傾向は強い。挫折に慣れてないからだ。その意味で、彼のタフさは立派だ、とユイには思えた。婚活疲れしない限り良縁に恵まれる日が必ずやってくる、とユイは信じていた。

ただ一方で危惧する点があった。見合いの失敗を自己改造へと転じる真面目さがはらんでいる危うさだった。見合いを断られる本当の理由がイケメンではないから、ということだけは、口が裂けても言ってはならない、と考えていた。そんなことが耳に入ったら、迷わず美容整形に走るだろう。昔に比べれば、プチ整形という言葉が世間に溢れかえっているように美容整形に対するハードルはずいぶんと低くなってしまった。それが世の中の流れだ、という考え方のあることは知っている。

でも、とユイは思う。越えてはならない心のハードルを自らの中に堅持するのは、大切なことではないか、と。生き方の問題だ。自らハードルを設けなければ、人はどこまでも流されていってしまう弱い生き物だ、と感じていた。

見合いを断られた旨を連絡するたびに、桂川さんは決まって最後にこう言った。

「ありがとうございました。また、いい人を紹介してください。頼りにしてます」

そう言われると、いやでもユイの心はメラメラと燃え上がるのだった。ユイは精力的に動いた。続けざまに二人の女性を紹介した。

一人は、全国的にも有名な生保会社の事務員をしている波岡ハルナさん、二十六歳。そしてもう一人は、父親が大手食品メーカーの社長を務め、女子大卒業後、しばらくの間、社長秘書として働いていたが、今は会社を辞めて、花嫁修業に専念している栗木シズカさん、二十八歳。二人ともひかえめでおとなしいタイプの女性で、結婚したら仕事はせずに専業主婦になりたい、との希望を持っていた。共通点が多いのは偶然ではなく、男性の見た目よりも経済的に安定していることを結婚の第一目標とする、堅いと言えば堅い考え方を持った女性の方が、桂川さんのような男性を選んでくれるのではないか、とのユイなりの読みが働いたからだ。

祈るような気持ちでユイは返事を待ったのだが、現実は厳しい。二人とも空振りに終わった。それぞれに微妙にニュアンスは異なっていたが、要するに会ってお見合いという形で話をするほどの気持ちになれない、とのことだった。イケメンじゃないから、という露骨な言葉はなかった。しかし、言外に、是非お見合いをしたいと思えるほどの魅力を感じない、という空気感を漂わせていたことは共通していた。

ハルナさんからの断りの返事が届いた直後に、ユイは彼に連絡した。そのとき、慰めと励ましはそこそこにして、

「実はね、もう一人紹介したい人がいるんですよ」

と言って、シズカさんを紹介したのだった。

そのシズカさんから断りの返事がきたときには、さすがのユイもすぐには連絡することができなかった。力が湧いてこない。電話口で、その旨を告げたときの彼の落胆を受け留める自信が持てなかったからだ。受話器を置いたままの姿勢で、まるで燃料切れを起こしたように固まってしまったユイを見て、ルカが声をかけた。

「アッサムティー、飲みませんか？　ガツンとくるやつ」

表情をなくしていたユイの片方の口角が上がり、不敵な面構えが戻ってきた。

「濃いの、頼むわ。ミルクもたっぷりね」

ルカは少しだけ心が軽くなり、足早にキッチンに向かうと、紅茶の準備にとりかかった。背後でユイの声がした。桂川さんに電話をかけていた。

「……まだまだこれからですよ。七転び八起き、っていうじゃないですか。……七転八倒ですか？　まぁ、そうも言えますけどね」

そう言って、笑い声が弾けた。

（ユイは桂川さんを励まし、自分も励ましてる。どっちが欠けてもダメ。互いを必要としている……）

ルカはアッサムティーの濃さの案配を微妙に調整しながら、この事務所に来てから繰り返し考えてきたことを、今も考えていた。

（ユイさん、桂川さん、そして、私……つながることで勇気が湧いてくる。生きることに疑問を感じなくなる。人間って、不思議……）

人間を面白がれるようになった自分自身の変化を、ルカは不思議に感じていた。


それからしばらく経った後、彼からユイにメールが届いた。新しく撮り直した写真を送るので、前のは破棄してほしい、という内容だった。その日の夕方には郵便が届いた。中を見て、ユイは目を丸くした。ユイに呼ばれて、中に入っていたものをルカが目にしたとき、とっさには言葉が出てこなかった。

中には、三枚の写真が入っていた。

一枚は、どこか街中のオープンスペースだろうか、あえてフォーカスがボカされていてよく分からない。手前に伸びたコンクリート製の橋の欄干に片肘を載せて、どこか憂いを帯びた表情の桂川さんが写っていた。顔のエラの張った箇所には、多少の修正が施されているのだろうが、頬の辺りがこけて、顔のラインがスッキリしているように見えた。

衝撃的だった最初の写真、あのすだれ頭は跡形もなく、やや短めにカットした髪にナチュラルなウェーブがかかっていた。ノータッチだった太い眉もカットされ、きれいに切りそろえられていた。はれぼったく、おおいかぶさっていたまぶたもシャープになり、二重《ふたえ》でつぶらな眼《まなこ》もくっきりとしていた。カメラマンの指示だろうが、カメラ目線ではなく、橋の欄干の向こうにある何かに視線を送っていた。片方の手を、パンツのポケットにそっと忍ばせてるポーズが、どこか憂いがちな表情で、何かに気をとられている心象風景を表現しているように感じられた。

「別人ですね」

「そう。まさにビフォーアフター。やれば出来る子なのよ」

ユイは冗談めかしてそう言いながらも、目は笑っていなかった。

「でも、何だかモデルみたいで、見合い写真としてはやりすぎってことはないですか？」

ルカは少し不安そうだった。

「い〜え。ヒゲの永久脱毛をして、ジムにもせっせと通い、見違えるくらいに変身したんですもの。ファッション雑誌の表紙を飾るくらいカッコつけて、キメまくっても構わない、と私は思うわ。結婚するぞ！　っていう彼の決意の現れなんだから、これでイイ」

そう断言して、ユイは二枚目の写真を手にした。

会社の会議室だろうか。ホワイトボードを前にして、熱弁をふるっている様子が撮られていた。企画リーダーを務めていると言っていたから、こんな写真が撮れたのだろう。仕事に打ち込むリーダーのカッコ良さ。写真から彼の気迫がほとばしり出ていた。

「さっきの写真とは対照的で、これもいいわ。オンとオフの切り替えができる、イケてる男子ってところね」

その言葉にルカはうなずいた。

そして、三枚目。夜景の見えるバーラウンジのテーブル席で、スーツ姿ながらリラックスしている彼が写っていた。その表情は微笑ではない。目を細めて、口を開けて笑っていた。

「ヨシ、ヨシ、いい子だ。私のいいつけをちゃんと守ってる。他人を幸せにする至福の笑顔。この人の最大の武器が写真に収まっている。

この三枚の組み合わせ、なかなかよく出来てるわ。そう思わない？　それぞれに彼の異なる魅力が切り取られていて、しかも、そこにストーリーが感じられる。この写真ならばいけるような気がするんだけどなぁ〜」

　ユイは三枚の写真をトランプのように広げて両手で捧げ持ち、頭を下げて祈るようなしぐさを見せた。


　今度こそ、と気合を入れて、ユイの選んだ相手は丸川ハナさん、二十七歳。栄養士で、市の給食センターで活躍していた。両親は老舗料亭を経営しており、経済的には何不自由なく育った。女子大でも栄養学を専攻し、この道一筋で今日まで生きてきた。事務所で彼女と直接会い、ユイが感じたのは、真っ直ぐでガンバリ屋の女性だ、ということだった。

「努力家の男性が好きです。結婚したら栄養学の知識をフルに活かして、健康面で支えていきたいと考えています」

　プロフィール・シートに記されていた彼女の文章に、ユイは心を動かされた。ハナさんだったら、桂川さんをしっかりとサポートして、円満な家庭を築いていけるのではないか？

　そんな直感を頼りに、ユイはハナさんに連絡をとった。もちろん新たに送られてきた写真も送付した。二、三日が経ち、事務所の電話が鳴った。ユイはルカと思わず顔を見合わせた。ルカも何かを感じとっていた。一つ咳ばらいをしてから、ユイは電話に出た。思った通りハナさんからだった。ユイの傍でルカは両手を固く握りしめて、見合いの承諾の返事であることを切に願った。

「……分かりました。お相手の桂川さんからは、既に返答をいただいておりますので、後はこちらからご連絡します」

電話口でのユイの対応は冷静沈着、いつも通りの営業トークで終始した。結果報告を待ちわびているルカと目が合ったとき、ユイの顔にこれといった表情は浮かんでいなかった。

（ダメだったか……）

ルカが落胆しかけたとき、

「ヤッター！」

というユイの叫び声が爆発した。

「とうとう第一関門突破したよ！あの人の努力が報われたんだね。早速知らせなくちゃね」

早口でまくしたてるユイの声には、友人や姉弟といった枠にはとどまらない、苦楽を共にしてきた戦友のような喜びが溢れていた。ルカもまた戦友の一人でいられることにこの上ない喜びを感じていた。

# 第9話　ヒロミと斉木

## 1

桂川さんとハナさんの見合いはうまくいき、仮交際に入った二度目のデートで、彼はプロポーズした。ハナさんに異論はなかった。二人から事務所に弾んだ声で連絡が入り、ユイもルカも我がことのように、ではなく、我がこととして大喜びした。

彼から報告を受けたユイは、いたずらっぽい笑顔を見せながらルカに言った。

「桂川さんったら『医食同源』がどうのこうの、って、ハナさんからの受け売りで、とくとくと喋るんだからイヤになっちゃう。あれは絶対に女房の尻に敷かれるわ。かわいそうにも思えるけど、かかあ天下で幸せならば、それで良しとしよう」

その日一日は、桂川さんのことで二人は盛り上がったが、翌日になり、ルカが事務所にやってくると、昨日のお祭り騒ぎが嘘のように深刻そうな顔をしたユイが事務机に向かっていた。

(鬼だ……。とり憑かれているのか、とり憑いているのか、ユイさんの場合、よく分からないけど。結婚相談所の所長という鬼であることは間違いない……)

そんなことをルカが考えていたとき、ユイの深刻そうな顔が、ふいにルカの方を向いた。ルカは身構えた。

(しまった! 心の中を見透かされたかもしれない)

ユイの口が開いた。

「おはよう」

口の中が乾いてしまい、思うように話せない気がしたが、黙ってるわけにもいかず、無理やりルカは声を振り絞った。

「おは、よう、ございます」

ん? と怪訝《けげん》そうな表情が、ユイの顔に張りついた。

「なにボーッと突っ立てるの? ああ、ちょうどいい。来て早々に悪いけど、これ、ポストに入れてきてくれない?」

「ユイ・マリアージュ・オフィス」という文字の印刷された封筒をルカに差し出した。宛名は斉木様とある。

（次なる嵐は、この方がもたらすのかしら？）

そう思いながら、斉木翔という名からは、その人の顔をルカは思い出せなかった。宛名を見ながら、首を傾げているルカのしぐさを目にして、ユイは説明しはじめた。

「思い出せない？　実年齢は三十三歳なんだけど、パッと見は二十代そこそこにしか見えない。けっこうかわいらしい顔立ちをした人よ。あなたがここへ来てからは、二度お見合いをしているはず。あなたが来る前からの会員さんで、会員になった直後に二度たて続けにお見合いをした。合わせて四度お見合いをしてることになるわね。ともかく見栄えがいいし、高収入だから、お見合いはすんなり決まるんだけど、お見合いの席で直接お相手と会うと、必ず話が壊れるの。あなたも一度斉木さんとは会ってるはずだけど……思い出した？」

（ああ……）

ルカは思い出した。いったん思い出すと鮮明な記憶となってよみがえってきた。

会ったのは先月の下旬の頃。まだ初春の時期で肌寒い日もあったが、日増しに暖かくなり、二〇度を超えるような日も現れるようになっていた。

そんな季節に斉木さんは事務所に姿を見せた。ドアを開けて入ってきた彼を見て、ルカは大学生か？　と疑った。前髪を下ろした髪型で全体に軽いウェーブがかかり、濃いブラウンに染めていたと記憶している。着ているものも黒っぽいチノパンに、細かなチェックの白いボタンダウンを着て、上着はチャイナジャケットと呼ばれる、生地に寄った皺がアクセントになるリネン素材のおしゃれなものだった。どこかのお金持ちのお坊ちゃんが何かの用事でやってきたのだ、とルカは考えていた。踏み出した足に目を留めると、黒地に白い紐を通したブランド物の高価なスニーカーだった。今どきの裕福な階層の大学生は、惜しげもなくファッションにお金をかけるんだな、と感心するのを通り越して、呆れてしまった。

ユイが、座って、とも何も指示を出していないのに、もうすっかり慣れ親しんでいる場所であるかのように、彼はテーブルの椅子に腰を下ろした。彼と向かい合う位置にユイも座った。

ルカは紅茶の準備にとりかかった。

ユイは何も喋らない。彼が口を開くのを待っているのだろうが、それだけではない、別の意図があるようでもあった。彼はテーブルの一点に視線を向けたまま、口を真一文字に結んでかたくなに口を開こうとはしなかった。気まずい時間が流れた。ルカが二人に紅茶とお茶請けのビスケットを差し出すと、黙って軽く頭を下げた。紅茶を一口飲むと、眉をすぼめ、それまで息をつめていたかのように息を吐き出した。それがルカブレンドの魔力なのか、ボツボツと喋り出した。

「もうお見合いをする自信がありません」

「すっかり疲れちゃって……。女性と会って話をするのが苦痛になってきました」

「いっそ諦めた方が楽かな、と思えてきて、……退会しようか、とも考えてます」

出てくる言葉は愚痴ばかりだった。

大学生だ、とばかり思っていたルカは、会員さんだと知って驚いた。そして、口をついて出てくる言葉が、そのイケてる外見とは全く似つかわしくない、ネガティブなもののオンパレードであることにも驚いた。驚いたというよりも、違和感と言った方が正解であったかもしれない。

どんな泣き言を並べ立てても、ユイは口を差し挟もうとはせず、真っ直ぐにその顔を見つめ、真剣に耳を傾けていた。言葉が途切れるのを見計らって、ユイは初めて口を開いた。

「これまで二度お見合いを経験されて、ご自身のことを話すのが苦痛なのか、お相手の話を聞くのが苦痛なのか、どちらでしたか？」

彼は目を宙にさまよわせるような表情を見せてから、こう答えた。

「大差ありません。どちらも苦痛に感じている、ってところでしょうか」

「では、改めてお聞きしますが、結婚相談所に何を求めて入会されたのですか？」

質問の意図を計りかねるといった困惑した表情が、その顔に浮かんだ。

「結婚相手を探すため、いい出会いを求めて……ですが？」

ユイの目が鋭くなった。

「お互いを理解するための会話が苦痛に感じられるのに、ですか?」

彼は冷たく笑った。

「入会する前は、結婚相手を探すための会話がこんなにも苦痛なものだとは知らなかったものですから。……だから、今は退会も考えてる、と言ったんです」

その後も二人のやりとりは一時間ばかり続いたのだが、平行線をたどったままで終わってしまった。それでも最後にユイが、それまでのやりとりなどまるでなかったかのような口ぶりで、こう言った。

「またいい人が見つかり次第、紹介いたしますので、お待ちになっていてください」

彼も、ユイに負けず劣らず一切表情を崩さずに答えた。

「よろしくお願いします」

傍で二人のやりとりを見守っていたルカは呆気《あっけ》にとられた。二人とも何を考えているのか、さっぱり分からなかった。

斉木さん宛の封筒を投函した後、事務所に戻ってきたルカはユイに聞いた。

「あれって、次のお見合い相手の写真と釣り書きですよね」

ユイの返答はそっけなかった。

「もちろん、そうよ。それが何か？」

ためらいを押さえ込んで、さらに聞いた。

「ユイさんに勝算はあるんですか？」

「勝算？　ないわ」

ユイのそっけなさはさらに度を増した。

「お見合いに四度も失敗している方ですよ。何か手を打たなければ、お見合いをセッティングしても意味ないんじゃないですか？」

ルカは食い下がった。でも、ユイは鼻で笑うようにして、こう応じた。

「意味をもたらすかどうかは当事者間の問題であって、そこまでは結婚相談所が責任持てるわけないでしょうが。この人とこの人なら相性は良さそうだし、当人から出されている相手への希望にも応えている。家柄の釣り合いもとれているし、じゃあ、マッチングしてみましょう、と。お見合いをする気があるかどうか、確認するための仲立ちをする。ＯＫならば、お見合いの日時と場所をセッティングする、以上。私たちのやるべきことはそこまでよ。困ったことが起きたら相談にはのるけど、基本的に後はただただお見合いがうまくいき、仮交際から本交際、プロポーズがあって、成婚へと至ることを祈るのみよ。神様、仏様、誰でもいいからお力添えをいただいて、新たなカップルが誕生するようお導きください、と願うことぐらいしか私たちにはできないのよ。分かる？　分かってるでしょ？」

ユイの言い方には険があった。

（イライラしてる。誰に？　斉木さんに決まってる。どんな助言をしても彼には通じない。聞く耳を持たないって感じ。それなのに結婚相手がほしいという。人の言葉に耳を傾けられない人が、結婚生活なんて営めるものだろうか？）

ルカは斉木さんという難敵にユイがどんな策を講じようとしているのか、探ろうとしたのだが、さすがのユイにも今のところ策がないんだ、と思い至った。だから、イラついてる。それと、日頃のユイならば、使うことのない言葉を口に出していたことも気になった。

「神様、仏様、誰でもいいからお力添えをいただいて……お導きください」

ユイはそんなことを広言する人ではない、とルカは思った。人智を超えた何か大きな力でも借りなければ、彼を結婚させることなんて不可能だ、と思っているのだろうか？

不機嫌そうに黙り込んでいるユイの顔を盗み見しながら、ルカは彼女の胸の内をあれやこれやと思い巡らせていた。ルカがチラリとユイの顔に目をやった何度目かに、何かに反応したようにユイが口を開いた。

「あなた、さっき勝算はあるのか、と聞いたわよね？」

ルカは黙ってうなずいた。

「勝算なんかない、と言ったと思うけど、今度、あの人にぶつけようと思ったお相手はこれまでとは違うの。これまでは彼の希望に添うような方ばかりを選んで、お見合いをセッティングしたんだけど、ことごとく失敗しちゃった。ならば、希望に添わない人をぶつけたら、どうなるんだろう、と考えたのよ」

そう言って、ユイは事務机の上に出してあったファイルを開いた。

「市内の病院に勤める看護師さん、武井ヒロミさん、三十歳。看護大学を卒業してから、何人もの方とお付き合いしたことがあるって、言ってたわ。でも結局、看護師という職業柄、仕方ないんだけど、日勤、準夜勤、夜勤の三交代制で、おまけに休みも不定期ときてるから、デートの時間を合わせるのも大変で、看護師という仕事の苛酷さを理解されにくくて、別れる羽目になるって言ってたわ。そんなことが重なって、だんだん恋愛することも面倒くさくなり、もともと仕事に誇りを感じてる人だから、この際割り切って看護師のトップ目指して、キャリア一本でガンバっちゃおうかな、とも思ったらしいんだけどね。同僚が結婚して次々辞めていくのを目にして、やっぱり一人の女として寂しい気持ちになってきたらしいの。子どもも好きで、我が子を自分の手で育ててみたいと言ってたわ。それで三十歳を目前にして、自分の仕事を理解してくれる包容力と頼もしさを持った結婚相手を求めて、入会してきた女性なの。何でも自分でできちゃうしっかり者で賢いヒロミさんなんだけど、反面すごい寂しがりやで、頼もしい男性にリードされたい、という一見矛盾するような願望を持っている。はたしてそんなタイプのヒロミさんがあの人と出会ったら、どんな化学反応が起きるのか、楽しみでもあり、不安でもある。でも、これまでの四回のお見合いとは明らかに異なる可能性を感じているという点で、勝算というにはほど遠いけど、何かが起きるかもしれない期待を抱いていることだけは確かね」

不機嫌そうであることには変わりなかったが、よくよく見ればユイの目には力があった。ルカには、ユイの言ってることが漠然としすぎてあまり理解できなかった。ユイの目に宿った力強さが、彼女の口にした「何かが起きるかもしれない期待」に由来するものであることは分かったが、なぜそんな不確かなものに期待を抱けるのか、ルカにはピンとこない。

（ユイさんの感受性の鋭さは、私みたいなボンヤリした人間ではとうていついていけるものではないだろう。でも、何だか不思議。ユイさんが口にするとそうなるかもしれない、という気分になってくる……）

手帳にペンを走らせはじめたユイの姿を、まぶしいものでも見るような目でルカは眺めていた。

## 2

ユイが予約を入れたいつものラウンジのいつもの席で、斉木さんとヒロミさんは向かい合わせで座っていた。

ヒロミさんの返事は早かった。斉木さんからは、それよりもやや遅れて事務所に連絡が入った。電話口で彼が意外そうな口ぶりで聞いてくる声が聞こえた。

「今度の相手は看護師なんですね？」

だが、それ以上は何も言わずに、見合いに承諾する旨を伝えてきた。ここまでは彼の過去の四度の見合いへと至る過程と同じだった。そして、見合い当日の二人きりになってからの会話の調子も、彼の場合いつも通りであった。話題を振ってこようとしない斉木さんに対して、ヒロミさんの方からあれこれと質問するというパターンだった。

「斉木さんのお父様って、あの有名なアパレルメーカーの社長さんなんですね？」

興味津々で聞いてきたヒロミさんに対して、彼は仏頂面で短く答えた。

「ええ」

プツン！ 見合いのたびに同じ質問を繰り返されて、心底うんざりしているという感じが見え見えの対応ぶりであった。でも、そこは病院ではベテランの域に入ろうとする看護師のヒロミさんだ。無口な人からお喋りな人まで、様々なタイプの患者との対話を積み重ねてきた実績がものを言う。めげることなく、笑顔を絶やさずに次の質問を投げかけた。

「お父様の会社の企画部勤務とありましたけど、そこでどんな仕事をされてるんですか?」

「デザイナーです」

これまたワンフレーズの返答で会話は途切れてしまった。しかし、ヒロミさんは強い。パッと笑顔を満開にして、弾んだ口調で話題を膨らませていった。

「やっぱり! 初めてお会いしたときから、お洒落な方だな、と感心していたんです。病院の男性スタッフでは絶対にお目にかかれないファッションセンスで、完璧に着こなしていらっしゃいますものね」

すると彼の口もとが少し緩んだ。

「ファッションセンスに長《た》けたスタッフばかりいる病院というのも、ちょっと怖いですけどね」

彼にしては珍しいジョークに、ヒロミさんは声を上げて笑った。

「今日お召しになっているスーツは、麻ですよね。しわが目立って、フォーマルな場に着ていくには勇気のいるものだ、と思ってたんですけど、斉木さんが着ると清涼感が際立って、フォーマルウェアとしても、ありだな、と思いました」

何とかして不愛想でとっつきの悪い彼の気分を上げようと、精一杯男性物の洋服について感想を並べたてた。

「これは麻一〇〇パーセントじゃなくて、化繊も混ぜて、両方のいいとこどりを狙ったものなんですよ。フォーマルにもカジュアルにも対応できるよう、デザインも何パターンか作ってみたんですが、企画会議ではずいぶんもめましたね」

特に自慢するふうではなく、さらりと言ってのけた。その言葉にヒロミさんの目は輝いた。

「じゃあ、これ、斉木さんのデザインされたスーツなんですか⁉ スゴ～イ、カッコイイです。プロのデザイナーの方とお話するなんて初めてです。職場では考えられませんから、とっても新鮮です」

彼女のストレートで少女のような喜び方が彼の胸にも響いたのか、今日一番の笑顔が浮かんだ。

「ボクなんか、オヤジの会社で自由に洋服のデザインなんかさせてもらってますが、休みの日になると、ときどき考えるんですよ。何か、自分という人間が軽いな～、って。あなたみたいな看護師という生命に直接関わっているような人と比べると、自分なんていてもいなくても同じなんじゃないか、ってね」

彼の浮かべていた笑顔に、卑屈な影が差しかけた。ヒロミさんはそんな自分のことを過小評価する言葉を言下に否定した。

「違います。大病を患って長期入院を強いられている患者さん。特に女性の場合、くる日もくる日も身に着けている物と言えばパジャマばっかり。ベッドの上でファッション雑誌を眺めながら、いつになったらこんな可愛い服を着られる日がくるのかしら？　と嘆かれることが多いんですよ。お洒落な服を着られる日がいつかやってくる——その方にとってはそれが生きる希望。辛い闘病生活を乗り越えていくために、必要不可欠な心の支えになっていることもあるんですよ。ファッションなんかあってもなくても同じもの、だなんて、絶対ありません。デザイナーという仕事は誰にでもできるものではない、と私は思います。才能のある人がさらにその才能を磨いて、理想のイメージを形にするという魔法のような仕事を成し遂げられているんです。きっと斉木さんの代わりになるようなデザイナーなどこの世にはいない、と思います。斉木さんの生み出すデザインは、斉木さんだけが生み出せるものに違いありません。

……ゴメンナサイ。デザインの何たるかなどまるで分っていない私のような人間が、偉そうなことを言ってしまって。釈迦に説法とはこのことですよね。……でも、私、本当にそう思ってますよ」

彼は視線をテーブルに落とし、黙ってヒロミさんの熱弁に耳を傾けていた。その表情に差しかけていた自己卑下の影はすっかり消えていた。ヒロミさんの語りが終わっても、彼はじっと固まったままだった。それからやおら顔を上げると、ヒロミさんに告げた。

「アリガトウ」

言葉はそれだけだったが、彼の顔はかすかに紅潮していた。ヒロミさんは、と言えば、彼以上に顔を紅潮させ恥ずかしそうに下を向いてしまった。二人の間に沈黙が続いた。場つなぎのために、まだ口をつけていなかったジンジャーエールの注がれたグラスに彼が手を伸ばしたときだった。

ドンッ！とお尻の下から突き上げる強い力を感じた。伸ばしていた手が不規則に揺れ、グラスを倒してしまった。小さな泡を浮かべて、ジンジャーエールがテーブルに広がった。ラウンジにいた女性客の多くから悲鳴が上がった。厨房からビンのぶつかる音、何かガラス製の物が落下し、割れる音が立て続けに響いてきた。

ヒロミさんはとっさに、こぼれたジンジャーエールを拭きとろうとでもしたのか、右手におしぼりを握りしめた格好で、突き上げてきた力に驚き固まってしまっていた。

だが、本番はこれからだった。

遠くから猛スピードで、さざ波のように伝わってきた震動が、大きな横揺れとなって襲ってきた。最前とは比較にならぬほどの数の悲鳴が上がり、たちまちにしてラウンジはパニックに陥った。ヒロミさんも半泣きの顔になり、テーブルをつかんで短い悲鳴を上げた。横揺れは大きさを変えて、いつまでも続いた。天井に吊るされたいくつものシャンデリアが振り子のように揺れ、ガラスのぶつかり合う音を盛んに立てた。広い通りに面した大きく切り取られたガラス窓がきしみ、サッシの枠組みが気味の悪い音を発していた。いつシャンデリアが落下し、ガラス窓が割れてもおかしくない。ホテル全体が、生き物のように狂おしく揺れ動いていた。

座っていたソファーから転げ落ちるように、床に座り込んでしまったヒロミさんを見て、斉木さんはテーブル周辺のソファーを力任せに壁際へと押し込み、テーブル周りのスペースを広げた。そして、座り込み、身動きのとれないヒロミさんのからだを抱きかかえて、テーブルの下へと移動させた。だが、テーブルは小さい。ヒロミさんの上半身はテーブルの下に潜り込ませても、腰の辺りがテーブルからはみ出てしまう。恐ろしさに顔をひきつらせていたヒロミさんの耳もとで、斉木さんはささやいた。

「大丈夫。何が落ちてきても、ボクが守りますから」

ヒロミさんのからだを背後からハグして、自分のからだで彼女をかばった。その姿勢を維持しながら、何度もささやき、励ました。

「大丈夫、大丈夫。ボクがついていますから。揺れはもうじき治まりますから。ガンバって！」

肩を抱いた彼の手から伝わってくる力は強かった。その力強さに気付いたとき、ヒロミさんは安心感を覚えた。突如襲ってきた地震に、彼女の鼓動は一気に激しくなった。ドキドキ、ドキドキ……。心臓の脈打つ音がはっきりと聞こえた。横揺れが大きくなるたびに、心臓の音はいっそう速く大きくなった。地震への恐怖。そのせいであることに間違いない。だが、その胸の高鳴りはそのせいばかりではないようにヒロミさんには思えた。後ろからハグする彼のからだから、甘い香りが漂っていた。かすかな香りではあったが、その香りが、自分を守ろうとする彼の存在をより身近に感じさせた。地震は怖い。一刻も早く治まってほしいと切実に願った。と同時に、いつまでもこの状態が続いてほしいと願う、相矛盾する自分がいることをヒロミさんは感じていた。テーブルの下に潜り込んでいるために、今、ラウンジがどのような状況になっているのか、確かめることはできなかった。視界に入るものといえば、自分を守っていてくれる彼だけであった。今、世界にいるのは自分と斉木さんだけ。心臓は早鐘を打ち続けていたが、どこか甘美な夢を見ているような気分をヒロミさんは味わっていた。

3

棚に並べられていたガラス器の大半は倒れてしまった。ルカはため息をつき、並べ直そうと、棚の前にしゃがみこんでいた。すると、ユイの冷たい声が飛んできた。

「いいよ。そんなもの。いずれ母がやってきて直すだろうから。それに、あんな大きな地震だったもの、しばらくの間は余震が続くと思うよ。並べ直しても、元《もと》の木阿弥《もくあみ》。やっても無駄だから。放っておけばいいよ」

その声に伸ばしかけていた手をひっこめたルカは、事務机に座り、崩れてしまったファイルを元の状態に戻しているユイに向かって、こう言った。

「斉木さんとヒロミさん、大丈夫でしょうか？　時間から言って、まだお見合いの真最中だったと思うんですけど」

ユイも同じことを案じていたのだろう。ファイルを戻す手を止めて、ルカの方を振り返り、口を開いた。

「長いことこの仕事してるけど、お見合いに地震がバッティングしたのは初めてね～。たぶん電話は通じないだろうから、メールを入れておくわ。ラウンジのマネージャーから連絡が入るだろうから」

言い終わると、すぐにユイはスマホを手にし、メールした。それでもユイの顔はさえなかった。その表情を読み取ったルカは、遠慮がちに聞いてみた。

「ホテルに行った方がいいんじゃないですか? ここで連絡を待っていても落ち着かないし……」

ユイは思案顔になった。ルカに言われるまでもなく、一度は考えたことだった。そして、自らの胸の内を探るような口ぶりで、こう言った。

「うん、そうね〜。……でも、もうちょっと待ちましょ。二人はもう子どもじゃない。自分たちで考えて、何とかするでしょ。今はまだジタバタ動かない方がいいような気がするのよ。もう少し二人にまかせてみましょ」

ルカに向かってというよりも、自分自身に言い聞かせているような話し方だった。

そのとき、窓の下をパトカーと救急車がサイレンを鳴らしながら通り過ぎていった。ルカは窓辺に近寄り、パトカーと救急車の走っていった方に目をやった。赤信号の交差点に差しかかったのだろう、パトカーのスピーカーから注意を促す声が響いた。

(ホテルのある方へむかってるんじゃないかしら?)

ルカの心の中で不安が芽生えると、その不安はどんどん膨らんでいった。

「あっ、メール。……つい今し方、二人は揃ってホテルを出ていったそうよ。ケガとかはしてないみたい。マネージャーからよ」

ユイの声には安堵感があった。だが、それは長続きしなかった。すぐにまた緊張した声に戻り、ルカに告げた。

「さあ、これからが勝負よ。いずれ二人から連絡がくるはず。そこで的確に対応して手を打てれば……」

ルカは、ユイの目に獲物に狙いをつけたハンターのようなすごみを見てとった。これから獲物がどんな動きをするか、事前に予期し、正確に読み取らなければ、ハンティングは成功しない。その緊迫感とワクワク感が、ユイの鋭さを増した目つきを通してルカにも伝わってきた。

(地震という予想もしなかった非常事態に身を置くことで、二人に起きたかもしれない変化についてユイさんは何かを感じとっている。私には何もわからないけど、見えない世界をみられるユイさんって、やっぱりスゴイ……)

これから、何がどうなっていくのか、さっぱり分からなくても、スゴ腕のハンター、ユイの傍にいるだけでルカは全身に粟立《あわだ》つものを感じていた。

三十分ばかり経った頃、事務所の電話が鳴った。ワンコールでユイが受話器を取った。

「ヒロミさんね、どうだった？　……うん、うん、大変だったね〜。……うん、ああ、そう。それで？　……カッコイイ！　惚れたでしょ？」

　そう言って、ユイはケラケラと笑った。しばらくはヒロミさんの話を聞き続けた。忙しげにペンを走らせ、手帳にメモをとっていく。そして、ペンを置いた途端、受話器に向かってユイは断言した。

「ヒロミさん、自分の気持ちに正直になるのよ。あなたは、今、恋してる。恋に落ちたのよ！　分かる？　恋に落ちるときって、そんなものよ。早いも遅いもない。……分かった。すぐにちゃんとした場を押さえるから。あなた、明日もお休みよね？　折り返し連絡を入れるわ。いつでも連絡をとれるように今日は待機していて。あなたにとって今日は特別な日。この日を逃すと、しばらくはチャンスはやってこないかもしれない。所長である私の経験とカンがそう告げている。私を信じて。いい？　じゃあ、いったん切るわね」

　受話器を戻した途端、次なるコールが鳴り出した。コールと同時にユイは受話器をとった。

「斉木さんね。たった今、ヒロミさんから電話があったばかり。彼女は本気よ。……ホントだってば！　後はあなたがどう動くか次第よ。えっ？　迷ってる⁉　バカなことを言ってちゃあ、駄目よ。あなたは本気で彼女を守ろうとした。自分の生命を犠牲にしてまでね。心は嘘つきだけど、カラダは正直者よ。カラダが発する声を聞きなさい。そうすれば、今、あなたがなすべきことは、ただ一つだってことが分かるはずよ。……そう、そう、あなたはいい子ね」

そう言って、またユイはケラケラと笑い声を上げた。

「あなたがその気なら、明日にでも場を設定してあげるわ。お見合いが途中で終わっちゃったんだから、明日は第二ラウンドよ。ヒロミさんは待ってる。しかも、ノーガードよ。あなたはとどめを刺すだけなの。何？早すぎるって？善は急げ、ってことわざ知ってる？鉄は熱いうちに打て、とも言うわよ。分かった？見る前に跳べ！今のあなたに必要な精神はそれよ。場所がとれたらすぐに連絡するから、明日の予定は明けといてよ。いいわね。じゃあ」

ユイの手は止まらない。ホテルのラウンジマネージャーに連絡を入れた。幸いにして被害はほとんどなく、明日も通常営業するとのことだった。そこで事のいきさつについて簡略に説明し、明日も今日と同じ二人のために席をとってほしい、とお願いした。快諾だった。

スゴ腕ハンター、ユイの目は爛々《らんらん》と輝いていた。そして、傍らにいたルカに言い放った。

「一気に行くわよ！」

# 4

ユイの言葉通り、事は一気に進んでいった。お見合いの第二ラウンドは、滞りなく終わった。ラウンジの入り口で、見合いの席へと向かう二人を見送るユイの目は、揺るぎのない確信に満ちていた。

ヒロミさんは緊張しながらも、その頬は赤みを帯び、口元には微笑が浮かんでいた。対照的に、斉木さんは一つのことを思いつめたように顔面を硬直させていた。ユイのアドバイスに従って、本気でとどめを刺すつもりでこの場にやってきていることが、その蒼白な顔色からもうかがい知れた。そっと彼に近寄り、ユイはその背中に掌を添えた。ユイの方を振り向いた彼に、ユイは声には出さず、唇の形だけで、ガ・ン・バ・レ、と伝えた。こくん、と彼は小さくうなずいた。

二人を見送った後、事務所に戻ったユイとルカは、吉報が届くことだけを信じてそのときをひたすらに待ち続けた。ルカの淹れた紅茶、ルカスペシャルを何杯もお代わりし、二人して遅めの昼食、軽くフルーツサンドを摘まんでいたとき、事務所の電話が鳴った。慌てて頬張っていたサンドイッチを呑み込んでから、ユイは受話器をとった。

斉木さんからだった。傍にヒロミさんもいるとのことだった。もうそれだけで見合いの第二ラウンドの首尾がどうであったかが分かろうというものだ。受話器を耳に当てたユイの顔は終始笑顔だった。話を聞くばかりで多くを語ろうとしない。もう語るべきことは昨日全て語り尽くした、という思いがユイにはあった。

「……うん。……うん」

返事はただそれだけだった。しばらく「うん」が続いてから、やっと違う言葉がユイの口をついて出た。

「長い道のりだったね。おめでとう。幸せにね」

すると、今度はヒロミさんが電話に出た。声が震えていた。またユイの「うん」が続くことになった。斉木さんのときよりも、「うん」の数が多く、続けざまに口にすることもあった。

事務机に置かれたティッシュボックスから一枚取り出し、ユイは目に当てた。傍でその様子を見守っていたルカも鼻をすすり、同じようにティッシュボックスに手を伸ばした。ルカの耳に、斉木さんとヒロミさんの声はよく届いてはいなかったが、それでも共に協力し、幸せな家庭を築いていこうと決意した二人の思いは、充分に伝わっていた。しかも、二人を祝福する気持ちは自分一人だけのものではない。ユイとルカの祝福する気持ちは一ミリもずれることなく、ピッタリと重なっていた。それをまたリアルタイムで実感できるだけに、ルカの二人を祝福する気持ちは何倍にも強まった。ルカが手にしていたティッシュは濡れて、もうグチャグチャだった。もう一枚ティッシュを引き抜いたとき、ユイの力強い声が響いた。

「仮交際期間は吹っ飛ばして、今日から本交際のはじまりね。結婚式の日どりや場所が決まったら、また連絡してちょうだい。……うん。……うん。そう言ってもらえるだけで私は充分に幸せよ。あなた方と出会えてホントに良かった。ありがとうね」

受話器を置いた後も、しばらくの間、ユイもルカもティッシュを何枚も濡らしながら言葉もなくその場にい続けた。幸せのおすそわけ――その余韻にいつまでも浸っていたい気分だった。綿菓子のような幸せの雲に乗り、からだがプカプカと浮き上がり、どこかへ漂っていく。幸せなんだから、どこへ漂っていっても構わないはずなのに、ルカは、どこへ？と自問自答せずにはいられない。でも、分からない。

（いつだってそうだ。私は何もわかってない。この幸せな気分が、自分をどこへ導いてくれるのかさえ私には分かっていないのだ……）

そう思ったとき、ふいに眠っていた問いが頭をもたげた。

（斉木さんとヒロミさんがうまくいくと、ユイさんはどの段階で分かったのだろう？）

前にも聞いた問いだった。でも、そのときには、はっきりとした返答をもらえなかった記憶がある。二人が無事本交際に入った今なら、教えてくれるのではないかと、ルカには思えた。ルカは意を決してその問いをユイにぶつけてみた。ユイは振り向いた。目は真っ赤だった。ルカの目をじっと見つめた。笑顔でもない。泣き顔でもない。いつも通りの真面目な顔が、そこにはあった。

「あなたは聞いたわよね。私に勝算はあるのか？　って。そのときよ」

ルカはあまりにも意外な返答に、キョトンとしてしまった。問い返す言葉さえも出てこない。

だが、ユイはそれ以上説明を加えようとはせずに、さらに予想もしていなかった問いをルカにしてきた。

「『つり橋効果』って、聞いたことない？『恋のつり橋理論』とも言うんだけど」

初めのキョトンが消えてもいないうちに、ルカの顔に新たなキョトンが重なるように張りついた。ユイは、ちょっと天井を見あげるように考えるしぐさを見せ、コホンッと一つわざとらしい咳をした後で語り出した。

「恋愛心理学では、有名な理論なのよ。確か一九七〇年代に、ダットンとアロンというカナダの心理学者がいてね。実証実験の結果を理論にまとめて発表したものなの」

幸せの雲に乗り、漂い出した先には、学校の授業が待ち受けていたのかと、ルカはガックリしながらも、黙ってユイの講義を傾聴するしかなかった。

「実験といっても小難しいものじゃなくてね。山の中の渓谷に二本の橋が架かっていたの。七〇メートルの高さに架けられたつり橋。もう渡るだけでグラグラしちゃって、おっかない代物なのよ。それとは別に、三メートルばかりの高さに架けられたしっかりとした木の橋、グラグラしないし、誰だって平気で渡れる橋があったの。この二本の橋を使って実験は行われたのね。

十八歳から三十五歳までの未婚の男性が被験者で、二手に分けて、どちらかの橋を渡らせた。両方の橋の真ん中辺りに、男なら誰だって魅力を感じるような文句なしの美女が待ち構えていて、渡ってきた被験者にアンケートをとるという仕事をさせたのよ。でも、アンケートの中身なんてどうでもいい。その後が肝心で、アンケートをとった後で、美女がこう言うの。

『もし結果に興味があったら、連絡してください』

そう言って、連絡先を渡すの。

さあ、ここでルカに問題です。

美女に連絡をしてきた被験者の数は、どっちの橋の方が多かったでしょうか？」

ルカのキョトンは続いていたが、この問いならば、なんとか答えられそうな気がした。グラグラするつり橋の方ではないか？　おずおずとそう答えると、ユイはニッコリ笑ってこう言った。

「大正解！　ルカはお利口だね～」

バカにされたようで、ルカはちょっとばかりムッとしたが、それでも答えられたことに安堵した。

「じゃあ、なぜそう思ったの？　説明してくれる？」

口元にはまだ笑みが残っていたものの、ユイの目には意地悪そうな光が宿っていた。

何となくそう思えただけの話で、これといった理由があったわけではない。そんなことは百も承知の上で、ユイは情け容赦なく二の矢を放ってきたのだ。ルカは押し黙ってしまった。それでも必死になって考えた。

高所に架けられた不安定極まりないつり橋、おっかなびっくりわたっていった先で、突如絶世の美女と出会い、アンケートへの協力要請とはいえ、声をかけられた。しかも、結果に興味があれば、という前提付きではあったものの、連絡してくださいと、美女の連絡先を教えられたのだ。恐怖を味わった後の急転回、突然訪れた快楽。連絡先を告げられたことで、もしかしたら、この美女は自分に気があるのではないか、と思ったとしてもおかしくはない……。恐怖感から一転、快楽へ。その落差の大きさが美女への好奇心、いや、恋心を芽生えさせたのではないか？

つっかえつっかえ、言葉を探しながら、ルカは、そんな主旨の説明を試みた。

ユイは目を細めた。その目に宿った意地悪な光が一段と強まったように、ルカには感じられた。まるで自分がグラグラするつり橋を渡らされているような恐怖感を覚えた。ユイは口をすぼめた。

「ブーッ！　残念でした。何を言っているのかさっぱり分かりませ〜ん！」

目もくらむような高さのつり橋から突き落とそうとするユイのキツイ言葉に、ルカは思わず肩をすくめて目をつぶってしまった。目をつぶった真っ暗闇の中でユイの声が響いた。

「正解は単純明快、『錯覚』でした〜！」

「へっ⁉」

間抜けな声がルカの口をついて出た。

「錯覚って、……被験者の美女への恋心が、ですか？」

そう自分で言っておきながら、ルカは納得しかねていた。

「そう。なかなか物分かりがいいじゃない。やっぱりルカはお利口さんね」

ルカがまだ納得できていないことを見越した上で、ユイはあっさりとそう答えた。

ルカは不満そうな表情を浮かべて、また黙りこんでしまった。その表情をユイはすくいあげるように見てから、底意地の悪い笑顔を見せて解説を続けた。

「被験者は美女と出会ってドキドキしたわけじゃないよね。美女と出会う前から、グラグラするつり橋を渡ることでドキドキしていた。そうでしょ？」

ユイの確認にルカはうなずくしかなかった。

「つまり、美女に恋したから被験者はドキドキしたんじゃなくて、ドキドキしていたから美女に恋したんだと思い込んだ。カン違いでしたってわけよ。言葉を換えて言えば、恐怖によるドキドキ感を美女に恋したドキドキ感であると、脳が錯覚したって言ってるの。分かった？」

脳が錯覚した——面白い考え方のはずなのに、ルカはちっとも面白くなかった。人間の心がバカにされている。それどころか、自分までがバカにされているような気がして不愉快だった。

ユイはすましたもので、さらに説明を続けた。

「でもね、このつり橋効果には欠点があるの。ドキドキ感は長続きしない、ということね。恋に落ちたと錯覚しても、じきに冷めちゃうのよ。だから、恋の錯覚を長続きさせようと思ったら、さらに恋の炎をかきたてるような次の一手を大至急打つ必要があるわけ。モタモタしてたら、夢から醒めるように恋心は消えてしまう」

何だか分からなかったが、ルカはユイに腹が立ってきた。でも、まだ言葉になっていない怒りを直接ユイにぶつけるわけにもいかない。ウーッ！　とうなり声をあげても仕方がない。どうしよう、どうしよう……と急いで考えを進めていくうちに、はたと気が付いた。そのことに気が付いたとき、ルカはすぐに言葉に出す気が起きなかった。ただただ目を丸くして、信じられない、という思いを込めて、ユイをにらみつけるだけだった。そんなルカの表情を見て、ユイはまた意地悪そうな笑みを見せて静かな声でこう言った。

「やっと気が付いた？」

その言葉がきっかけとなり、ルカはようやく口を開くことができた。

「つり橋効果の説明が、斉木さんとヒロミさんにもあてはまると……？」

それだけを言うのが精一杯だった。ところが、ユイはためらうことなく、あっさりと答えた。

「その通り。地震が起きたときの二人のドキドキ感は、紛れもなくつり橋効果のせいね」

その言葉におおい被せるようにしてルカは言った。

「脳の錯覚を続かせるために、地震のあった翌日に、同じ場所で、お見合いの第二ラウンドを行ったんですね？」

意地悪そうな笑顔を張り付けたまま、ユイはゆっくりと首を縦に振った。

「そんなぁ〜……」

思わずルカは声に出していた。

もしそれが本当だったら、電話口から漏れてきた斉木さんやヒロミさんの喜びの報告を聞いて、涙でティッシュを何枚も濡らした自分の反応は、何だったのだろうか？　バカバカしく思えてくる。いや、自分なんかよりもさらに謎なのは、ユイだ。つり橋効果による脳の錯覚に過ぎないことを知っていながら、自分と同じように涙を流していたユイの本心は、どのようなものだったのだろう？　ルカは全身から力がぬけていくような虚脱感と、謎だらけのユイに対する不信感とで、怒りを通り越してどうしようもなく悲しくなってしまった。

ユイの表情から意地悪な笑みは消えていた。いつものクールな結婚相談所の所長の顔に戻っていた。キリッと引き締まった唇が開いた。

「あんたが落胆する気持ちはわからないでもないわ。燃えるような恋心が脳の錯覚のせいだなんて、身もフタもない話だものね。でもね、恋に落ちる瞬間なんて人それぞれで、自分自身振り返ってみても、なぜあのとき、あの人に恋心を抱いたのか、説明できないことなんてざらにあるものよ。なぜだか分からないけど、落ちちゃったんだから仕方がない。そう言うしかないのが恋なんだろうね〜。だからさ、あの人の顔が好きとか、声やしぐさがセクシーとか、お金持ちなのがいいとか、家柄も良くって高学歴なのが素敵とか、好きになる理由なんか何でも良くて、ドキドキ感を脳が錯覚しちゃって、というのも好きになる理由の一つとしてカウントしてもおかしくないのかもしれないわね。そうは思わない?」

そんなことを急に聞かれても、ルカには答えられなかった。それに、耳にした途端、こびりついて離れないユイの言葉があった。

「自分自身振り返ってみても、なぜあのとき、あの人に恋心を抱いたのか、説明できないことなんてざらにあるものよ」

(「自分」とは、まぎれもなくユイ自身のことではないのか?)

ルカにはそう思えてならなかった。

あれは、ユイの母親、ルミ子が事務所にやってきた日のことだった。ルカは初対面だった。にもかかわらず、ルミ子に対して実の母親への懐かしさ、いや、それ以上の甘えたいという感情を抱いたのだった。その願いが通じたのか、ルミ子は我が子のようにルカを優しくハグしてくれた。事実、そのときルミ子は口にした。ルカは血を分けた実の娘だ、と。ルミ子にハグされていたところへユイが帰ってきた。ホントの母娘の関係は難しい。売り言葉に買い言葉。ルミ子に向かってユイは挑発的な言葉を言い放った。ルカにとっては、初めて聞く衝撃的な告白でもあった。それだけに今でもその言葉をルカは鮮明に記憶していた。

「……大学を卒業したと思ったら、妻子持ちの中年男に熱を上げ、生きるの、死ぬのといった修羅場を演じた挙句に男に逃げられて……。廃人同然の引き込もり生活に陥った。……いったい何を考えているのやら、さっぱり分からない不肖《ふしょう》の娘、それが私」

大学を出たてで世間知らずの小娘が、妻子持ちの中年男に恋をした。一過性の恋ではない。三角関係のドロ沼の中で、生きるの死ぬのといった修羅場が演じられたという。結局、男はユイの前を去り、深刻な喪失感から引きこもり状態に陥った……。

(そんな壮絶な恋愛経験を、ユイさんは脳の錯覚だったと片付けるつもりなのか?)

ルカにはとうてい理解も共感もできない。

(文字通り、道ならぬ恋に命を懸けた自らの生き方を、あれは脳の錯覚だったとくくり、それでもなお恋は恋だ、と言い張る……言い張っているのだろうか、ユイさんは? ……分からない……。ともかく恋だったと結論づけている。そう思わなければ、ユイさんという人間は壊れてしまう。そう考えているのだろうか？）

どこまで考えても、ルカにはわからなかった。

問いに答えようとせず、自分の世界に閉じこもってしまったルカから目をそらし、ユイは事務机に腰を下ろした。ルカに背を向けるようにして、頬杖をつき、目の前に並んだ会員ファイルに目をやっていた。

ユイが自らの恋愛経験を口走って以来、ルカからその件について触れるようなことはなかった。むろんユイから話してくることもなかった。

（今なら聞けるかもしれない……）

ふとルカはそう思った。好奇心からではない。ユイに少しでも近づきたかったからだ。だが、勇気が出ない。人には触れてはならない事柄ってあるんじゃないか？ユイにとって、かつての悲惨な恋愛経験がそれにあたるのではないか？喉元まで言葉が出かかっているのに、そんな不安が邪魔をして、どうしても問いを発せずにいた。じりじりとしたときが流れていった。

# 第10話　ユイと竹宮

## 1

ピシッ、ピシッ、ピシピシピシピシピシ……

瞬時にして、その音が何なのか、ルカには理解できた。ルカの目は棚に注がれた。大半のガラス器は地震で倒れてしまったが、三方向から張られた糸で固定されたガラス器だけは倒れずに残っていた。その中の一つ、首の長い花瓶、地肌は黒ずみ、ユイの母親ルミ子が語ったエミール・ガレの作風そのもののアンティークなガラス器がルカの目に留まった。黒いガラスの地肌に、毛細血管を連想させる細かな赤いひびが広がっていく。音の正体はそれだった。ひびは瞬く間に花瓶全体に広がった。

ユイの問いかけに答えられずに生じたじりじりとした時の流れの圧力、沈黙の重さに、黒い

花瓶が反応した⁉

ルカにはそう感じられた。

その時、ひび割れたガラスの一部が剥がれ落ちた、音もなく。ルカはその破片から目を離せなくなった。破片の黒い地肌がみるみる赤く染まっていった。染まるだけでなく、その赤が破片の表面に盛り上がり、溢れ出ようとしていた。破片は先端のとがった細長い流線形。ナイフ⁉ 血に染まった真っ赤なナイフが、無言でルカに何かを語りかけている……。そうとしか思えなかった。

ナイフが、何かを語ろうとしているのか⁉ 心を集中して読み取ろうとしても、ルカには読み取れなかった。ただ、ナイフの鋭利な刃先と溢れ出ようとする血の赤が、恐怖と痛みとなって伝わってきて、ルカの神経をチリチリと刺激した。

チラッと視線をユイに向けた。今も頬杖をつき、ボンヤリとしているようだった。ユイは棚で起きている異変について何も気付いていない。それが不思議であり、同時に当然であるようにもルカには思えた。棚で起きた異変は、何かを伝えるため、ルカに向けられたもの。異変が伝えようとしているのは、ユイの過去を、その内面を物語るものであり、いわばユイそのものだ。ならば今さらそれをユイが見るまでもない。だから、棚で起きた異変にユイは気付いてない……。電気が流れるように、ルカの脳裏をそんな考えがよぎっていった。

心の迷いはいつしか消えていた。ユイの過去に触れることは、既にタブーだとは思えなくなっていた。花瓶の破片、血塗られたナイフが、ユイに聞いてみるよう、促していた。

「ユイさん」

「ルカ」

互いを呼ぶ声が事務所に同時に響いた。二人は互いの顔を見合わせ、その偶然の一致が意味するところを感じとっていた。

「私がユイさんにうかがいたいことを、分かるんですか？」

ルカの声にとまどいは感じられない。ユイには分かっている、という確信があった。

「私がルカにだけは知っておいてもらおう、と思ったことを聞きたいんだよね？」

ユイの表情も声も静かだった。

「あなたがここを訪ねてくれた日、放火によるご両親の焼死という悲劇からはじまった不幸……いいえ、違うわね。不運としか言いようない半生をあなたは語ってくれた。衝撃だった。あなたの半生が、じゃないわよ。そんな人が、今、目の前にいるってことがよ。自分には何の責任もない不運を背負わされ、不運を生き抜いてきた人だからこそ、仲間として、私には必要なんだ、と直感したわ。でも、その日以来、あなたにだけ喋らせるのはフェアじゃない、とずっと感じていた。仲間はフェアじゃなければならないもの……。だけど、話す機会がなかった。

話す必然性がなければ、話せない内容だからね。やっとその機会が巡ってきた。だから、話すわ。聞いてくれるわね？」

ユイが口にした「仲間」という言葉が胸にこたえた。熱い涙がこぼれ落ちそうになったが、ぐっとこらえた。話はまだこれからだ、とルカは自分に言い聞かせた。口を開くと嗚咽《おえつ》しそうだったから、黙ってうなずいた。

「その前に一つ教えてくれる？ 黙り込んでからしばらく棚を見つめていたようだけど、あなたの目には何が見えてたの？」

ユイは背中で見ていたのだ。ルカは正直に答えた、ありのままを。

話を聞くうちに、ユイの目が鋭くなった。棚を見た。ルカも振り返った。ひびの入った花瓶もなければ、血に染まったナイフもなかった……。

「死んだおばあちゃんを見たあなただもの。確かに見たのよ。それに、血まみれのナイフ……幻覚でも何でもないわ」

そう告げたユイは大きく息を吐いた。

ユイは淡々と語った。特別な出来事を語るという気負いはなく、なにげない日常風景を思いつくままにひとり語りする。そんな感じだった。

## 2

実家から歩いて行ける距離にカトリック教会があった。信仰とは無縁であったが、ユイはミサの雰囲気が好きだった。ステンドグラスを通して射し込む淡い光。パイプオルガンの奏でる荘厳な讃美歌の響き。お御堂《みどう》に広がるエコーのかかった神父の声……。それらに包まれていると、ユイの心は安らいだ。神父と親しくなり、声をかけられたことで、休みの日に行われていたボランティア活動に参加するようになった。

大学の卒業を意識しはじめた九月のある日曜日のこと。お御堂の前の駐車場を会場にした不用品回収の場で、ユイは竹宮恵介と初めて出会った。

パーマをかけた長髪をオールバックにして、口ひげとあごひげをたくわえたその顔は、一見するといかつそうであったが、切れ長の目は優しげだった。まだ夏の暑さの残る日だったこともあり、その日の竹宮の服装は、パステル調の空色の地に白い雲が浮かぶアロハシャツ、カーキ色のカーゴパンツ。足元はサンダル履きというラフなものだった。それまで竹宮は、地面に敷かれたシーツの上にあぐらをかき、持ち込まれた不用品の仕分けをしていたものだから分からなかったのだが、立ち上がると一八〇センチは優に超える長身だった。教会の前と歩道を仕切る柵を支柱に軽く腰掛け、アロハの胸のポケットから取り出したタバコをくゆらせはじめた。好きでこんなことやってんじゃねえ。頼まれたから仕方なくやってるんだ。タバコを吹かす竹宮の姿からは、そんな雰囲気がにじみ出ていた。

年齢は、見たところ、四十歳くらい。お洒落には気を使っているチョイワル風オヤジ――ユイの目にはそう映った。教会には不似合いなその外見が、何だかおかしくなった。ユイがプッと吹き出したときに、竹宮と目が合った。くわえタバコの竹宮が、首を前へ押し出すようにして挨拶してきた。そのしぐさがまたチョイワルオヤジ風で、ユイにはおかしかった。だが、そのときの出会いはそれだけで終わった。互いに名乗るでもなく、ボランティア活動が終わると、ユイは竹宮の存在を忘れた。

竹宮と再会したのはその年のクリスマス、教会でのミサの場でのことだった。なぜか、お御堂の席には座らず、後方の鉄製の扉にもたれかかるようにして立っていた。黒いコートを腕にかけ、黒いタートルネックに、こげ茶のツイードのジャケット、下はビンテージのジーンズで、革のブーツを履いていた。

お御堂の通用口から入ってきたユイの目に、長身のその姿は真っ先に飛び込んできた。竹宮もユイにはすぐに気付いたようだった。軽く頭を下げた彼の傍へユイは近づいていった。

「クリスマス・ミサには見えるんですか？」

小声でユイは聞いた。すると、苦笑いを浮かべ、声を潜めて答えてきた。

「初体験です。どうにも落ち着かなくて席に座っていられず、こうして一番遠い場所で立ってます」

いかにも場違いだ、という感じの所在なさげな様子に、またユイはおかしくなった。このときは互いに名乗り合い、ユイはあいている前の方に座った。初対面のときと同様、ミサの間、ユイが竹宮のことを思い出すことはなかった。

ユイが特別に希望したわけではなかったが、大学卒業後、懇意になった神父の勧めもあって、教会に付属する結婚式場の事務員として就職することが決まった。それも運命だったのか、竹宮との三度目の出会いが準備されていた。

昼休憩の際、教会内のレストランで食事する職員の多い中、ユイは息抜きのために教会のほど近くにあった喫茶店へと出向いた。ツタの絡まる時代を感じさせるレトロな雰囲気の店であった。その店のマスターが竹宮であった。顔を合わせた途端、二人は、あれ？という表情になった。それから、竹宮はカウンターに水とおしぼりを置き、どうぞ、こちらへ、という意思表示をした。ユイは黙って従った。換気扇の傍に立ち、くわえタバコのまま、ボソッとつぶやいた。

「今日はカレーがおススメ」

ユイは、ハイ、と答えた。まるで常連客とのやりとりだった。コーヒーを淹れ、カレーを温めながら、ユイの顔も見ずにまたつぶやいた。

「結婚式場に就職したんだ」

ユイは制服を着ていた。返事はまた同じ、ハイ、の一言だけだった。店内で二人が交わした会話はそれでおしまいだった。カウンター越しに出されたカレーを食べ、コーヒーを飲む。両方とも癖のないごく普通の味だった。

出し殻のコーヒーの粉をつめた錆びた業務用のコーヒー缶に、くわえていたタバコを押し付け、もう一本新たにくわえたタバコに火を点けた。ワークシャツの胸のポケットに差していたクシを手に取り、オールバックの髪をとかしはじめた。店内には、聞いたことのないハスキーな女性ボーカルによるスローバラードが小さい音量で流れていた。

(教会の雰囲気も好きだけど、ここの空気感もいい……)

ユイは心の中でそう思った。そして、こうも思った。

(明日もここにいるんだろうな……)

事実その通りになった。この日以来、昼休憩になると、ユイはいつもこの喫茶店のこのカウンターで軽い食事をとるようになった。換気扇の傍でくわえタバコをし、クシで髪をとかしつける長身の中年男。竹宮はこの店の一部、決まりきった動きしかしないカラクリ人形のようで、すっかり店に溶け込んでいた。ユイもまた何も語らず、彼の存在を感じ取りながら、ただ食事をし、コーヒーを飲むだけの一体のカラクリ人形と化すことが心地良かった。

そんな凪《なぎ》のような、無為で、でも、心安らかな日々が一年近く続いた。そして仕事を終え、外へ出たら、急に雨脚の強まった日があった。冷たい雨だった。あいにくユイは傘を持っていなかった。しのつく氷雨《ひさめ》に濡れながら、ユイの歩を進める先は実家ではなく、竹宮のいる喫茶店だった。店が近づいていくうちに、ユイの足取りは重くなった。店に着いたときには、全身ズブ濡れになっていた。店に入ってきたその姿を見て、竹宮は置いてあった何枚ものタオルを差し出した。それればかりでなく、竹宮自身がタオルを手にし、雨の滴り落ちるユイの髪やからだに張りついた衣服を拭きだした。ユイはされるがままだった。

突然抑え込んでいた感情が、せきを切ったように涙となって溢れ出した。竹宮は顔色一つ変えなかった。黙って濡れた髪の張りついたユイの頭をそっと抱いた。ユイは目をつぶった。唇を重ね合わせた。タバコの臭いがした。一言も言葉を交わさぬまま、ユイは竹宮の車に乗り、ホテルへと向かった。男と関係を持つのは初めてではなかった。大学在学中に何人かの男と寝た。だが、どの男もたった一度関係を持ったというだけで、ユイを自分のモノ扱いし、幻滅し、別れた。そんな過去の苦い経験が頭をよぎったものの、竹宮とのセックスは過去の体験のいずれとも違った。彼が入ってきたとき、確かに波が押し寄せてはきたのだが、荒れ狂う大波とはならなかった。温かいからだに包まれて、凪の海をたゆたっているような静穏な時間だった。その胸に顔を埋めて、いつの間にかユイは眠りに落ちていた。

昼は竹宮の喫茶店で軽い食事をとり、月に何度かはどちらが誘うというわけでもなく、ホテルでからだを重ねるという日々が続いた。

彼からは家庭の臭いが全くしなかった。その手の話を聞かされることも皆無だった。それでも昼の食事をとっていたときに、たまたま居合わせた他の常連客から、竹宮の奥さんや子どもについて話題にのぼったことがあった。奥さんは彼よりも十歳下、三十代になったばかり。子どもは男の子、まだ幼く保育園に通っているらしかった。竹宮は無反応だった。自分の話ではない、といった態度であった。その後も、ユイに対して言い訳じみたことをひと言も口にしなかった。

ユイにしても、妻子持ちであることを知ったはなは、さすがに身のうちでざわつくものもあったが、改めて問いただしたりはしなかった。明日のことなど考えまい。目の前にある今日一日だけを生きよう、とユイは考えていた。淡々と時が過ぎていったわけではない。ユイは彼との時を淡々とやり過ごそうとしていただけのことだった。だが、そんな危うい二人の関係がいつまでも続くものではなかった。

## 3

やはり氷雨の降る肌寒いある日のことだった。

いつものように、どちらが誘うともなくホテルへと車を走らせた。いつも通り凪の海をたゆたうようなセックスをした後、珍しく竹宮が、話がある、とユイに告げた。どんな場面でも心を動かすことのない彼には似つかわしくない、深刻そうな表情を浮かべていた。

とっさにユイは、聞きたくない、と思ったが、話を拒絶するわけにはいかなかった。

初めてだった。竹宮が家族のことを口にしたのだ。しかも、信じ難いショッキングな内容だった。女のカンは鋭い。何か月も前から、二人の関係は奥さんにバレていた。今すぐに別れて、と竹宮は懇願されたのだが、言を左右にするばかりで隠れてユイとの関係を続けていたのだった。

ユイはいまいましく思った。

（そんな話を、このタイミング、こんな場所で話せるなんて……。この男はクズだ！）

だが、口には出せなかった。

奥さんの心は急速に蝕《むしば》まれていった。パートの仕事をしていたのだが、体調を崩し、パートにも出られなくなった。部屋にとじこもるようになり、行き来のあった同じアパートに住む主婦たちが心配して、様子を見にくることがあった。

その日。保育園を休ませた子どもを抱いて、魂の抜け殻のようになった彼女がアパートの屋上へと上がっていく姿が目撃された。目撃したのは一番仲の良かった主婦友だちだった。不審に思い、跡をつけていった。

屋上の柵は人の胸の高さまであったが、屋上に転がっていたビールケースの上に乗り、我が子を抱いて柵を乗り越えようと前かがみになった後ろ姿が目に飛び込んできた。間一髪のタイミングだった。抱いていた子どももろともに、その主婦友だちは竹宮の奥さんに抱きつき、大声で泣き喚いて助けを求めた。誰かが通報したのだろう。ほどなくしてアパートの駐車場にパトカーと救急車が到着した。無事保護された奥さんと子どもであったが、彼女は事情聴取しようとする警察官と意思疎通のはかれる精神状態ではなくなっていた。

今、彼女は精神病院の入院病棟で治療を続けていた。幼い子どもは田舎から祖父母が駆けつけてきて、しばらくの間は面倒を見ることになった。

そんな悲劇を聞かされた後、次にユイに向けられるに決まっている竹宮の言葉を察知したユイは逆上した。

ベッド脇にある棚に置かれた花瓶を握りしめると、花束を投げ捨て、頑丈な柱に叩きつけた。花瓶は割れ、いくつもの破片が飛び散った。飛び散った破片以外の、残りのガラスの塊を握ったユイの手から血が滴り落ちた。床に転がった破片の一つ、鋭利な刃物の形をしたガラス破片を拾い上げたユイは、棒立ちになった竹宮と向き合った。彼の顔が恐怖に歪んだ。刺されると思ったのだろう。慌てふためいて、ベッドの陰に身を隠そうとした。

（こんな男だったのか……⁉）

ユイは脱力したように薄笑いを浮かべた。だが、その直後に怒りとも哀しみともつかぬ激情が噴き上がり、白目を剥いたすさまじい形相で竹宮を怒鳴りつけた。

「アタシにこうしてほしいんでしょ⁉」

ユイは手加減することを忘れて、左手首を握りしめたガラスで切り裂いた。

鮮血がほとばしり、ベッドの周りは血の海と化した。

その後どうなったのか、ユイは覚えていなかった。意識が戻ったのは、病院のベッドの上でのことだった。ベッドの脇に据えた丸椅子に母親のルミ子が座っていた。目覚めたユイの顔に自分の顔を近づけてきた。

（何を言うつもりだろう？）

思わずユイは身構えたが、ルミ子は何も言わなかった。その目にはひと言では説明しきれない複雑な感情が宿っていた。今は何も考えたくなかった。ユイは目をつぶると、再び眠りに落ちていった。

ユイの左手首に負った傷は相当深くにまで達していたようで、入院期間は長引いた。怪我の具合はもちろんだが、それ以上に心に負った傷の方が深かった。担当の精神科医から症状の説明を受けたのだが、うつ症状が深刻で、希死念慮にとらわれ発作的に自殺を企図する危険性がある。投薬治療を続け、落ち着くまでは退院させるわけにはいかないと、冷淡な口調で宣告された。

生ける屍《しかばね》――そんな乾いた言葉が、ふっとユイの頭に浮かび、シャボン玉のようにあっけなく弾けて消えた。死ねないから……死ぬことさえ許されないから、結果的に生きているだけ……。絶望的な気分を抱いて、ユイはいつ終わるともしれない入院生活を送った。

病院に搬送されてから一週間ばかり経った頃だろうか？　もはや日にちの感覚さえなくしていたユイには定かではなかったが、どこでそんな情報を聞きつけてきたのか、母親が竹宮とその家族の情報を伝えてくれた。

警察で事情聴取を受けた後、彼は姿をくらましてしまった。まだ入院中の奥さんのもとへも訪ねてくることはなかった。孫の面倒を見ている祖父母が、行方不明になった竹宮の捜索願を警察に出したというのだが、その行方は杳《よう》として知れなかった。

そうした情報を耳にしても、ユイの心は動かなかった。竹宮は愛人のユイを棄て、そして、妻と子を棄て、姿をくらました……。それだけのこととしかユイには受け取れなかった。ただボンヤリとではあるが、祖母を棄て、愛人と共に行方をくらませた祖父のことが思い出された。さらにそこへ、母親を棄て、死出の旅へと出立《しゅったつ》した父親の面影がかぶさった。

三世代にわたる女の人生に暗い影を落とす三人のクズな男たち……

母親の目に留まらぬように、ベッドの上でユイは顔をそむけて薄く笑った。

ユイに感情が戻り、心が動きだしたのは、退院が許され、自宅療養に入ってしばらく経ってからのことだった。突然人生という舞台が暗転になり、一切の説明がないままに演目が打ち切られてしまった。演者であるユイに、台本はなく、宙ぶらりんな気分で生きることを余儀なくされた。自分への仕打ちは理不尽だ。だが、自分に怒る資格はない。他人の家族を一つ潰してしまったという負い目にユイは苦しんだ。加害者意識がいつもついて回った。唯一の救いにも思われた死刑の執行されない無期懲役囚——それがユイの自己意識だった。

罪深い自分を他者の目にさらすことが恐ろしく、ユイは一歩も自宅の外へ出ることができなくなった。昼間でもカーテンを閉め切ったままの部屋で窓際に背をもたせて、ボンヤリとしていたとき、カーテンのすき間から電柱の陰でタバコを吸っている人影を見かけたことがあった。

身の内がざわついた。

(もしや……!?)

まさかと思いながらも、どうしようもなくその人影に目をこらしてしまう自分がいた。

人影の正体を見きわめようとする自分に問うてみた。

(今でもあの男のことを愛しているのか?)

頭の中に濃いもやがかかっているように、答えが見つからない。

(逢瀬《おうせ》を重ねていたときは愛していたのか?)

そう問いをたてても答えは同じだった。竹宮とのセックス。男の胸に抱かれて、凪の海をたゆたっていたあの時間だけは特別だったといえる。しかし、セックスを重ねたからといって、愛が深まったとは思えなかった。

(とらえどころのない竹宮と過ごした時間の中で、セックス以外の場面で、心が揺らいだのはいつだったか?)

その自問自答にはすぐに答えが出た。店内で、他の常連客から、彼が妻子持ちであることを知らされたときだった。もしも二人の関係が奥さんにバレたら、二度と会えなくなるかもしれない。最悪の場合、別れ話を切り出されるかもしれない。それだけは厭だ! 奥さんにバレないように、二人の関係は絶対に秘密にしなければいけない――そう思っただけでユイの胸は震えた。彼への思いが一〇倍も一〇〇倍も強くなっていくのを感じた。常連客が口にする家族の話題に無関心を装い、知らん顔をしてタバコをふかしている姿を視界の端に入れながら昼食のパスタを頬張っていた。だが、はり裂けそうな思いに何の味もしなかった。

4

ユイは声のトーンを落として、ルカに言った。

「あのとき、私は二度目の恋をしたのかもしれない」

ルカは、淡々と語り続けられるユイの話を聞きながらも、ユイの口にしたガラスのナイフが心に突き刺さり、ナイフの刺さった心が置いてきぼりになっているのを感じた。ユイの話が作り出す流れに乗って、どこまでも流れていこうとする心と、ナイフに固定され、動けなくなった心。ルカは分裂した心を意識し、息苦しくなった。そして、流れに乗っていたはずの心までが、

「あのとき、私は二度目の恋をした」

という言葉でせき止められ、絡みつく言葉に身動きがとれなくなった。

過去に体験した壮絶な恋愛話を聞きながら、ユイが本当にルカに伝えようとしていることに、近づいているような気がした。自分一人で考えているだけでは見えてこない。そんな思いがルカの口を開かせた。

「二度目の恋、って……ユイさんは今でもそう考えてるんですか？」

自分の内面に向けていたユイの目が、その問いに反応し、くいっと上向き、ルカの目を見返してきた。意地悪な目ではない。透徹した澄んだ目をしていた。

「病室で母から、竹宮が奥さんと子ども、そして、愛人の私まで何もかも棄てて、行方をくらました、と聞かされて以来、何回も、何十回も考えたわ。私は恋をしたんだろうか？ってね。一緒にいれば孤独ではなかった。彼と作る時間は心地良かった。もちろんセックスもね。でも、だからって、それが恋だったんだ、と絶対に言い切れるのか？考えるたびに分からなくなったわ。いつ失うことになるかもしれない、という恐怖感。奥さんに隠れて逢瀬を重ねていることの背徳感、スリル。それが、まだ小娘だった私を酔わせ、恋してると錯覚させたのかもしれない、ってね」

ユイの口元に薄い笑いができかかったが、笑みになる前に消えていった。

「『錯覚』と言いましたよね？」

ルカにしてみれば、精一杯の厳しい目つきで、ユイをにらみつけた。でも、ユイの目に動揺はなく、相変わらず透徹した澄んだ目のままだった。ルカがそのことに気づくのを待ち構えていたようでもあった。

「私と竹宮の関係を、ヒロミさんと斉木さんのケースに重ねてる、と言いたいんだよね？」

ルカは黙ってうなずいた。

「ヒロミさんと斉木さんのケースは、吊り橋効果という理論で説明がつくけど、私のはそれに当てはまらない。だけどね、地震によるドキドキを恋とカン違いしたのと同じような説明をすることは可能よ。つまり、不倫によるドキドキを命を懸けた熱愛とカン違いした、とね。本当の原因は地震や不倫にあるのに、脳がカン違いして、原因は恋をしたせいだ、と思い込んでしまう心理をね、難しい言葉になるけど、心理学では『情動の錯誤帰属』と呼んでいるの。そうやって広げて考えれば、ヒロミさんと斉木さんのケースと、私と竹宮のケースを同列に扱うことも可能になる……」

ルカの目が一段とキツくなった。

「ユイさん。それって、やっぱり悲しすぎます。錯覚だの、カン違いだの、言葉なんてどうでもいいですけど、恋心をバカにしすぎていませんか？　恋が神聖なものなのかどうかなんて、私には分からないですけど、もうちょっと恋を大切にしてほしい。私が言いたいことは……」

「分かった」

ユイの言葉がルカの訴えにおおいかぶさるように告げられた。

「分かってるの。だから、恋じゃないなんて、ひと言も言ってないわ。斉木さんやヒロミさんからの連絡に、流した私の涙は嘘じゃない。ホントに嬉しかったもの。恋じゃなければ、嬉し涙なんて流せないもの。そうでしょ？　私が結婚相談所をはじめた理由はいくつもあるんだけど、結果はどうであれ、竹宮との恋も恋だったんだ、と納得できたことが一つの理由よ。あの男と一緒にいると感じられた心地よさ、何もセックスのときばかりじゃないのよ、それを恋と呼んでも構わない、と思えるようになった。そんな快楽をもたらせてくれる相手となら、結ばれてもいいんじゃないのかな？

　でも、アイツはダメ。妻子持ちで、奥さんと別れようとしなかった。クズ男は問題外ね。不倫は民法七〇九条と七一〇条に抵触する不法行為なの。裁判になれば、賠償義務が生じてくるし、社会的地位を脅かされることになる。それを未然に防ぐため、結婚相手からクズな男を排除するために、お見合いは有効なの。昔ながらのやり方で、釣り書きを交わしてからお見合いをして、仮交際、本交際を経て、成婚へと至る。まどろっこしいように思えても、チェック機能が働いている点で、人間の知恵なんだ、と思っている。竹宮みたいなクズな男にひっかかって、泣きを見るような女は、私一人で十分。でも、私がアイツといて感じた気分を味わわせてくれるお相手ならば、さっさと結婚しちゃえば、と迷っている会員さんの背中を押してあげるのが、私の仕事。そんな仕事に手応えを覚えているわ」

ユイの話はそこで終わった。透徹した澄んだ目に変化はなかった。終始淡々とした語り口で、まるで川が静かに流れ去るように、海へと注いでいった。ルカに流れは見えても、その流れが行きつく海が見えなかった。

（カン違いも、恋だと思えるなら恋。それで結婚したカップルは、無事、海にまでたどり着けるのか？　カン違いの恋は、やっぱりボタンのかけ違いで、早晩破綻してしまうんじゃないのか？）

ルカの疑問は、後から後から湧き出して尽きることがなかった。けれども、疑問の全てを、ユイにぶつける気にはなれなかった。恋や結婚を言葉で語りきれるとは思えなかったのだが、カン違いもまた恋だ、と断言してしまうユイのことだ、トンデモナイことを言いださないとは限らない。それがまたルカには恐ろしく思えたからだった。

何か言いだそうとして、言えずにモジモジしているルカに目を留めながら、ユイの胸の奥底からプカリと浮き上がってきたかのように言葉が漏れた。

「母とぶつかることが多くなったのは、退院して実家で療養生活を送るようになってからのことなの。それ以前から母のことを良くは思っていなかった。思春期の頃からかな？　母は、自殺した父のことを、否定的な物言いでしか私に語ろうとしなかった。私は、ただそれを黙って聞いていただけだった。でも、心の中に、軽蔑・嫌悪感が間違いなく溜まっていったわ。母は醜い女だ、ってね。退院してから、自宅でろくに物も言わずに寝てばかりいる私に、あるとき、堪忍袋の緒が切れたというのかな、竹宮のことも父親のことも一緒くたにして、口汚く罵りはじめたことがあった。昔のように黙って聞き流そうとしたんだけど、そのときは母のあまりの言い草に耐え切れなくなって、感情的に言い返してしまった。

『家族を棄て、家族のことなんか省みずに、ひとり身勝手に死んでしまったお父さんを、ロクデナシ呼ばわりするけど、ガラスみたいに壊れやすいお父さんひとり守れなかったのは、アンタじゃないの！　お父さんがイイカゲンな人だというなら、アンタは妻として、イイカゲンな人よ！　アンタがお父さんを殺したのよ！』

思春期の頃から、心の中でずっと思い続けていた私の本音。こういう本音は凶器だわ。言われた母の顔は、みるみる蒼白になっていった。そして、思いっきり頬を平手打ちされたわ。母に手を上げられたのは、生まれて初めてだった。その日を皮切りに、どんな些細な事でも、母から何か注意されれば、必ず言い返すようになったわ、ヒステリックにその何倍もね。次第に母は私から離れていった。口をきくことも少なくなった。家にひきこもるようになり、母とぶつかり、挙句の果てに冷戦状態となって十年。三十歳を過ぎた私はふらりと家を出た。いろんな人と出会い、いろいろあったけど、この雑居ビルを借りられることになり、結婚相談所を開設したの。母とのすれ違いは、今でも続いてる。決着はついていないの。でも、あなたがここで助手をしてくれるようになってからは、母との会話も増えてきたし、なんとなくだけど、母にも変化が生まれてきたみたい。あなたが祖母と出会い、祖母の言葉を聞くという奇跡がとりわけ大きな意味を持ったと思うわ。ひと言で言えば、母は優しい人間になった。年を取ったってこともあるんでしょうけどね」

いったん言葉を切ったユイだったが、何かを思い出したように、ふふっと含み笑いをした。ルカには唐突に母親のことを語り出したユイの意図を読み切れなかった。再びユイが口を開くのを待った。

「つい最近のことなんだけど、家による用事があってね。別に母と会う必要はなかったんだけど、リビングから楽しそうに談笑してる声が聞こえてきたの。ドアが半開きになってたものだから、そっと中をのぞいたら、着付け教室の生徒さんたち……とは言ってもみんな還暦近いオバさんばかりだけどね、母を中心に四〜五人いて、頭を寄せ合って何かを見ていたの。私の位置からはよく見えなかったけど、みんなが注目していたのは母の手にあったもの。どうやら写真のようだったわ。

生徒さんの一人が、

『ちょっとピンボケですね。でも、時間が経つと、これはこれで味があって、いいですね』

と言うと、母が答えたの。

『あの人は、ひどいあがり症でね。娘が生まれたばかりで、初めての記念撮影だったものだから、手が震ってた。ハイ、笑って〜、ハイ、ピース、その声までうわずってたのを覚えている。何枚も撮ったのに、こんなのが一番マシだったんだから、あがり症にもほどがあるわよね』

母の楽しそうな笑い声が響いて、その場にいた生徒さんもみんな声を上げて笑ってたわ。

……ウチには父の写真がないの。結婚写真も何もかも。父の遺体が日本海で発見されて、間もなくして、父が写っている写真を全部捨てたって、母から聞かされたことがある。だから、父の写ってない写真、赤ん坊の私を抱いた母を撮った写真を見せながら、そこに写ってない人を話題にする。そうせざるをえなかったんでしょうけど、何だか哀しいなあ〜って、最初は思ってたのよ。母に会わないまま、家から出て、ふとね、こう思ったの。父に自殺されて四十年近く経ち、ようやく父のことを許せるようになった母は、改めて父と恋をはじめたのかな？　って思ってね。聞けば否定するに決まってるけど、夫婦って、結婚って、そういうものかもしれない……」

今度こそ静寂が訪れた。ルカの問いの一つにユイは答えたのだろうか？　夫婦、結婚という川が海にたどり着く仕方にはいろいろある……。ルカは自らの心に沈潜しながら、まだ私には海が見えない、と思った。

# 第11話　アサヒとミナト

## 1

「うわ～っ！　濡れた、濡れた。ルカ、タオル取って！」

静まり返っていた事務所に、突然、喧噪がなだれ込んできた。ルカがタオルを渡すと、ユイは髪から肩、腕、そして、パンツの裾にかけて手当たり次第に拭きはじめた。別のタオルを手に取ったルカは、ユイの拭き損じた箇所をまるで恋女房のようにかいがいしく拭いて回った。

「梅雨入り宣言が出た途端、お空は律義に毎日雨を降らしてくれる。こうも降り続くと、昼間でも何だか肌寒いわ。梅雨寒って言うんだっけ？」

ユイは帰ってくるなり、ひとり喋りづめに喋り続けている。

（妙にハイだ。今日はお昼過ぎから新規の会員さんとお茶してくる、と言って出かけていったけど、出先で何かあったんだろうか？）

ルカはお喋りにあいづちを打つ間もなく、ユイの傍から離れずに次に命じられることを待っていた。

ルカを振り返ったユイの目は、興奮でキラキラと輝いてるようだった。今、見てきたことを喋りたくって、待ちきれないという感じで言葉が溢れ出てきた。

「今度の会員さん、スゴイよ！　これまでにもモデルを職業にしている人とは何人も会ってきたけど、今回の彼女はホンモノだわ。ひと目見て、全身から出ているオーラが違う。人は他人の視線を浴びれば浴びるほど磨かれていくものだけど、あの人はこれまでにどれだけ大勢の人たちの視線を浴びてきたんだろう？……ま、ともかく論より証拠よ。この写真、見て」

ユイが取り出した写真をひと目見るなり、ルカの目は釘付けになった。

モノクロのバストショット。被写体の女性はカメラ目線ではなく、憂いがちな横顔を見せ、視線を斜め下に落としていた。美しく整えられた眉の先端に、アイラインが長く引かれていた。それとは反対方向、下向きの視線に添うように伸びた高い鼻筋が、絶妙のラインを描いていた。きゅっと結ばれた口元が、女性の意思の強さを感じさせた。そして、何よりも印象的なのは、彼女の視線の先から吹き付けてくる風にあおられ、後方になびく長い黒髪だった。一本一本の髪が意思を持っているようで、凛《りん》とした美しさという次元を超えて、凄みさえも感じさせる。

身に着けていた衣装も、大人の色香を際立たせていた。ボディーラインにフィットしたニット。バストショットのせいでよくは分からないが、恐らくはニットワンピースだろう。スクエアに大きく開いた胸元が色っぽいが、下品ではない。首元に浮き上がった細い鎖骨が、彼女の気品を引き出していた。

「どう思う？」

興味津々な様子で、ユイが聞いてきた。

ルカは口ごもるように、

「……スゴイ……です」

とだけ答えた。そうとしか言えなかった。

次の写真を見て、また違った意味で驚かされた。同一人物であることは間違いないのだが、雰囲気がまるで別人だった。

肩ひもに女らしさがにじみ出ている、オレンジのキャミソールに、胸の辺りで袖を軽くクロスさせて羽織っている黒いカーディガンを合わせているのがお洒落だ。スパークリングワインの入ったグラスを掲げて、屈託のない笑顔を見せていた。真っ赤なリップに白い歯が輝いていた。モノクロの写真で表現されていた意思堅固でもの憂げな女性が、こんなあけっぴろげな日常を送っていることが不思議でもあった。その大きなギャップが、この女性の魅力でもあるのだろう。
「感情豊かな素敵な大人の女性ですね」
無防備な笑顔から目を離さずにルカがそう言うと、ユイは肯定も否定もせずにこう答えた。
「最後の写真を見て。それが彼女の本質だから」
命じられるままに、三枚目の写真に目を留めたまま、ルカは動けなくなった。そこには
ファッションショーのランウェイを歩く女性の全身が写っていた。ランウェイを挟んで、両側
にぎっしりと観客が埋め尽くしていたが、ライトに当たって浮かび上がった観客の顔は外国人
ばかりで日本人はいなかった。
「ここは、どこですか?」
自分が生きてきた世界とのあまりの違いに、気おくれしてしまうのをこらえながら、ルカは
聞いた。
「イタリアのミラノ。私はこういう世界にはとんとうといから分からないけど、世界的にも有
名なファッションショーらしいわ。一流じゃないと出られないって、本人が言ってたわよ」
そう言って、ユイは楽しそうに笑った。
衣装の色合いは、濃いパープルで統一されていた。色目としては地味な部類に入るのだろう
が、この女性が着るとゴージャスな色合いに見えてくる。ボディーラインにピッタリとフィッ

トしたロングドレスを身にまとっているのだが、柔らかなレースが用いられているために、全身が透き通って見えた。だから、下着は単なる下着ではなく、あくまでもドレスの一部として露出していた。セクシーなビキニ。下着のファッションショーか、とカン違いしてしまいそうな装いであった。写真は、彼女が足を一歩、大きく踏み出した瞬間を捉えたもので、踏み出した側のドレスは、太ももの付け根の辺りまで深いスリットが入っていた。そのため、太ももから足先まで全てが剥き出しであった。

息を詰めて見入っていたルカが、小さく息を吐いてから、ボソリとつぶやいた。

「長い足……。こんなにも長くてキレイな足、私、見たことがないかもしれない……」

すると、ユイが、その後を受けるようにしてこう言った。

「直に会うと、もっとスゴイわよ。手も足もビックリするくらい長くて細くて真っ直ぐなんだから。小さなテーブル席になんか座ったら、手足が納まらなくて、邪魔になるくらいよ」

こんな大胆な衣装を身にまとい、大勢の観客の視線を一身に集めて、ランウェイを闊歩《かっぽ》する彼女は自信に満ち溢れていた。濃いアイメイクを施した目元には、強い光が宿っていた。口元に浮かべた微笑とあいまって、この写真に切り取られた一瞬の心の声、叫びが、ルカにははっきりと伝わってきた。

「見て、私を見て！　もっともっと私を見てちょうだい！」

その声が、ルカの頭の中でわんわんと響いた。圧倒されてしまった。その生きるエネルギーの強烈さに。世界基準に達したモデルとしての価値に、彼女は微塵も疑問を抱いていない。会場を埋めた観客から熱視線を浴びることが当然だと考えている。そして、憧憬と賛美（ときとして、劣情も含めて）の込められた視線を浴びれば浴びるほど、モデルとしての、女性としての魅力は磨かれていく。それを見せる技術も磨かれていく。これが、自分に最もふさわしい生き方なんだ、と彼女は確信しているに違いない――。

ルカは圧倒されながらも、あまりにも自分からは遠い存在にシンパシーを感じられず、次第にその熱量に疲れを覚えはじめていた。疲れを覚えるのと同時に、ルカにはある疑問が湧いてきた。

「ところで、こんな華やかな仕事をしている女性が、なぜお見合いしようと思ったんですか？世界を飛び回ってる女性なんですから、仕事でもプライベートでも出会いは多いでしょうし、こんな絶世の美女を世界の男性が放っておくわけない、と思うんですけど？」

ルカの胸の中で、スポットライトを浴び続けている彼女と見合いとがどうしても結びつかなかったのだ。

よく言ってくれたとばかりに、ユイも納得顔で応じた。

「そう。私も思ったのよ。なぜ、お見合いしようと考えたのか？その辺りを確認するために、今日、直接彼女に会ってきたのよ。会ったのは彼女だけでなく、妹さんも一緒だったけどね。実は今回の話を生んだ、いわばキーマンが妹さんだったのよ」

ユイの話によれば、写真に写っていた女性の名は、松平アサヒさん。そして、アサヒさんとの見合いに話を結びつかせたのが、妹のミナトさんだった。

アサヒさんは日頃東京で一人暮らしをしているのだが、今は企画を進めているファッション雑誌の仕事の都合で、この地に嫁いできた妹のミナトさんのマンションに身を寄せていた。ミナトさんの夫はイベント会社を経営していて、全国を忙しく飛び回っている。結婚するまでは、姉と同様、モデルをしていたミナトさんは、この業界での顔の広さを活かし、会社の仕事を手伝っていた。今も、アサヒさんはいくつものファッションショーから出演依頼を受けつつ、今回のようにファッション雑誌のモデルの仕事を引き受けたりして、忙しい日々を送ってはいた。けれども、以前に比べるとずいぶんと仕事の質が変わってきた。

アサヒさんは、今年三十五歳になる。若手が次々に登場してくるファッション業界にあって、顔ぶれの新陳代謝は激しい。いくら売れっ子のモデルでも、アラフォーの声を聞くようになれば、オファーの数はめっきり減ってしまうのだ。仕事を選びさえしなければ、しばらくの間は食べるのに困るようなことはないのだが、そうもいかない。若い頃は有名なファッションショーに出るため、世界中を飛び回っていたアサヒさんのことだ。どうしても小さな仕事を受けるとなると抵抗感を覚えてしまう。私はその程度のモデルじゃないわ、というプライドが邪魔するからだ。そんな日々を送る内に、何かしら今の暮らしに物足りなさを覚えるようになった。これまでにも、世界のあちらこちらで恋は数限りなくしてきた。強烈な恋に落ち、結婚を意識したことも一度や二度ではなかった。でも、仕事の方が面白くて、本気で結婚を考えるようなことはないままに今に至ってしまった。何かの拍子に言い知れぬ後悔の念を抱くようにもなっていた。

そんなタイミングで、妹のミナトさんから、思いも寄らぬ話を持ち掛けられたのだ。

見合いをしてみないか？　と。

ファッション業界に身を置く限り、姉は一生結婚できないだろう、とミナトさんは考えていた。仮にイイ人と出会っても、仕事人間というか、この業界でスポットライトを浴びていないと生きていけない姉では、本気の恋愛モードには入れずに仕事の方に目が向いてしまう。あくまでも仕事上の付き合いという関係から抜け出せない、と読んでいた。ならば、最初から結婚することを目的に、きちんとした段取りを踏んでいく見合いの流れに乗った方が、姉のような人間には可能性が高いだろう、と考えたのだった。姉のことを心配した、そんな妹からの提案にも、アサヒさんは当初乗り気ではなかった。ところが、姉の性格を熟知したミナトさんはこう切り出した。

「お見合いなんて古臭い、と考えるのが古臭いのよ。アカの他人だった男女が、不思議な縁で巡り合い、お見合いの席という一つの舞台に立ってスポットライトを浴びる。ギャラリーがいないからお姉さんには不満でしょうけど、イベントの一つだと思えばイイわけよ。いろんな華やかな舞台にたってきたお姉さんだけど、お見合いという舞台は初めてでしょ？　これも新たなトライ、冒険だ、と考えて、やってみたらイイのよ。知らない世界だから、案外面白いチャレンジになるかもよ」

この言葉がアサヒさんの気持ちを動かすきっかけになった。

なんとかして行き詰まりを打開できないものか、とアサヒさんが考えていたときだっただけに、ミナトさんの言葉が刺さったのかもしれない。とりわけ「あらたなトライ」、「冒険」というワードに姉が弱いことをミナトさんは知っていたのだろう。乗り気になった姉を見て、ミナトさんは早速動き出し、友人のつてを使ってユイの営む結婚相談所にたどり着いたのだった。

## 2

ミナトさんがよく使うという中華レストランが手配され、そこでユイは二人と初めて出会うことになった。先に到着したユイが案内された個室で待っていると、ドアを開け、姉妹が二人そろって入ってきた。姉妹を見たユイの第一印象は、デカッ！の一言だった。身長の高さがより強調させているのか、二人とも顔のちっちゃいことと言ったらなかった。

さすがに、現役モデルと元モデル。普段着だと言っていたが、世間一般の女性が着る普段着とはレベルが違っていた。先に入ってきた妹のミナトさんは、膝が隠れる絶妙の丈感のワンピース姿だった。ネイビーの落ち着いた色で、首からさげた長めで細いゴールドのネックレスとは相性が抜群だった。体にまとわりつかない柔らかな生地で、お洒落なワンピースだった。

その後ろから入ってきた姉のアサヒさんは、足首まで丈のあるカーキー色のロングワンピース姿で、一見すると麻素材のような質感であり、清涼感を感じさせた。胸元あたりまでスリットが入っていて、インナーのTシャツの白がすがすがしい。背中も深いVネックになっていて、大人の女性のシャープさを感じさせる装いだった。両耳に光る銀色の大きめのイヤリングが、お洒落のプロであることを主張しているかのようであった。

姉妹共に、普段着使いにおけるさりげないお洒落とはこういうものだと、その装いで伝えようとしていたのかもしれないが、いかんせん、二人の並外れた高身長がさりげなさからは縁遠いものにしていた。

ユイもまた、まるで時候の挨拶のように、彼女たちの高身長について触れずにはいられなかった。この手の話題になると、二人ともすっかり慣れっこになっているのだろう。嫌な顔一つせずに応じてきた。アサヒさんが口火を切った。

「この人は現役の頃から公称『一七五センチ』を貫いているけど、どう見たってそれっぽっちであるわけないわ。一八〇近くあるに決まってるもの。それに、この人が小さいものだから、一緒にいると私がやたら大女に見られて損することだって多いのよ。嫌になっちゃう！」

身長一七五センチを「それっぽっち」と言い切れるアサヒさんの感覚にユイが驚いていると
ころへ、おおいかぶせるようにしてミナトさんが食ってかかってきた。

「それはこっちの言い分よ。お姉さんは、公称『一八五センチ』となってるけど、本当はプラス五センチぐらいはあるんじゃないの？」

トンデモナイといった顔つきでアサヒさんは反論した。

「いっくら何でも一九〇センチはないわよ！　確かに一八五センチというのは、サバ読んでるけどさ……」

ニヤニヤ笑いながらミナトさんは追及の手を緩めない。

「仲間内ではみんな言ってるわよ。絶対あるって。気持ちは分かるのよ。さすがに一九〇センチというと、世間の目も違ってくるものね。ちょっとした珍獣扱いをしてくるしさ。国内のショーだと、その数字を目にした途端、二の足を踏んでくる舞台演出もいるものね」

実際にそんなこともあったのだろう。アサヒさんもうなずきながら腹立たしそうに応じた。

「外国のショーじゃあ、そんなこと絶対ないもんね。背が高すぎるからショー全体のバランスが崩れるとか、何とか……。全然わけのわからない屁理屈をつけてくるものね。日本のファッション業界がおかしいんだよ。世の中グローバルになってるんだ。モデルだって世界基準で考えてもらわなくっちゃ。いつまで経っても日本はファッションの二流国、三流国のままだよ、全く！」

ひとしきりアサヒさんの日本のファッション業界への批判が続いたのだが、場の空気を読んだのだろう、ミナトさんが割って入った。姉が見合いを希望するに至った経緯について、ミナトさんが主に語った。ポイントを外さぬ冷静な説明だった。傍でアサヒさんは妹の説明をおとなしく聞き、うん、うん、とあいづちを打つばかりだった。

その様子がユイには面白かった。妹のミナトさんの方が現実的であり、精神的にもミナトさんが姉の役割を果たしていることがよく分かった。アサヒさんもそんな姉妹の役割分担については納得しているのだろう。

「結婚相談所に入会して、お見合いすることに、お姉さんは異論ないもんね？」

話の流れの中で、ミナトさんが改めて念押しすると、まるで幼い少女のようにアサヒさんは、うん、と声に出してうなずいた。だが、その直後にこうも付け足した。

「自分を偽ってまでお見合い相手に合わせて何が何でも結婚したい、というわけではないのよ。所長さんを前にしてこんなことを言うと叱られちゃうかもしれないけど、私にとってお見合いはイベントなの。そこで見せたいと思う私を見てもらって、その上で結婚したいと望む相手が見つかれば結婚してもいい……。そんな気分なの。ダメかな？」

アサヒさんは、下からすくいあげるような目つきでユイの方を見ながらそう言った。

ユイはアサヒさんの言い分を黙って聞いていた。いつもなら所長として何かを口にするべきところなのだが、今は何も語るまい、とユイは判断した。アサヒさんのような普通の女性ではない、破格の存在を前にして、初対面のこの席で彼女に諭《さと》すようなことを口にして、最悪、ちゃぶ台返しのような結果を招いてはならない、と考えたからだった。姉をその気にさせた妹の努力を無にしてはならない。ユイには、アサヒさんが、それほどに小さな枠には納まりきらない特別な女性に思えたのだった。だからこそ、大事にしたい会員さんだったし、付き合えば付き合うほど面白い女性に思えてならなかった。

事前に連絡をした通りにユイは淡々と結婚相談所の規約を説明し、入会の手続きをすませる事務処理に徹した。用意しておいてもらった見合い用の写真三枚と釣り書きを受け取ったとき、写真を見てさすがにこれは……と思ったのだが、結局何も言わずにカバンの中にしまった。

その後は、食事をしながらフリートーク。再び世界を股にかけて活躍してきたモデル稼業について面白おかしく語るアサヒさんの独壇場となった。話が佳境に入ると、つい熱が入り、身振り手振りがおおげさになってくる。話の面白さはもちろんであったが、まるで舞うように自由自在に動き回るアサヒさんの手の長さにユイは思わず見とれていた。長きにわたる豊かなモデル経験の中で身に着けてきたのだろう、より美しく見せるにはどうしたらいいのか、を考え抜いた挙句にたどりついたしなやかな動きにもユイの目は吸い寄せられた。アサヒさんは無意識なのだろうが、一本一本の指先にまで神経が行き届き、美しい流れを作り出していた。

（この人は、骨の髄までプロのモデルなんだ……）

改めてユイはそう感じた。

（こんな人を妻に迎え入れ、生涯にわたって添い遂げられる男性とはどんな人だろうか？）

アサヒさんの愉快な話に耳を傾けながら、ユイはそんな想像を膨らませていた。

（よほどスケールの大きな、人間的な器の大きな男性ではないと無理だわ）

そう結論づけるしかなかった。そう思ったとき、アサヒさんの隣りで、にこやかに微笑んでいる妹のミナトさんの顔が目に留まった。

（そうか。ミナトさんのような男性だ！）

自分のモデルとしての実力を信じ、自由奔放に生きてる姉を、事実上の姉の目で、いや、母親目線と言った方がいいだろうか、優しく見守りながら、同時に、冷静な目でその人間性を見抜き、ここぞというときにはしっかりと手綱《たづな》を引いて御《ぎょ》せられるスーパージョッキーのような男性。

（……果たして見つかるのだろうか？）

ユイは一抹の不安を覚えながらも、人生というランウェイをさっそうと歩こうとするアサヒさんとの付き合いを楽しもう、と頭を切り替えた。

アサヒさんの身ぶり手ぶりを交えた楽しい独演会を肴《さかな》に、ユイもミナトさんもこの店自慢の中華ランチに舌鼓《したつづみ》を打ったのだが、当のアサヒさんの箸は進まなかった。申しわけ程度に温野菜を中心にカロリーの低い料理に箸をつけただけだった。まだこれからファッション雑誌の撮影会が控えているのだ、という。

仕事の前はいつもこんな感じで、長年の習慣からか、からだも戦闘モードとなり、自然にスイッチが入ってまるで空腹を感じなくなるともアサヒさんは語った。

「よくそれでからだが持ちますよね？」

と、ユイが感心すると、アサヒさんは澄ました顔でこう答えた。

「大丈夫。仕事が終わると、反対のスイッチが入って焼肉店に直行するの。一晩かけて牛一頭丸ごと食べちゃうから」

そう言われても、ユイにはまんざら冗談とは受け取れなかった。

（このからだだったら、充分ありうる……）

華やかなファッション業界の陰で、花形というべきモデルにはこんな苦労があるんだ。どんな業界でもそうだが、プロと呼ばれる人たちは楽でない。

（それでも、からだの続く限りプロのモデルであり続けようとするアサヒさんは、やっぱりスゴイ女性なんだ）

と、ユイはつくづく思った。

ひとしきり喋り終えると、さすがに喉が渇いたと言って、アサヒさんは小さなグラスに注がれた紹興酒《しょうこうしゅ》を一気にあおった。

「くーっ！　カラッポの胃袋に紹興酒は染み渡るわ！」

そう言って、切れ長なキャッツアイをパチパチさせるアサヒさんを見て、ユイもミナトさんも大笑いした。

店の外には、梅雨ならではの雨が朝からずっと降り続いていた。けれども、底抜けに明るく天真爛漫なアサヒさんの周囲だけは、一足先に梅雨が明け、陽射しのまぶしい夏の青空が広がっているようにユイには感じられた。

事務所の窓越しに見える雨脚が強まってきたように、ルカの目には映った。風も出てきたらしい。窓ガラスが雨で濡れてきた。

アサヒさんの話を語り終えたユイは、手にしていた釣り書きにさっと目を通してから、細かな字で書き記されていた手帳に視線を落としていた。テーブルに並べた三枚の写真を眺め直していたルカが口を開いた。

「どうして言わなかったんですか?」

その問いかけに、ふと目を上げたユイは、写真を眺めているルカの姿に何を聞きたがっているのか、すぐに察しがついた。

「彼女には言わない方がいいと思ったからよ」

説明になっているとは思えないその言葉は、疑問を抱いているルカを挑発しているように感じられた。ルカなりにユイの意図を汲みとろうと、黙って考えてはみたのだが、どうしても疑問は解消されなかった。

「ファッション雑誌の表紙を飾るなら、申し分のない写真ですけど、これでお見合い写真の役割を果たせるんでしょうか? この写真を見て、お見合いしてみようと決心できる男性が、そうそう現れるとは思えないんですけど……」

ルカは率直に自分の考えを述べながら、シャカに説法、そんなことはユイさんならとうに考えていることだ、と思えた。予想通りの返答がユイから返ってきた。

「……でしょうね」

プツンと言葉が切れた。

シャカに説法第二弾、と承知しながらも、ルカは言わずにはいられなかった。

「結婚相談所の使命は恋愛じゃない。お見合いを成立させて、成婚にまで導くことなんだ、と日頃からユイさんは言ってますよね。そこのところをカン違いしている会員さんに、キツく釘を刺しているユイさんを何度も見てきました。アサヒさんがいくら特別な存在だからといって、成婚にまで持っていくという使命からはずれてしまっては意味ないんじゃないですか……その……人から言われなくても、ユイさんには分かっていることなんでしょうけど……どうしてもそこが納得できなくて……ゴメンナサイ。私みたいな半人前がエラそうな意見をしてしまって……」

最後の方はしどろもどろだった。

ユイは何事かを考えているような目を窓に向けた。窓ガラスが音を立てた。ザっと雨が降りつけてきた。ユイの目は雨に濡れた窓ガラスから離れなかった。それでも、口だけが動いた。

「そうよね。あなたの言ったことが正論。私の考えも言ってくれた通りで、少しもブレてはいないつもりよ。でも……」

口元に微笑みが浮かんだ。

「アサヒさんの長くて白くてホレボレするほど美しい手足を眺めながら、彼女の語るスケールの大きなファッション業界の裏表を聞かされているうちに、何て言ったらいいのかな……どうでもよくなってきちゃったのよ。お見合いから仮交際、本交際、そして成婚へ――そんな決まりきったレールに乗せられる人なんかじゃない。声がかかれば地球の裏側にだって飛んでいく、こんな私を受けとめてワイフにしよう、っていう男と出会ってみたい。彼女にとってはお見合いも結婚もイベントなのよ。常識じゃあ、理解不能だわ。突き抜けちゃってるのよね」

雨に濡れた窓ガラスを見つめるユイの目に宿る光が強くなった。

「このうっとおしい梅雨空を突き抜けて、その裂け目から次に控えている夏の明るい陽射しが差し込んでくる光景が見えたのよ。アサヒさんをみてたらね。ただそれだけのこと。面白そうだな、と思える方へたまには自分も走っていきたい。あれこれ余計なことを考えずにね。いっときの衝動かもしれないけど、アサヒさんみたいに衝動のままに正直に生きてみたい。それだけのことよ。以上！」

相変わらず説明にはなっていない気がした。でも、ユイが「以上！」と言った以上、それ以上の説明らしい説明を期待しても無理なのだ、とルカには思えた。雨に濡れて視界がにじんでしまった窓ガラスを通して、ユイが見ている陽射しのまぶしい夏の青空を自分も見てみたい、とルカは願っていた。

「……ハイ、そうですか。分かりました。後のことはご心配なさらずに、私の方からご連絡しておきますので。……ハイ、ハイ、そうですね。できる限り早いうちに、またお似合いの方を見つけてご紹介させていただきますので、お待ちになって下さい。……ハハハハハ……確かにおっしゃる通り、ちょっとゴージャスすぎたかもしれませんね。次はもう少し抑え気味の方をご紹介できるよう努力してみます。ご連絡ありがとうございました。では、また、失礼いたします」

ユイはそっと受話器を置いた。ふっと小さくため息を吐いた。それは落胆のせいではなく、とりあえず一つの案件が終わった、という区切りをつける意味でのため息のようであった。

洗い物をすませた後、テーブルで事務所に届いた郵便物を確認していたルカが、沈んだ声でユイに声をかけた。

「三連敗ですか？」

事務机に座ったユイが、ルカに背を向けたまま軽い口調で応じた。

「アウトが三つ続いただけよ。野球に例えるなら、一回が終わったところ。野球は九回まであ

# 3

るんだからね」

ルカは心の中で毒づいた。

（二十七個のアウトが続いたら、完全試合になっちゃう。アサヒさんならありえるかもしれない）

アサヒさんの見合いを成立させるために、ユイはいつも以上に精力的に動いた。見合い相手の候補として、起業家、青年実業家にターゲットを絞った。業界の枠を打ち破り、新参者として割って入り、他の会社との差別化を図るために従来にはない大胆な発想で顧客の関心を集め、確固たる地歩を築いていく。出る杭は打たれる、という格言通り、新参者は既存の経営者からあらゆる局面でバッシングを受けるハメになる。でも、それでメゲるようでは起業家失格だ。不屈の魂で自ら描いた夢を実現させるために、次々に新機軸を打ち出し、実績を上げることで数多のバッシングをはねのけていく。それができるタフな人物ならば、常識の枠に捕らわれないぶっ飛んだアサヒさんと意気投合し、妻に迎えられるのではないか……？　アサヒさんの非常識さを笑い飛ばし、面白い！　と楽しめる器の大きな男性。ユイが探し求めた見合い相手の候補者たちとはそんな人たちだった。

ユイの結婚相談所に登録している会員から探し出すのはもちろんのこと、知人の結婚相談所にも頭を下げ、理由を話して、該当する会員を紹介してもらったりもした。かつてここまでしたことはなかった。ギブ・アンド・テイク。助けてもらった以上、いつか別の機会に借りを返さなければならない。負担は負担だった。それでもユイは構わないと思った。アサヒさんの頭上に輝く真夏の太陽のまぶしい光を自らも浴びたかった。彼女の見合いを成立させることが、それを実現させるための唯一の方法だ、とユイは信じて疑わなかった。

こうした努力の上で選び出した三人の青年実業家、いわばユイにとって三銃士だ。誰か一人でいい（複数現れては、ややこしいことになるが）、アサヒさんを妻にしたい、と申し出てくれる勇者が現れることを切に願った。だが。結果は……全滅だった。

「さすがに世界のファッションショーで活躍したトップモデルともなると違いますね～。美のオーラを感じます。一度、実物とお会いして話してみたいとは思うんですが……何だか、けおされてしまって、お見合いをしたい相手とは思えないんですよ。自分の妻になる女性というイメージが湧いてきません」

「一八五センチですか……。私も一八〇センチあって、日本人としては大きい方だと思うんですが。いえ、確かに背の高い女性を希望はしたんですが、ここまでとなると威圧感を感じてしまってダメですね。正直言って並んで歩きたいとは思えません」

「良妻賢母タイプは趣味ではない、と伝えましたが、あまりにも派手というか、ゴージャスすぎて気持ちが萎《な》えてしまいます。それとみみっちい話で恐縮なんですが、妻にするとカネのかかりそうな人ですね。妻にする以上、もう少し堅実なタイプをお願いします」

見合いを断ってきた三人の男性が、電話で語った理由だ。アサヒさんの肩を持つならば、反論したいことは山ほどある。けれども、見合いを仲介する結婚相談所の所長としては返す言葉がない。見合いをイベントとして捉え、例の写真で勝負すると決意したアサヒさんの場合はなおさらだ。おっしゃることは、ごもっともです、ただそれだけだ。

人は見た目が九割だ、といわれている。見合いを受けるかどうかは、写真と釣り書きといった紙っきれで判断される。要するに見た目だ。日本人離れした突出した見た目によって、アサヒさんは世界的トップモデルにまでのし上がった。しかし、見合い相手としては、同じ見た目によって全敗という憂き目に遭っている。禍福《かふく》はあざなえる縄のごとし、というが、この現実はいかんともしがたい。

ユイはアサヒさんに三回目の連絡を入れた。受話器が鉄アレイのように重い。もちろん見合いを断ってきた理由をそのまま彼女に伝えるわけではない。オブラートでくるみ、やんわりとした表現で、残念ながら……と伝えるのだが、それでもユイにはこの仕事が最も苦痛だった。何度繰り返してきたか知れやしないが、決して慣れることはなかった。胃がキュンと吊り上がり、痛みを覚えることさえある。特に同じ相手に繰り返しダメでした、と伝えるのは辛かった。

だが、ユイの感じた苦しさとは対照的に、連絡を受けたアサヒさんの反応はいつもアッケラカンとしたものだった。

「あっ、そう。今度もダメだったの。よっぽど日本人男性には嫌われてるのね〜。フランスやイタリアだったら、こんなことは絶対ないのにね。次から次へと言い寄ってくる男性を蹴散らすのにひと苦労するぐらいだもの。いっそ外国でお見合いを頼もうかしら……。なんて、ウソ、ウソ！　ユイさんを信頼してるし、期待してるわ。これぐらいの失敗でメゲたりせずに、ハイ、次！　ハイ、次！　って感じで次のお相手探しをヨロシクね」

三回ともこんな調子だった。言いにくそうにしているユイを反対に励ますのがアサヒさんの役割にすらなっていた。彼女に限っては婚活疲れの心配をする必要はなさそうだった。

（仕事終わりには焼肉店に直行し、牛一頭をペロリと平らげるアサヒさんのことだけはある。文字通りの肉食系女子。タフでエネルギッシュだわ）

そう思ったとき、ユイにはアサヒさん自身が真夏の強い陽射しを放つ太陽そのものに思えてきたのだった。

# 4

それから一週間ばかり経った頃、妹のミナトさんから連絡が入った。明日の昼に事務所を訪れても構わないか、との問い合わせだった。出向くのは彼女だけだという。アサヒさんは雑誌の仕事が終盤に入っていて動けないし、そもそもが姉には内緒の訪問だとのことだ。

この連絡が入ったとき、ユイはざわっと胸騒ぎが起きるのを覚えた。その正体が何なのか、は分からない。でも、何かが確実に動く前兆のようなものを感じたのだった。

事務所の掃除をしていたルカに向かって、ユイは言った。

「アサヒさんの妹、ミナトさんが事務所にみえるわ。明日のお昼よ。舌の肥えた彼女のことだから、奮発しておいしいスイーツを買っておいてくれる？　もちろんあなたにしか淹れられないスペシャル・ティー付きでね。アサヒさんよりはちょっと小さいけど、実物のミナトさんに会うとビックリするわよ。楽しみにしていてね」

ユイの顔には、片方の口角を上げた不敵な笑みが浮かんでいた。この表情を浮かべたときのユイには要注意だ。ルカはミナトさんに会える楽しみと同時に、ユイだけに見えている次なる展開に興味が湧いた。

それが何なのか、を聞いても、きっと教えてはくれないだろう。そのときが来たら、あなたにも分かる……。それがユイの流儀であることを彼女との付き合いから学んでいた。

今年の梅雨明けは遅くなりそうだ、と天気予報が告げていた。予報を裏付けるように昨日まで何日も雨が降り続いた。

ところが、今朝は空気が一変して爽やかな風が街中を流れ、初夏を思わせる柔らかな陽射しが差す気持ちの良い日になった。事務所の外がそうなのではなく、室内にも初夏の空気が溢れていた。ドアを開け、彼女が一歩、事務所の中に足を踏み入れた瞬間からそれははじまった。

「コンニチハ」

涼しげな声が響き、軽やかな靴音とともにミナトさんは姿を現した。

前裾のセンタースリットがお洒落な黒いパンツ。パンツに合わせた黒いパンプスを素足に履いている。

(靴のとがった先端からはじまってるこの人の足は、どこまで続いてるんだろう?)

魂を抜かれたような虚ろな目で、ルカは彼女の長い足をたどっていった。ウエストラインが高い。パンツに前裾だけインする元モデルらしいこなれた着こなしがカッコイイ。ほんのりと肌感が透けているブルーのリネンニットを身につけていた。姉のアサヒさんの写真に写っていたのと同じ、美しすぎる鎖骨のラインが、ニットのVネックからのぞいていた。ほっそりとした首。遠近感を狂わされるような小さな顔。亜麻色に染めたウェーブのかかったミディアムへアに黒いキャップをかぶっていた。細い首に二重に巻いたネックレスが女らしさを際立たせていた。ミナトさんが全身から醸し出している空気感が、カラリと晴れた初夏そのものだった。

(こんな女性がホントにいるんだ。同じ人類じゃない。私なんかとは全く違う過程で進化した人類が目の前にいる……)

その存在に圧倒されてしまい、消え入るような声で挨拶を返すのが精一杯だったルカは心の中でそう思った。

ユイは明るい調子で挨拶すると、ミナトさんをテーブルの席に案内した。

「昨日までとは打って変わってイイ天気。あなたが連れてきてくださったのね」

ユイが口にする冗談も、軽やかに弾んでいた。

ユイとミナトさんが型通りの時候の挨拶を交わしているうちに、ルカは急いでキッチンに立ち、紅茶の準備をはじめた。それと同時進行で、ルカの好みで購入したスイーツの用意もした。電子レンジでチンしたブリオッシュを白い皿に盛った。薄く湯気のたつブリオッシュの上に冷たいバニラアイスクリームを載せ、ハーブを添えた。皿にハチミツで幾筋かの線を引いて、出来上がり。

「あらっ、イイ香り。ユイさんの結婚相談所ではパティシエも雇っているのね?」

ミナトさんの華やいだ声がルカにも聞こえてきた。

「そう。でも、あの人はパティシエだけじゃなくて、紅茶を淹れる魔術師でもあるの。是非ご賞味あれ」

ユイの声もノリが良かった。ほめられて嬉しくない人などいない。ルカの場合、この瞬間を心の支えとして生きてるようなものだ、と自覚さえ抱いていた。トレイに「ルカスペシャル」とユイが名付けた紅茶とルカが用意したスイーツを載せて、ユイとミナトさんが座っているテーブルへと運んだ。

「温かいうちにお召し上がりください」

そう口にした自分の声に力がこもっていたのをルカは感じた。

「では、おおせの通り、まずは魔術師の淹れた紅茶をいただくわ」

ミナトさんは微笑みをルカに向けてから、ティーカップに口をつけた。そして、もう一口、口に含んでから、そのつぶらな瞳でルカの顔を真っ直ぐに見つめてきた。

「不思議な味わい……。口の中で味が微妙に変化していく。固く閉じていたつぼみが膨らんで、ポッと花を咲かせるみたいな……味にドラマがあるわ。こんなの初めて。ユイさんが言うように、あなたは魔術師さんなのね」

ルカは頬を赤らめ、ぺこりとお辞儀をした。

ミナトさんは、神経を集中させせようとしているのか、目を閉じ、何度か、ティーカップを傾けた。瞬く間に、カップはカラになっていた。

「魔術師さん、お代わりをおつぎして」

そう言ったユイの声も、まるで自分がほめられたかのように嬉しそうだった。

ルカの用意したスイーツも大好評だった。おいしい、おいしい、を連発し、こちらもあっという間に完食してしまった。ユイもスイーツを食べ終わってから、紅茶で喉を潤した後で、ちょっとばかり沈んだ声でミナトさんに告げた。

「この人の魔術は完璧ですけど、私の魔術はアサヒさんの放つ強いオーラにかき消されて、まるで通用しませんわ」

ユイの自嘲気味の言葉に、ミナトさんは首をすくめるようにして小さく頭を下げた。

「ユイさんじゃなくても、こういう結果になるのは目に見えていましたわ。私も何度か言ったんですけどね。こんな写真を見て、誰がお見合いしようなんて気になるもんですか⁉ってね。でも、全然ダメ。姉は被写体になると、絶対に自分の意思を曲げようとしないんです、昔から。そのせいで現場ではよくもめたんですけどね。それでも、姉は学ぼうとしないんです。もしかしたら、今も雑誌の撮影でトラブルを起こしているかもしれません……」

ミナトさんは大きなため息をついた。

「それで……」

と、ユイが言いかけたとき、かぶせるようにして、ミナトさんが言った。

「そう。その件で今日はうかがったんです」

ハンドバックから封筒を取り出し、ユイの前に差し出した。

「姉にお見合いを勧めたのは私です。同じ業界にいる男性だと、姉の気質から考えて、どうしても仕事の方に関心がいってしまって、お見合いにならないんじゃないか？　そう思ってユイさんの相談所に入会させて、業界人以外の男性を紹介してもらおうと……。でも、結局お見合いにまでたどり着けないことが分かりました。私、考えを改めました。ある程度、業界に関わっている人の方が、姉のようなド派手なタイプにも耐性というか、免疫があるんじゃないか、と。夫の仕事の関係で何人かの知り合いに当たった結果、この男性が見つかったんです。その方の写真と釣り書きが封筒の中に入ってます」

ユイが封筒の中身を確認した。ルカも一緒に見るよう促した。そして、写真を目にした途端、二人は声を揃えてつぶやいた。

「シブイ！」

黒のタキシード姿に蝶ネクタイ。胸板が厚くて、肩幅も広く、カッコいい。足も長くて、アサヒさん同様、日本人離れした体形をしていた。日本人離れ、ということでは顔立ちもそうだった。何といっても彫りが深い。鋭い眼差しがきれいに整えられた眉の奥の方で光っていた。鼻が高く、口ひげをたくわえて、うっすらとどこかニヒルな笑みを浮かべていた。

「往年のハリウッドスターみたいね」

ユイがそう言うと、ミナトさんもうなずいた。

「日本の大学を出てからアメリカに渡り、再度工学系の大学に入り直したって話です。大学在学中からコンピューター・グラフィックスの腕前を買われて、いろいろなイベントで技術担当を任されていた人です。この方のことをよく知る人の話では、CGの可能性を探求する技術屋さん、ということらしいんですが……。帰国したのは五、六年前のことで、すぐに会社を立ち上げたんです。まだ創業して日は浅いんですが、卓越したCGの技術を駆使した演出方法で、既にいろんなイベントから引っ張りダコなんですって。夫が手がけたイベントで演出を手伝ってもらったことがあるそうで、姉のお見合い相手はいないか、と話していたところに、この人の名が浮上してきたというわけなんです」

ミナトさんの話を聞きながら、同封されていた釣り書きに目を走らせたユイは、このハリウッドスターの名が安住清一郎さんであることを知った。

「念のためにうかがいますが、こうして写真も釣り書きも用意されているということは、当然安住さんはお見合いに同意され、ウチに入会する意志があると考えてよろしいんですね？

……もしかして、お見合い相手がアサヒさんであることも先方には伝えてあるとか……？」

ユイの問いにミナトさんはしっかりとうなずいた。そして、こうも付け加えた。

「例の姉の写真もみてもらっています。その上で彼は姉とのお見合いに同意したとも聞いています」

怪訝《けげん》そうな表情を浮かべて、ユイはさらに聞いた。

「そこまでされるんだったら、何もわざわざウチを通してお見合いをなさらなくてもいいんじゃないですか?」

ミナトさんはじっとユイの目を見つめてきた。

「姉はあなたを信頼しています。あなたが仲介してくれるから、何度話が流れても姉はお見合いに応じようとしているんです。姉はそういう人なんです。ですから、彼のこともあなたが見つけてきた相手だ、ということにしてください。この話に私は一切ノータッチだ、ということに……。もしも私が見つけてきた相手だとわかったら、姉はお見合いに応じないと思います。この点については安住さんにも話してあって理解してもらっていますので」

ユイも強い眼差しでミナトさんの目を見つめ返した。

(姉妹の関係もデリケートだわ。他人からはうかがいしれない微妙な心の綾がある……)

そう思いながら、ユイははっきりとした口調で答えた。

「分かりました。……お姉さんにそこまで信頼していただいていようとは、身に余る光栄です」

そう言い終えると、ユイの視線はおだやかになり、ミナトさんに問い返した。

「ところで、安住さんはどうしてお見合いに同意したんでしょうね？　これまでお見合いを断ってきた男性が異口同音に語った、妻としてはどうも……という感覚が彼にはないんでしょうか？」

ミナトさんにもはっきりとしたことは分からない様子だった。それでも、思案しながらこう答えた。

「アメリカでの生活が長くて、背の高い女性を見慣れているのかもしれません。独身女性ばかりじゃなくて、円満な夫婦生活を営んでいる長身女性にも会っているでしょうしね。それと、アメリカでも日本でも多くのイベントに関わってきた方ですから、姉のような派手な印象のモデルも目にしていることでしょう。そんな体験が幸いしたのかもしれませんね。写真を見せた方のお話ですと、姉の写真を安住さんが見たときの反応はとても嬉しそうで、驚いてる雰囲気はなかった、と聞いてますが」

ユイは自らの胸の内をのぞきこむような真剣な顔つきになり、暫く黙り込んだ。そして、自分なりに区切りをつけるようにしてこう言った。

「いずれにしても、もう賽《さい》は投げられたんですね。ならば進軍あるのみです。改めて私の方からお姉さん宛にこの写真と釣り書きを郵送し、安住さんとのお見合いに応じるよう念押ししておきます。頃合いを見て、彼からお見合いを希望するとの返事が届いた、と連絡します。併せて一度事務所でお会いしておきます。手続きもそうですが、私なりに彼の人となりを把握しておきたいからです。お二人の都合のあう直近の日程でお見合いを設定します。ここまでは短期間で一気に進むでしょう。問題はお見合いの場でのお姉さんです」

ここまでは立て板に水で、ユイが喋り、ミナトさんは黙って聞いていたのだが、ここでユイの喋りを遮るようにして割って入ってきた。

「ああ、もうその段階にきたら、私の出番はありません。恐らくユイさんの出番も……。姉に任せるしかないんです。お見合いの場は、姉にとってイベントの舞台に他なりません。主演はもちろんのこと、演出も兼務です。幕が開いたら、主演の独壇場です。私たちにできることといったら、祈ること。それしかありません」

ミナトさんが語り終えると、沈黙が訪れた。

二人の傍でずっとそのやりとりを聞いていたルカの目に、外の明るさが急に陰ったように映った。初夏の爽やかな空気を持ち込んでくれたミナトさんの頭上に、昨日までの雨を降らせ続けた雲が再び広がりはじめている……。ルカにはそんな気がしてならなかった。

# 第12話　アサヒと安住

## 1

明け方には陽が射していたのに、ユイとルカが事務所を出る頃には、空はどんより曇っていた。ルカは昨夜寝つきが悪く、夜中に何度も目が覚めた。朝になっても眠れずに、仕方なくずいぶんと早く事務所に出勤してきてしまった。ところが、既に先客がいた。

「おはよう。あなたも眠れなかったの？」

ドアをそっと開けて入ってきたルカに、ユイはそう声をかけてきた。

（ユイさんも同じだったんだ）

内心そう思ったが、それには触れずに天気のことを話題にした。

「予報ではギリ持ちそうなことを言ってたけど、分からないわね。下手すればドシャ降りになるかもよ」

事務所の窓に顔を近づけ、空を見上げながら、ユイはそう言って顔をしかめた。

「なんてったって今日の主役はアサヒさんなんだから。荒れ模様になってもおかしくはないわ」

冗談めかした言い方であったが、ユイの顔は笑ってなかった。


いつも通り見合い会場の定番であるホテルのラウンジ。入口近くの長椅子の前に、まずは安住さんが姿を現した。

ホテルの玄関にタクシーを横付けにして、長い足を踏み出すように降りてきた安住さんは申し分のないカッコ良さだった。この日のために仕立てたのだろうか、英国製の高級スーツを身にまとっていたのだが、決して服に負けてはいなかった。彫りの深い顔立ちに、手入れの行き届いた口ひげが似合っていた。安住さんの場合、四十歳という年齢がマイナス要素とはならず、かえって男振りを上げる効果を生んでいた。絵に描いたようなダンディーがそこにいた。口元に笑みを浮かべて、ユイとルカに軽く手を振り、挨拶をしてきた。頭を下げながら、二人とも期せずして同じ言葉をささやいていた。

「カッコイイ!」

安住さんと、天気の話やら、仕事の話やら、差し障りのない話をしながら、アサヒさんの到着を待った。男性用の香水の甘い香りがする。上品な香りに包まれ、まるでハリウッドスターのような男前と話をするのだから、ユイもルカもちっとも苦ではなかったが、場合が場合だ。ルカはさりげなく時計に目をやった。定刻から十五分遅れていた。ルカの眉根を寄せた表情から察したのだろう。ユイはその場を取り繕うように安住さんに話しかけた。

「女性は男性と違って、何かと時間がかかるものなのですよ。女性はそういう生き物だと思い定めて、もう少しだけお待ちになってくださいね」

安住さんは機嫌を損じる様子もなく、優しく笑っていた。

そこへ遠くから柔らかなクラクションが響いてきた。音のした方を見やると、真っ白なロールスロイスの車体が目に飛び込んできた。

「プリンセスのお出ましですかね?」

厭味でも何でもなく、嬉しそうな口ぶりで安住さんがそう言った。

威風堂々、ロールスロイスがホテルの玄関に横付けになった。制服を着た運転手が後部座席のドアを開けると、プリンセス・アサヒが登場してきた。その姿を目撃した通りすがりの人たちは一律に足を止めた。中には承諾をとることなくスマホを向け、写真を撮るものまでいた。

しかし、アサヒさんはそのような無礼者にも寛大だった。スターを取り巻くオーディエンスの一人として、歓迎しているかのような風情であった。

すぐに後部座席の反対側のドアが開き、ミナトさんが急ぎ足で降りてきた。その目的はすぐに知れた。アサヒさんが身にまとっていた、床をひきずるようなドレスの長い裾を持ち上げるためだった。足の付け根近くまで入った深いスリットが割れて、信じられないくらいに長くて細い真っ直ぐなアサヒさんの片足が車外に踏み出された。立ち止まっていた人たちのあちらこちらからどよめきが起きた。アサヒさんのすぐ傍に控えたミナトさんがドレスの裾を束ねると、アサヒさんは悠然と全身を車外に現した。全身ゴールドに輝くドレスに、同じくゴールドのハイヒール。ヒールの高さは優に一〇センチはある。一九〇センチ近いアサヒさんがこのヒールを履けば……ちょっとした摩天楼の出現だった。しかも、この日のアサヒさんは長い黒髪を目にも鮮やかなゴールドに染めていた。文字通り頭のてっぺんからつま先まで、ゴールドで統一されていた。高さ二メートルの生きた金色の像。仏教風に称するならば、完成したばかりで、全身を覆った金箔の光り輝いている菩薩の降臨であった。

この金ピカの菩薩はサービス精神が旺盛だった。くっきりと引かれたアイラインが目じりからつるのように伸ばされ、一回転。その妖艶な魅力をたたえた目を細め、流し目風にオーディエンスの一角を捉えると、光沢のある真っ赤な口紅で塗られた唇をすぼめて、投げキスのサービスをはじめたのだ。取り巻きから歓声があがり、シャッター音がやかましいほどに響いた。

ドレスの裾を持ったミナトさんを従え、アサヒさんは真っ直ぐにユイとルカ、そしてその傍らで笑顔を浮かべている安住さんのもとへやってきた。遅刻したことを詫びる気配はない。上半身を前へ倒すようにして、アサヒさんはユイの耳もとでささやいた。

「いつだったか、お見合い写真と大きくイメージを変えるのは良くないって、アドバイスをくれたわね。だから、今日はあなたの忠告に従がったわ」

その口ぶりに冗談を言っている雰囲気はなかった。さすがのユイもその言葉に目を大きく見開き、苦笑するしかなかった。

アサヒさんの身にまとっていたドレスは首の後ろで布を吊るしただけの、ホルターネックと呼ばれる露出度の高いデザインだった。そのため、前傾姿勢をとった際に、ウエストラインまで入った深い切れ込みからバストがこぼれ出そうになった。そんなことに頓着するようなアサヒさんではなかったが、今日が初対面だったルカはひとりでドギマギしていた。バストの白さもそうだったが、剥き出しになった背中の美しいライン、光り輝くような白さ、なめらかさがルカの目に焼きついた。

自然の流れで、アサヒさんと安住さんが並び立つ位置に立ったときを見計らって、いつもと変わらぬ調子でユイが二人に挨拶をした。見合いについての注意事項を簡略に伝えた後、いちだんと厳粛さを増した口ぶりでこう告げた。

「今日のお見合いが、お二人にとって実り多きものとなりますよう心からお祈りいたします。では、いってらっしゃいませ」

ルカには聞きなれた口上であったが、いつもとは違う何かを感じた。祈り……それ以上の、念のような強いエネルギーをユイの口上から感じたのだった。

(「祝」も「呪」も、もともとは同じ言葉だった、とユイさんから聞いたことがある……)

ふとルカはそんなことを思い出していた。

安住さんがアサヒさんの手を取り、エスコートしながらラウンジで用意させた席へと進んでいった。今日はいつもとは比較にならぬほどに外国人の利用客が多かった。お国柄のせいもあるだろうが、ひときわ目をひくゴージャスなビッグカップルの登場に、拍手やら、歓声やらが盛んに起こり、中には指笛を吹き鳴らす客までいた。客から盛んに沸き起こる歓待の意思表示の一つ一つにアサヒさんは軽く会釈して対応しているようだった。

(ハリウッドスター顔負けの安住さんの容姿といい、この異様な盛り上がりを見ていると、ここがアカデミー賞のレッドカーペットであるかのような錯覚を覚えそうだわ……)

じっと食い入るように二人の後ろ姿を見送っていたユイに向かって、同じく二人に視線を送っていたミナトさんが聞いてきた。

「どこかに席をとってもらって、お見合いの様子を見学なさいます?」

突然の問いかけにユイは何も言えなかった。すると、ミナトさんはユイの返事を待つことなくこう言い放った。

「私はご免ですけどね。お見合いまでの段取りには手を貸しました。でも、本番はお断りです。姉に任せるしかないんです。ですから、お見合いを見学したところで何の意味もありません。見学……正しくは、監視、というべきでしょうが、監視したところで姉の言動をコントロールするのは不可能です。私はいったんこの場を離れます。姉から連絡が来たら迎えに来ます」

そう言って一礼すると、ミナトさんは車の方へ身体の向きを変えた。すると、運転手が走って迎えに来た。手には傘を持っていた。路面には黒い染みの広がっていくのが見えた。道行く車もワイパーを動かしていた。真っ白なロールスロイスがゆっくりと動き出した。ユイとルカは揃って一礼し、走り去っていく車体を見送った。

「お見合いの開始に合わせて降り出したわね。アサヒさんが呼び寄せたのかしら？ 嵐を呼ぶ女、か……」

雨粒の落ちてくるどんよりとした空を見上げながら、ユイは複雑な表情を浮かべて言った。怒っているような、それでいて、どこか気持ちが浮き立っているような。

「見学したいんですか？」

小さな声でルカは聞いた。ユイの口元がピクリと動いたが、すぐには声にならなかった。少し間をおいてからユイは答えた。

「帰ろ」

そうぶっきらぼうに答えて、折りたたみ傘を広げると、ラウンジに目をくれることなくすたすたと歩きはじめた。

## 2

帰る途中、コンビニに立ち寄り、二人分のサンドイッチを購入し、事務所に戻ってきた途端、雨脚がひどくなった。窓から、突然のどしゃ降りに傘が役に立たなくなり、ビルの下で雨宿りをする人たちの姿が見えた。ユイがスマホで天気予報を検索したところ、大雨警報が発令されていた。スマホの画面をにらみつけながらユイがつぶやいた。

「さすがはアサヒさん。警報級の雨雲を呼んだみたい」

ルカはキッチンに立ち、紅茶を淹れ、簡単なランチタイムとなった。どちらが口を開いたというわけでもなく、自然に今見てきたばかりのアサヒさんのゴージャスな装い、全身金ぴかの菩薩像の話題になっていった。互いにいくら話しても話題は尽きなかった。しかし、あの拍手と歓声に包まれ、指笛が吹き鳴らされるアサヒさんが望んでいた通りのイベント会場と化したラウンジで、本来の目的を達するためのお見合いが行われているのかどうか、大いに心配になってきた。アサヒさんの大胆で、豪華絢爛なドレス姿の話題では限りなく盛り上がり、ケラケラと笑い転げていた二人であったのに、そこに意識が及んだ途端、二人とも無口になった。

そこへ事務所の電話が鳴った。とっさに二人は顔を見つめ合った。思いは一緒だった。

(この時刻では、まだお見合いは終わってない。何かが起きたのでは⁉)

ユイは気をとり直そうとするように一つ大きくうなずき、咳払いをしてから受話器を取った。

「ハイ。『ユイ・マリアージュ・オフィス』です」

固唾《かたず》を飲んで聞き耳を立てていたルカであったが、どうやら緊急事態を告げる連絡ではなさそうだった。ビジネスライクで冷静沈着なユイの声が続いた。

「ありがとうございます。……ハイ、大丈夫です。一時間後ですね。お待ちしております。あいにくの天気ですので、足元にお気をつけてお出でくださいませ……」

新規会員の申し込みのようであった。


入会手続きをすませた女性と付き添いの母親が帰っていった。事務所の外へ出た途端、ドアの向こうで女性のいきり立った声が響いた。

「あんなことまで言わなくてもいいのに！」

母親も何か言い返していたようだったが、内容までは聞き取れなかった。

一時間半ばかりいたろうか？　ルカには、ユイが事務連絡する以外の大半の時間は、母親が一方的に喋っていたような気がする。家柄の話ばかりしていたように思うのだが、ルカにはほとんど記憶がなかった。途中から母親の声がルカの耳に入ってこなくなり、壁にかかった時計にばかり目をやっていた。そして、今にも事務所の電話が鳴りそうな気がして、気が気ではなかった。

テーブルに残された食器を片付けて、キッチンに運ぶと、その背中に向けてユイの言葉が飛んできた。

「紅茶、おいしくなかったよ。気持ちが入ってないと、露骨に味に出るんだね。それはそれでスゴイことだけどさ」

「……スミマセン」

ルカは、しゅんとして消え入るような声で謝った。

事務机に移動し、今し方までいた新規会員の資料整理をはじめていたユイはその手を止めようとはせず、口だけを動かした。

「あなたの気持ちは分かるけど。お客様に上下はないの。皆さん、大事なお客様。良縁に恵まれたい、と誰しもが真剣に望んでいる。その全ての願いがかなえられるよう全力で取り組むのが私たちの使命なの……」

ユイの手が止まった。顔を上げ、からだの向きを変えると、ルカを正面から見た。反射的にルカは身構えた。厳しく説教をされるに違いない。そう覚悟を決めた。

「お客様がいらしてたとき、あなた、時計ばかり見てたでしょ?」

「ハイ……」

ルカはこの場から消えていなくなりたいと願った。

「時計を見てから、必ず電話を見てたでしょ?」

「ハイ……」

全てお見通しだった。ユイの目はごまかせない、と観念した。泣きそうになった。でも、涙を見られたくなかった。叱られて泣くような情けない自分をみられたくない、とルカは下を向いた。泣くまいと強く唇を噛み締めた。

「ルカ、顔を上げて」

(もう、ダメだ……)

涙がこぼれ落ちる寸前だった。だが、ユイの命令には背けない。恐る恐るルカは顔を上げた。視線の先には表情の読めないユイの顔があった。

その直後だった。ニマ〜ッ、とユイの表情が崩れ、ケラケラと笑いはじめたのだ。

「お客様に気付かれないように、チラッと時計に視線を走らせると、決まってあなたも時計を見てた。電話もそう。この子、同じこと考えてるんだわ〜、と分かると、そのシンクロ具合がおかしくて、おかしくて、吹き出しそうになったわ。でも、目の前にお客様がいるんだもの、必死になってこらえたわよ。笑いをこらえるのに必死で、お母様の喋ってることがちっとも耳に入ってこなくて、困っちゃたわ……」

せきを切ったようにユイは喋り出し、ひとりで勝手にケラケラと笑い転げた。

あまりにも意外な展開に、ルカは茫然としてしまった。それでも、ケラケラ笑い続けるユイにつられて、ルカも何だかおかしくなってきたのだが、直前までの緊張感をまだ引きずっていたために泣き笑いの表情にしかならなかった。そんなユイの喋りと笑いが唐突に止み、ルカの泣き笑いの表情が消えた。

電話が鳴ったのだ。

ユイは時計を見た。もう見合いは終わっている時刻だった。フッと一つ息を吐いて、冷静沈着な表情を取り戻したユイは受話器を取った。

「もしもし……、ああ、安住さんですか。今日はお疲れさまでした……」

受話器を通して、安住さんの思いのほかに大きな声が漏れ聞こえてきたのだが、声が途切れ途切れで、話の全容をルカが聞きとることは不可能だった。テーブルの椅子を一つ引き寄せ、そこに座ると、ルカは黙って成り行きを見守ることにした。

ユイは必要最低限の相づちしか打たない。ひたすら相手の話を聞きとることに徹していた。ときおり笑いをこらえながらも、言葉だけは、

「それは、それは、大変でしたね～」

と言うのだが、込み上げてくる笑いを我慢して、紅潮している表情とは明らかに合っていなかった。そんな時間が三〇分以上続いた。安住さんは興奮して、今日の見合いの様子を語っているようだった。そして、一通り説明した後に、その気持ちが吐露された。ユイは電話での会話をこう締め括った。

「……そうですか。分かりました。もう私の出番はないようですね。これからは、お見合いから離れた安住さんとアサヒさんとの別の話題になっていくわけですから……。ハイ、ハイ、そう言って下さると、私としても少しは肩の荷が下りたような気分になれます。お気づかい、ありがとうございます。それで、引き続き当結婚相談所の会員を継続されるおつもりですよね？……ありがとうございます。今日の貴重な体験と、安住さんが語って下さった思いを参考にして、次のお相手をご紹介できるよう頑張りますので、よろしくお願いします。ミナトさんには連絡されますか？ああ、そうですか。私の方からも一報入れておきますし、改めてアサヒさ

んにも連絡を入れます。……ええ、ええ、ハイ。分かりました。後のことはこちらで責任を持ちますので、ご安心ください。本当に、今日はお疲れさまでした。ご連絡ありがとうございました。では、失礼します」

割れ物を扱うように受話器をそっと置いたユイは、もう我慢できないとばかりに大笑いしはじめた。キョトンとしたルカの表情が目に入ると、大笑いはさらに爆発的なものになった。笑いすぎて目に涙を浮かべていた。ハンカチで涙をぬぐうのだが、後から後から湧いてくるおかしさに、ユイは目にハンカチを当てたままいつまでも笑い転げた。過呼吸を起こすのではないか、とルカが心配しはじめたころになって、ようやく笑いがおさまってきた。間欠泉のように噴き上げてくる笑いをこらえつつ、ユイは話だした。

「ゴメンネ。ともかくおかしくって……。ホント、やってくれたわ、アサヒさん。もう私の常識ではとうてい計れない。あの人、別格だわ……」

そう言ってから、安住さんが話してくれたことをルカに語って聞かせた。

「あなたも見ての通り今日のラウンジには外国人客が多かったわよね。しかも、ノリのイイ人が多かった。そこに、あのド派手なカップルが登場してきたものだから、初めっからラウンジのボルテージは異様に高まってたらしいの。案内された席に着いたときから、安住さんはそのハイテンションな雰囲気が気になって落ち着かなかった、と言ってたわ。それでも、最初はお見合いらしく、自己紹介やら、近況報告やら、意識してたらしいんだけど、世界のファッション業界を股にかけて活躍してきたアサヒさんだけに、自然な流れで世界から見た日本の文化、って話になったのよ。その途端、彼女の語りのギアが一気に上がったらしいの。

『今の日本の文化を代表とするものと言えば、やっぱりアニメですわ』

誇らしげにそう話を振ってきたものだから、仕方なく安住さんも話を合わせようと軽く相づちを打ったんだって。それがトリガーを引くことになった。身を乗り出すように聞いてきたんですって。

『安住さんの好きなアニメは？』」

ユイの目が妖しく光った。

「アサヒさんって、アニメ・オタクだったんですか？」

意外そうにルカは聞いた。すると、ユイは大きくうなずいた。

「しかも、重症！」

そう答えて、ニヤッと笑った。

「安住さんはそんなに詳しくなかったんだけど、知ってるアニメをいくつか口にしたの。そしたら、アサヒさんの表情が一変して、彼が口にしたアニメの有名なシーンをその場で再現しはじめたのよ。あの長身なんだから、それだけでも迫力がある。しかも、長い手足を振り回して、表情もアニメキャラが憑依《ひょうい》したみたいに、洒落にならないくらい激しく変化したって言ってたわ。そして、最大の見せ場。アニメに登場してくる何人ものキャラの決め台詞と決めポーズ。彼女なりに多少は遠慮したんだろうけど、椅子から立ち上がるようにして、決め台詞を口にしながら、ものの見事にポーズを決めて見せたんだって。

びっくりしたのは安住さんよね。どんなに様《さま》になっているとはいえ、目の前でアニメキャラの決めポーズを見せつけられて、どういうリアクションをしたらいいのか……？　アニメに詳しければ、素直なリアクションができたんだろうけどね。でも、元のアニメのそのシーンを知らなくても、長台詞をスラスラと口にして、歌舞伎役者がミエを切るような感じでポーズを決めたんだから、礼儀上、『スゴイ！　スゴイ！』を連発し、拍手を送ったって言うのよ。彼は立派なジェントルマンだ、と私は思うわ。

でもね、彼の頭からかたときも疑問が消えることはなかったって言ってた。これがお見合いか⁉　という疑問。当然よね。その疑問こそが正当なものよ。ところが、ぶっ飛んでるアサヒさんにそんな常識は通用しないわけ。お見合い相手が手を叩いて喜んでくれた。ヤッター！　嬉しい！　もっともっといろんなアニメキャラを演じてあげよう、とますます気分が上がっていっちゃったのよ。こうなると、もう誰も彼女を止められないわ。この場がお見合いの席だということを忘れちゃってるんじゃないか⁉　と思えるぐらいに、演技が白熱して大胆になっていったわけ。それに拍車をかけたのが、ラウンジにいたノリのイイ外国人客だったのね。アサヒさんが演じてるのが日本のアニメのキャラだって気付いた当初は、それぞれのテーブルで立ち上がり、拍手したり、歓声を上げたりする程度だったのが、だんだんとテンションが上がってきたのか、飲み物片手にアサヒさんの傍までやってきて見物し出したの」

「安住さんは、どうしてたんですか？」

ルカが我が事のように心配そうな顔つきで聞いてきた。

「どうするも、こうするも、呆気《あっけ》にとられて見守るしかなかったらしいわ。下手に制止して、アサヒさんの機嫌を損ねてもマズイと考えたって言ってたわよ」

ユイは居住まいを正し、ルカの方に身を乗り出すようにして話を続けた。

「それで、ここからが彼女の本領発揮で、面白くなってくるんだけどね。一人の客がアニメの題名を叫んでリクエストしたの。そしたら、アサヒさん、その客にウィンクして、日本語じゃなくて英語でそのアニメキャラの台詞を喋り出したって言うのよ。さすが世界で活躍してきたモデルね。彼女は何か国語も喋れるらしいの。アニメキャラの台詞を、その場で外国語でホンモノそっくりに演じたって言うんだから、アニメオタクもここまでくれば立派な一つの才能よ。それで外国人客の興奮も一気にマックスに達したらしいわ。当然よね。彼女の周りには、グラスとスマホを手にした外国人が鈴なりになって取り巻いて、さながらライブ会場みたいなノリになっちゃたの。ここまでくると、おとなしい日本人の客もつられて、その人垣に加わってきたんだって。客からフランス語でリクエストが飛べば、ためらうことなくフランス語で演じ、ドレスの深いスリットから長～い手足を突き出し、長～い腕を自由自在に操って舞うようにしてキャラの決めポーズを再現したんだって。安住さんが分かるだけでも、英語やフランス語の他に、イタリア語、スペイン語、ロシア語、中国語、それと……そうそう、ハングルでも演じたらしいわ」

ここまで述べたところで、ユイは間をおいた。再び語り出した時、声のトーンが変わっていることにルカは気付いた。

「呆気にとられて、アサヒさんのワンマンショーと、周囲を取り囲んだ客の熱狂ぶりを見守るしかなかった安住さんの気持ちにいつしか変化が生まれていった、と彼は言ったの。お見合いにこだわっている限り、困惑と精神的な苦痛しか覚えなかったんだが、その枠を取り払ってみると、この場の雰囲気は悪くないって思えてきたらしいのね。エンターテイナーとしての彼女の得難《えがた》い魅力を発見しちゃったわけ。瞬く間にこれだけの数の、しかも国籍を越えた人たちの心をぎゅっとつかんでしまう能力はただごとではない。イベント企画会社の社長である彼の血がざわざわと騒いだわけね。そんな気持ちにスイッチが入ってからは、目の前で繰り広げられているイベントは、実に刺激的なものだったんですって。アサヒさんという稀有《けう》なタレントの力を借りて、彼女の魅力を最大限に引き出せる演出ができたなら、誰も見たことのない画期的なイベントを創造できるに違いない。それは彼にとって確信に近いものだったらしいわ。

エンドレスに続くんじゃないか、と思えたアサヒさんのパフォーマンスを満喫していたところへ、ラウンジ・マネージャーがそっと忍び寄り、彼の耳もとで、『そろそろ時間でございます』と告げたんですって。楽しんではいたものの、少々疲れを感じはじめてもいた安住さんにとっては救いだったらしいわ。立ち上がって、ちょうどアニメキャラのポーズを決め、万雷の拍手と歓声を浴びていたアサヒさんに、今、マネージャーから告げられたことを伝えると、彼女は顔色一つ変えずに観客に両手を上げてこう言ったの。

『今日はホントに楽しかった。それも全て皆さんのおかげ。心から感謝してるわ。いつか、また、どこかで会いましょうね！』

堂に入った態度で終演を告げると、アサヒさんはあっさりとテーブルに戻ったんですって。さて、ここでルカに問題です。席に戻ったアサヒさんは安住さんに何を言ったでしょう？」

テーブルに頬杖をつき、ユイはルカの顔を見ながらニヤニヤと笑った。ルカは、どう返答して良いのか、心底困り果てた。口を開いては閉じ、開いては閉じを繰り返すルカを見て、ユイはさらに嬉しそうな、意地悪そうな笑みを浮かべてこう言った。

「酸欠の金魚みたい」

挑発的な言葉にルカはますます返答に詰まってしまった。それでも、ユイは答えを教えてくれそうにはなかった。ルカが何かを言うのをいつまでも待つつもりのようだった。仕方なく、考えのまとまらぬまま、ルカは思いついた言葉を口にして言った。

「……お客さんは喜んでたけど、安住さんはどうだった？　……とか、その……感想を求めたというか……」

すかさずユイはツッコミを入れてきた。

「そんなの当たり前すぎるじゃないの⁉　アサヒさんだよ。ぶっ飛んじゃってる人なんだから、よく考えなさいよ。このタイミングでこんなこと聞くか⁉　っていう内容よ」

「あっ！」

突如閃いたものがあったルカは声を上げ、目をまん丸にした。その表情にユイは満足したようにこくりとうなずいた直後、今度は困惑した表情を浮かべてこう言った。

「そう。あの人らしいわ。完全な掟破り。事実上、お見合いをぶっ壊した上に、ルール無視の質問を安住さんにぶつけたのよ。よくもまあ、聞けたものだと感心するけどね」

「それで、安住さんはその場で、直接答えたんですか？」

ことの成り行きを早く知りたい、という好奇心を抑えられずにルカが聞くと、表情をさらに険しくしてユイは答えた。

「彼も困ったって言ってたわ。交際に進むかどうか、返事をするのは結婚相談所を通してするように、って強調しておいたんだから、今は返事をするべきではない、といったんは考えたらしいのよ。だけど、目の前にいるアサヒさんの真っ直ぐに問いかけてくる目を見ているうちに考え直したんだって。なんとなくだけど、分かる気がするわ。彼はこう答えたんだって。

『お見合いのルール上では直接伝えてはいけない、となってるんですが、お伝えします。残念ながらあなたを妻にする気はありません。あなたと夫婦になって、どんな家庭を築けるのか？まるでイメージが湧きません。それが理由です。申しわけありませんが、この話はなかったことにしてください』

断りの意思を直接相手に伝えるのって辛かったと思うわよ。でも、曖昧さのかけらもなくはっきりと伝えきった。立派だと思うわ」

ルカの好奇心はまだ満たされなかった。さらにこう聞いた。

「そう伝えられたときのアサヒさんの反応はどうだったんですか？」

困惑の表情はユイから消えていた。素に戻ったように平然と答えた。

「安住さんが言うには、

『あら、そう』

その一言だけだったそうよ。彼女も薄々分かってたんじゃない？　私の想像だけどね」

そう言ってから、にわかにユイの目に力がみなぎってきたようにルカには感じられた。

「実はね、話はそれで終わらないの。安住さんね、お見合いはこれで終わりにして、ビジネスの話をしませんか？　って話を振ったのよ。大勢の人たちを一気に魅了したアサヒさんのパフォーマンスの力に、イベント企画会社の社長として、ピンッとくるものがあったんですって。彼女と契約を結んで、ウチの得意とするＣＧを駆使した演出方法を組み合わせることで、世間をあっと言わせるようなイベントを創ってみませんか？　って誘ったんだって。安住さんという人もなかなかの人物よ。転んでもただでは起きない。チャンスは絶対に逃がさない、という企業人として貪欲な人なんだ、と思うわ。その話に、アサヒさんはじっと耳を傾けていたらしいの。私には分からないけど、何か考えるところがあったんでしょうね。

『近々、またお会いしましょう。今、抱えてる仕事はもうじき終わるから、その後でよろしければ、お話を詳しくうかがいたいわ』

彼女はそう言って、互いに名刺交換をしたって言うのよ。初めてだわ。お見合いの場で、お見合いに失敗した相手と、ビジネスの話に持ち込んでいくという意外な展開を見せるパターンは……」

自ら口にした言葉に何かひっかかりを覚えたのか、ユイはルカから視線をそらし、窓に顔を向けた。その動作につられてルカも窓を見た。まだ雨は降り続いていた。二人そろって窓を見つめたまま黙り込んだ。ユイの視線の先にあるのは、窓であって、窓ではない。今回の件で動き出した彼女の心であることをルカは感じていた。

（何を考えているんだろう？……でも、今は聞けそうにない）

心の内でそう思っただけで、そこから一歩もルカの考えは先へ進んでいかなかった。

（ユイさんが、何か言いだすのを待つしかない。私にできることといったら、それぐらいしか――）

そう思いかけたとき、急にユイが喋り出した。

「さて、あの人に連絡を入れましょうかね。掟破りの連続にお灸をすえてやらなきゃ、気がすまないわ。でも、どんな反応をすることやら……。ちょっと気合を入れ直さないと、あの人の天然パワーに負けてしまう。ルカ！」

ユイがルカの顔をキッとにらみつけるようにしてこう命じた。

「戸棚にリキュールの小瓶が何本かあったはず。その中の一番強いのを使って、ルカ・スペシャルの、さらにバージョンアップしたやつを淹れてちょうだい。そうでもしないとあの人には勝てないわ！」

本気半分、冗談半分の口ぶりであったが、ルカは小さく返事をすると、急いでキッチンに向かった。

3

長い電話だった。アサヒさんにかけた後で、ミナトさんにもかけた。

アサヒさんには、厳しい口調で、見合いの席をぶち壊したこととルール違反があったことを注意したのだが、手応えはなかった。自分のしでかしたことを素直に認めてはいるのだが、それ以上の反省となるとはなはだ疑わしい応答ぶりだった。その根本的な理由は、安住さんとの出会いを彼女は失敗だったとは思っておらず、大きな収穫だったと考えてる点にあった。彼女は、安住さんと出会わせてくれたことをユイに何度も感謝した。彼女の目に既に今回の出来事はなく、未来に向けられていた。彼から持ち掛けられたビジネスの話になると、その声は弾んでいた。それがユイの気持ちを萎《な》えさせた。

(トンデモナイ天然……。この人には何を言っても通じない)

あきらめの気分が強まったのだが、それでも彼女の明るい声を聞いているうちにユイの心に変化が現れはじめた。

(ああ、安住さんもこんな気分の変化を味わったのかな……?)

ユイは、今後、ますますの活躍を期待する言葉を告げることで電話を切るしかなかった。

大きくため息を一つ。傍で電話を聞いていたルカに向かって、ユイは疲れ果てた口ぶりでこう言った。

「バージョンアップしたルカスペシャルを飲んだけど、彼女には通じなかったわ。最強の天然キャラよ。途中で電話した目的を忘れちゃったもんね。完全にあの人に飲まれてしまった感じ……」

こぶしを固めて、両方のこめかみを軽くトントンと叩いてから、ユイはミナトさんに連絡を入れた。

つい今し方まで、安住さんから今日の見合いの顚末《てんまつ》を聞かされていたところだった、と彼女は言った。天然キャラの姉とは異なり、妹の方はいたって常識人だった。ユイから話題を振る前に、ミナトさんから謝罪の言葉が告げられた。

「アニメに詳しいのは知ってました。でも、まさか、お見合いの席でそんなパフォーマンスを……。あまりの常識のなさに身内として恥ずかしい限りです。安住さんは笑いながら姉にしかできない、姉だからこそ絵になる前代未聞のエンターテインメントでしたよ、と言われていたんですけど、当然お見合いのつもりでお出になられたんですから、さぞや驚かれたでしょうし、苦々しい思いもされたんじゃないでしょうか？　その場を想像しただけでやりきれない気持ちになります。せっかくユイさんに無理をお願いし、尽力してお見合いの席をセッティングしてもらったのに……申し訳なさで言葉もありません。ただただ許してくださいと謝るしかありません。ホントにゴメンナサイ……」

姉の身を案じ、なんとか見合いの場にまでたどり着けたというのに、姉の愚かな行動によって水泡に帰す結末となった。姉に裏切られたという悔しさから、ミナトさんの胸の中に溜まっていた思いが噴き出してきた。彼女の訴えは途切れそうもない。ユイはひたすらに聞き続けるしかなかった。

妥協することを知らない。その場の空気を読めない。本能の赴くままに突っ走るアサヒさんは、しばしば人間関係上のトラブルを引き起こした。そのたびに火消しに走り回り、尻ぬぐいをしてきたのがミナトさんだった。モデルとしての姉の力量を、他の誰よりも彼女は高く認めていた。憧れもしたし、尊敬もしてきた。だからこそ、どんなトラブルにも彼女は自分の意思で対処してこれたのだ。

だが、姉に対する愛憎のはざまで、ときとして心のバランスを失った。まだこれからだというのにモデル稼業から身を引き、家庭に入ったのもそれが一因だったのかもしれない。話を聞きながら、ユイはそんな想像を巡らしていた。

胸の中に溜め込んでいた思いを一通り語り終えたのか、言葉数が少なくなった頃を見計らって、ユイは彼女にねぎらいと励ましの言葉を送り、電話を切った。

「長かったですね」

そう言って、ルカはたった今淹れたばかりのティーラテをユイの前に差し出した。固く目をつぶり、指先で目頭をつまんでいたユイは、ティーラテの甘い香りに気付くと、早速カップに口をつけた。フーッ、と息を吐き、つぶやいた。

「助かった……アリガトね」

ルカは嬉しそうに微笑んだ。さらに、ユイのつぶやきが続いた。

「血のつながり、って、ホント、面倒臭い」

吐き捨てるような口ぶりだった。ルカには、そのとき、アサヒさんとミナトさん姉妹ではなく、ユイの母親、そして、お婆さんの面影が脳裏をよぎっていった。同時にルカの心の中に冷たいすきま風が吹き込んできた。

(私には、血のつながりも、その面倒臭さも、分からない……)

もの思いに沈みそうになったとき、またユイの声が響いてきた。乾いた口調だった。

「今日はもうあがっていいよ。私はまだやっておきたいことがあるから……。お疲れ」

# 最終話　神様の万華鏡

1

　ずいぶんと小降りにはなっていたが、まだ雨は降り続いていた。ルカの足はアパートに向かっていたのだが、足取りは重かった。なじみのスーパーマーケットの前にさしかかったとき、その足はぴたりと止まった。雨ににじみ、夕暮れどきの寂しげに沈んだ通りに、店の光が漏れ出ていた。光が啓示《けいじ》となった。ルカの顔はパッと明るくなり、迷うことなく小走りで店に入っていった。

（これで言いわけができる。最後まで見届けなくっちゃ……）

　嬉しさが溢れてきて、ほくそ笑んでしまうのを、ルカは抑えられなかった。

ルカが事務所から出ていくのを見送ってから、ユイはおもむろに事務机に座り直した。バッグのポケットから鍵の束を取り出すと、机の引き出しの鍵穴に差し込んだ。引き出しの中から、太くて赤いキャンドル、水晶玉、明るい水色の絹製の布、そして、古びたカードケースを一つ一つ取り出して机の上に並べていった。カードケースは赤いベルベットで覆われていて、長年使い込まれてきたせいで、ところどころ剥げていた。ユイはケースを左手に持ち、右手の指先の腹でその表面に円を描くようにそっと撫で回した。ケースに視線を落とし、ユイはささやいた。

「おばあちゃん。ずっと男運のない人って思い込んできたけど、そうではなかったようね。ルカから聞いたわ。だったら、おばあちゃん、私に力を貸してね……」

ユイは再びカードケースを事務机に戻すと、光沢のある水色の布を手にしてテーブルへと向かった。テーブルいっぱいに布を広げた。青い空、青い海。布の周辺には、いくつもの白い影が描かれていた。イルカだ。布に寄ったしわを伸ばすユイの手つきには、愛しいものを撫でさする思いが溢れていた。

次に、テーブルの上方に、小さな台に据えた水晶玉と銅製の受け皿に立てた赤いキャンドルを置いた。マッチでキャンドルに火を点《とも》すと、縦に伸びた楕円形の炎が現れた。ユイは椅子から立ち上がり、入り口近くにある室内灯の電源を切った。テーブルの上、及びその周辺だけを、キャンドルの炎の優しい光が照らし出した。その一区画を除いて、事務所の中は薄暗い影に沈んでしまった。

ユイはテーブルの椅子に戻ると、キャンドルの光が最も強く当たる位置にケースから取り出したカードをかざし、その中心部分を人差し指で軽くノックした。それから裏を向けたカードをテーブルに広げ、右回りに混ぜていった。充分に混ぜてから、一つにまとめたカードに念を送るような動作をした後、静かに目をつぶった。

さらに、両手を使ってカードをカットしていく。繰り返し、繰り返し……。すると、いつしかそのカードと手の動きにリズムが生まれてくる。リズムがユイの心の変化をもたらし、一種のトランス状態へと導いていった。ユイはカットするカードを見据えたまま瞬《まばた》きをしなくなった。

……と、突然、カットを繰り返していた手が止まった。ユイ自身の意識によるものなのか、あるいは、カードが、もういいよ、とユイに命じた結果なのか、定かではない。カードを揃え、テーブルの上に置くと、両手を重ねるようにしてカードに添えた。唇が動き、ブツブツと何事かを唱えはじめた。何を言っているのか、分からない。これもまた彼女の意識的な行為なのかどうか、はっきりしない。唇の動きが止まった。静かに揃っていたカードを二つに分け、新たに現れた面が最上位にくるように一つに重ねた。

その直後に、フーッと一つ息を吐いた。そのときだった。ユイの視界に、事務所のドアの前にたたずんだ黒い人影が飛び込んできた。

「うわっ！」

とっさにユイは大声を出した。その大声に黒い人影が全身をビクッと震わせ、同じように大声を発したのだった。その声には聞き覚えがあった。ユイは恐る恐る訊ねた。

「ルカ……？」

蚊の鳴くような声で、ハイ、と返ってきた。

「驚かさないでよ〜、全く。てっきり私にも見えるようになったのか、と……。で、なんで、アンタがここにいるのよ？」

近づいてきたルカの顔がキャンドルの灯りに照らされ、はっきりと見えるようになったところで、片手にぶらさげていたビニール袋を持ち上げた。

「一人で食べてもおいしくないから一緒に食べようと思って。スーパーでお寿司を買ってきました。まだすることがあるって言われたから、お寿司なら何かをしながらでもつまめるかな？と思って……。やっぱり迷惑でしたか？」

申し訳なさそうにそう聞いてくるルカに向かって、ユイは手を振った。

「トンデモナイ！ありがたいわ。でも、さすがにこれはお寿司をつまみながらできるものじゃないから。お寿司は終わってからにしましょ」

ユイは自分の横に座るよう促した。ルカはとりあえずお寿司をキッチンに置いて、言われるがままにユイの横に座った。ルカの目はユイが左手を添えているカードに留まった。

「それ、トランプじゃなくて……タロットカードですよね？」

ルカは興味津々だった。

「そう。おじいちゃんから、おばあちゃんへのプレゼント。ヨーロッパのどこかの国で手に入れた物だと聞いてるけど、よく知らないわ。それが母に譲られて、……私が事件を起こした後、家で引きこもっていたとき、暇つぶしにって母が手ほどきをしてくれたの。それ以来、このカードは私の物になっちゃった。カードだけじゃなくて、この布も水晶玉もキャンドルもタロット占い一式全部がそうよ」

そんなユイの説明に呼応したのか、静かに灯りを点していたキャンドルが、初めて、ジジッと音を立てた。音に驚いたイルカの白い影がテーブルに敷かれた布の青い海原ではねたように、ルカには感じられた。

（おばあちゃん。おじいちゃんとの愛を語ってくれた……）

ルカが結婚相談所にやってきて間もなくの頃、この事務所で出会ったユイのおばあちゃんの姿が、ありありとルカの眼裏《まなうら》に蘇ってきた。蘇ってきたのは姿ばかりではなく、おばあちゃんの全身から発せられていた温もりもそうだった。心地よくって、眠気を催させるような温もりに包まれながらルカは聞いた。

「タロット占いするのは……アサヒさんの……結婚についてですか？」

ユイの口元が緩み、フフッと小さな笑みが漏れた。

「なかなか鋭いわね。私なりの予感はあるんだけど、タロット占いではどう出るか？ 興味あってさ。いわば答え合わせみたいなもの」

ユイは再び両手を重ねるようにして、ブツブツとつぶやきはじめた。傍で聞いていたルカにもその全ての言葉は聞きとれず、わずかに、アサヒさん、安住さん、という名前だけが耳に入ってきた。最後にユイは両手でカードの束を押しいただいてから、一番上にあるカードにキスをした。神妙な顔つきになったユイを見て、ルカの緊張も一気に高まった。

（いよいよ、アサヒさんの結婚占いがはじまる……）

左手に持ったカードの束から、最初の六枚を捨て札としてテーブルの脇に置いた。そして、神聖なメッセージを伝える七枚目のカードを、ユイはからだの正面、比較的遠い位置に置いた。まだ裏向きのままだ。それから、そのカードを頂点の角に見立てて、正三角形を描くように二枚のカードを置いた。カードをシャッフルしたときのように、全て右回りで作業は進んでいく。

次に、再び六枚のカードを捨て札として脇に置いた。七枚目のカードを、既に作られている正三角形の頂点の角と対になる位置に置いた。今度は、頂点が下にくる下向き三角形を創るイメージで残り二枚のカードを置いていった。こうして上向き三角形と下向き三角形が重なった陰陽統合を表す図形、角が六つある六芒星、ヘキサグラムが出来上がった。そして、ファイナルだ。ヘキサグラムを形作る六枚のカードの中央に、七枚目のカードをセット。これでヘキサグラムスプレッドという占いをするためのカードの配置が完成した。

「さあ、カードをめくっていくわよ。果たしてアサヒさんの前途に結婚運は開けているのか？　カードとの対話のはじまり、はじまり……」

くだけた口調ではあったが、並べた七枚のカードを見つめるユイの目は真剣そのものだった。

（いい結果が出ますように）

ルカは胸の前で合掌し、目をつぶって、ユイに負けず劣らず真剣に祈った。

置いた順にユイは次々とカードをオープンにしていった。その手つきに迷いはなかった。七枚全てのカードがオープンになったとき、ユイは息を止め、目を大きく見開いてカードをにらみつけた。

ルカも同じだった。ただし、彼女にはカードが何を語っているのか、まるで分からない。それでも息を止め、カードをにらみつけることで、何か感じられるものはないか？　ルカは懸命に探ろうとしていた。そんなルカに解説するために、ユイはゆっくりとした口調で語り出した。

「最初に置いたカード、これは過去を示しているの。星のカードなんだけど、天地が逆になってるわね。アサヒさんの恋人に対する理想の高さ。でも、それにかなう人とは出会っていないということ。彼女の抱いている理想が高すぎるのよね。二枚目のカードは、現在を表している。このカードは聖杯8というんだけど、自分の思い描いているような恋愛は実現しないんじゃないか？　諦めかけていることを表わしている。過去、現在ときたのだから、当然三枚目は未来ってことになる。杖3というカードで、最初のカードと同様、天地が逆になってる。恋を諦めてる今のままではこの先も理想の恋人とは出会えない、と読めるの。ここまでが上向き三角形の三枚。分かった？」

ルカは、うん、と首を縦に振るしかなかった。ユイの口ぶりは淡々としたものだったが、要するに恋も結婚も絶望だということを語っているにすぎなかった。

（タロット占いって、残酷……。ユイさんは平然としているように見えるけど、本心はどうなんだろう？）

ルカは不安を覚えながらも、この先ユイは何を語ってくれるのか？　期待も込めて解説の続きを待った。

「それじゃあ、下向き三角形の三枚に行くわよ。一番下に置いた四枚目のカード、これが大事でさ。アサヒさんが希望する未来を招き寄せるためには何をすべきなのか、を教えてくれてる。

対策を示すカードなの」

　途端に、オッ！　という表情になったルカが身を乗り出してきた。するとユイは例の笑顔、片方の口角を上げるどこか意地悪そうな笑みを見せた。

「剣1というカードが出てるけど、アサヒさんが新たな出会いに積極的にならなければ、話にならない、と教えてくれてるわ」

　反射的にルカが口を挟んできた。

「お見合いには失敗しちゃったけど、新しいビジネスパートナーとして、安住さんもですけど、アサヒさんも結構乗り気になってますよね。これっていい兆候なんじゃ……？」

　ユイは問いをスルーして、ルカから目をそらし、次のカードに視線を向けた。

「五枚目のカードは、周囲の影響について表わすものでね。杖キングというカードが出てる。アサヒさん次第なんだけど、恋愛関係にまで進展させられるお相手は並の男ではダメで、カリスマ性のある年上の男性だ、と出ているわ」

　さらにルカが前のめりになった。

「だったら安住さんはピッタリじゃないですか⁉」

　ユイはルカを見ようともしなかった。次の六枚目のカードに視線を送った。

「六枚目は、本心を表わしている。もちろんアサヒさんのね。このカードは、愚者というの。

恋愛や結婚を望んではいるんだけど、それ以上に自分のことを大切に思ってる。どんなに好きな相手でも、束縛されるのはイヤ。これまで通り自由奔放に暮らしていきたいと願っている。それがアサヒさんの本心なのよ。ま、今さら説明なんかしなくても、とっくに分かっていることだけどさ」

ルカは自分の顔をユイにぐっと近づけて迫った。

「それで、それで、最後のカードは何を語ってるんですか？」

ユイは、落ち着け、落ち着け、とばかりに、ぐいぐい迫ってくるルカの顔を手で制しながら、こう言った。

「ヘキサグラムの真ん中に置いた七枚目のカード。最終結果を示してるんだけど、金貨2というカードが出てる。イイ関係を続けられるようコミュニケーションを重ねていけば、そうね……半年ぐらい先に、アサヒさんの希望はかなう、かも……」

ユイは、チラッと横目でルカの顔を見た。ルカは腕組みをして、う～んとうなっていた。

「不満そうね？」

相変わらず片方の口角の上がった笑みを浮かべて、ユイは聞いた。

「……かも、というのが気に入らないんです」

ルカの視線の先で、ユイはつまみ上げた金貨2のカードをヒラヒラさせながら、こう言った。

「タロット占いはそういうものなのよ。方向性は示せても、要は本人の努力次第。な〜んにもしなくても、絶対に未来はこうなるなんてこと自体ありえないのよ。分かるでしょ？」

ヒラヒラと蝶のように舞うカードを目で追いながら、ルカは口をとがらせてつぶやいた。

「わかりますけど……。なんか、物足りない」

カードの舞いを目で追うルカが面白いのか、まるで猫じゃらしでも扱うように、ユイは、左右に、上下にカードを動かしてルカをからかった。

「方向性がわかっただけでも、もうけものよ。ハリウッドスター顔負けでカリスマ性もある安住さんというビジネスパートナーを得て、アサヒさんは新たな夢の実現に向けてチャレンジしていけばいい。そのプロセスで、二人が親密になっていけば、晴れてゴールイン！ってこともありえる。それぐらいの緩さがある未来予想図で、人間にとっては充分なんじゃないかな？バッチリ運命が分かっちゃったら、それこそ人生という映画にエンドロールが出ちゃうわよ」

そう言うと、ユイは手にしていたカードを元に戻し、つと立ち上がり、テーブルを離れた。

ルカは目の前に置かれた七枚のカード、アサヒさんの結婚運を占ったタロットカードの並びをボンヤリと眺めた。そんな彼女の目にユイが左手に持っていたカードの束が留まった。振り返ってユイを見た。自分には背を向ける格好で、窓の外を眺めていた。彼女の目を盗んで、ルカはそのカードの山の一番上のものをめくってみた。

上半身は裸、大きな角を生やした恐ろしげな顔の男が描かれていた。カードの下の方に英語が書かれていた。

THE DEVIL ——悪魔！

思わずルカはカードを伏せた。

（何もかも知ればいいってもんじゃない。知らないから……私みたいな人間でも生きていられる）

ルカがもう一度ユイの語っていたことを心の中で繰り返し、その意味するところを我が身に引き付けて考えていたとき、ユイの声が耳に届いた。

2

「雨、やんだみたい」

その声に誘われて彼女の方を振り向くと、左の手のひらを窓ガラスに添えるような姿でユイは窓の外に視線を送っていた。ルカも目をこらして窓の外に視線をやったとき、窓ガラスの端が一瞬光った。ビルのシルエット、そして、低く垂れこめた雨雲の輪郭の一部がその光に照らし出されて、つかの間浮かび上がり、すぐにまた宵闇に沈んでいった。ややあって、遠くの方で小さなくぐもった音の雷鳴が聞こえた。

「遠雷。梅雨明けも近い……」

ユイの声には不思議な響きがあった。ひとり言のようでありながら、実は世界に向かって宣言しているようでもあった。

ユイは顔をガラス窓の外に出そうとしたのか、わずかに窓を開けた。ずっと降り続いた雨で、外気温は上がっていない。ヒンヤリとした風が室内に流れ込んできた。心地良かったのだろう。ユイは窓を開けたまま、外気に身をさらしていた。

ガタン！

突然吹き付けてきた突風で、窓枠が大きな音を立てた。慌ててユイは窓を閉めようとしたのだが、窓はびくともしなかった。次の瞬間、空気を切り裂く音とともに突風、いや、暴風が吹き込んできた。予想だにしなかった、あっという間の出来事にユイもルカもなす術《すべ》がなかった。室内に点っていた唯一の灯り、赤いキャンドルの火が消えた。ほぼ同じタイミングで、テーブルの上に置かれたタロットカードが宙に舞い上がった。

パラパラパラパラパラパラ……

ヘキサグラムの形に配されたカードが吹き飛んだ後、積まれたカードの束から一枚ずつ、軽やかな音を立て、風に乗ったカードが天井近くまで飛び去っていった。キャンドルの火が消えてしまい、室内は闇に閉ざされたはずなのに、テーブルから次々に舞い上がるカードと天井の辺りで乱舞するカードの絵柄が、ルカの目にははっきりと識別できた。

（ん？　何故？）

疑問が湧くのと理由の分かったのが同時だったために、かえってルカの頭は混乱してしまった。棚にずらりと並んだガラス器が、一つ残らず妖しげに輝いていたのだ。ゆっくりと明滅を繰り返すガラス器は、呼吸をしているかのようだった。生命を宿したガラス器の光が、宙に舞うカードを照らし出していた。テーブルから飛び立ったカードは一枚たりとも落下せずに、天井を覆い尽くすのではないか、という勢いで、大きな円環を描きながらぐるぐる回り続けた。

だが、一枚一枚のカードの動きはランダムで、表を向けたり、裏を向けたり、横向きになったり、天地逆さまになったり……中には、コマのように回転し続けるものまであった。タロットカードの絵柄はカラフルで美しい。それが大勢で群舞するように変幻自在に動き回り、ガラス器の放つ妖しい光を受けて複雑な色どりを見せるのだから、美しさはさらに極まった。

ルカは、色彩を氾濫《はんらん》させながら無限の変化を見せ続けるカードの舞いを、飽きることなく眺めていた。偶然なのか、必然なのか、ガラス器の放つ光が重なり、飛び交うカードの群れの一角を照らし出したとき、その意味は分からなかったが、ルカにはそれがタロット占いによる一つの運命を表しているように感じられた。とっさにユイの顔を見た。ダンスホールと化した天井付近を、恍惚《こうこつ》とした表情を浮かべてユイもまた見惚れていた。以心伝心。ルカの無言の問いかけに応じるように、ユイは天井で円舞を踊り続けるタロットカードを見上げたまま語り出した。

「天井で舞ってるタロットカードは、私がマスターだってことを忘れて、自分の意志で次から次へと占ってる。占ってる相手が誰なのかは分からないけどね」

（やっぱり）

ルカは強くうなずいた。

「ほらっ！」

光を放ったカードを指差してユイは叫んだ。慌ててルカも振り返ったのだが、ユイの指差したカードが見つからない。それでもユイは語った。

「赤い衣装をまとった『法王』は結婚式を、踊る裸の女性が描かれた『世界』は結婚を意味してる。ウチのような結婚相談所にとっては最良のカードよ。でも、ちょっと前には別れの危機が訪れてた。白馬の騎士で表された『死神』が、それよ。これからも関係が進展せずに、イライラする時期がやってくる。手足を縛られ、頭を下にした格好の『吊られた男』ってカードが、それを暗示している。でもね。互いに結婚願望が強いから、将来的に結ばれる運命にあると出ていたわ」

「見えないんですけど……」

無念そうにルカはつぶやいたのだが、ユイの返事はつれなかった。

「見えるのは一瞬よ、一瞬。光るカードはどんどん変わっていっちゃうんだから。動体視力が良くないと見えないわよ。それと、何と言っても集中力の問題ね。

ほらっ！　今、光ってる。

仮にお見合いまでたどり着いても、お相手の性格はイマイチだって『悪魔』のカードが教えてくれてる。それでもいいから、と本人は願ってるの。『魔術師』のカードに表れてるわ。だけど、仮交際に踏み切っても将来的には幸せになれない。天地が逆になった『戦車』のカードにはっきり出てる。だいたいが二人の住んでる世界が違いすぎてると、これも天地が逆になった『死神』に示されている。同じくひっくり返った『力』のカードに表れているんだけど、今だって関係を良くしようとする勇気を持てずにいる。逆になったカードばかりなんだけどね、『吊られた男』に出ているのは、いっくら相手に合わせようと努力しても全然報われない、根本的に縁のない相手だった、ということなのよ」

ユイの解説を聞いて、ルカはガッカリしてしまった。ユイの言いつけに従って、一瞬現れる明るく輝くカードの組み合わせを目を皿のようにして見入っていたというのに、悲惨な結末を告げる占い内容だったからだ。

「ひどい……。真剣に見なきゃ良かった」

ルカがボソッと愚痴をこぼしたものだから、すかさずユイはこう諭《さと》した。

「ないわ〜、って思えるカップリングの場合、その現実から目をそらして、金もうけのために何が何でもお見合いを成功させ、成婚にまで持ち込んでしまうというのは間違いなの。やたらと結婚願望だけが強い会員さんと出会うけど、現実が見えてない人が多いの。たとえ結婚さえできれば、それでイイって言われても、あの人はダメ、やめときなさいって、はっきり言ってあげることも私たちの仕事なんだからね。タロット占いも同じよ。一期一会の真剣勝負。悪い占い結果が出たら、まずはその結果を受け入れて、自分を見つめ直すきっかけにすることで、違う道を探る努力をすべきなの。それをしないで、いい結果が出るまで占いを繰り返す人がいるんだけど、そんな人はタロット占いをする資格なんかない。現実は現実として受け入れること。全てはそこからはじまるの」

ユイの諭しを聞くうちに、ルカはうつむいてしまった。

(ひどい現実を受け入れて、私は生きているんだろうか? 受け入れるも何も、ただ流されてユイさんのもとへ流れ着いてしまった……。ユイさんはどうなんだろう? ひどい現実を受け入れたからこそ、結婚相談所を開けたんだろうか……?)

だが、ルカにはユイに聞く勇気はなかった。

ユイはルカから目を離し、再び天井で光りながらくるくる回るタロットカードに目を向けた。口を開いたユイの声は明るかった。

「ホントにキレイ！　いつまでも見ていたい気分だわ。一瞬一瞬タロット占いの結果を告げているけど、たちまちにして消えていく。同じカードの組み合わせは二度と現れない。結婚運が良かったり、悪かったり……無数のバリエーションを見せながら教えてくれてるわ。でもさ、運が良かろうが、悪かろうが、宙を舞ってるタロットカードを見てると、どれもこれもが例外なく美しい。ねえ、これってスゴイ発見じゃない⁉」

急に話を振られて、ルカはドギマギしてしまった。挙動不審に陥ったルカを楽しそうに眺めながら、ユイは話を続けた。

「結婚運の良し悪しって、人生を大きく左右するんだろうけど、実は大したことじゃないのかもしれない。……人って、どんな人生を歩もうとも、美しく輝ける生き物なんじゃないかな？一瞬にして消えてしまう宙を舞ってるタロット占いとおんなじで、人生も、ホントにはかない。でもさ、はかないからこそ、美しく輝けるんだよ、きっと」

棚に並んだガラス器の放つ光を反射して、妖しく、そして美しく輝くタロットカードに負けないぐらいに、ユイの目もキラキラと輝いていた。

（ユイさんの語る言葉は真実なのだろう。分かるんだけど、きっと私の目はユイさんのように輝かない……。どうしても、私みたいな人間が美しく輝けるようになるとは想像できない……）

ユイの目の輝きが強まるほどに、ルカの心には寂しさが募っていった。

そのとき、開いた窓から傍らに立つユイの足元から、子どもの笑い声が聞こえてきた。

ユイの表情は変わらない。

（ユイさんには聞こえないんだ）

笑い声よりも、そのことの方がルカには不可解だった。

キャッキャッという笑い声に、パチパチと手を叩く音が重なった。その声と音がどこから発せられたものなのか、ルカにはすぐに分かった。ユイの足元、光の届かぬ暗がりにそれは納められていた。あの西洋人形だった。

（あなたにも見えるんだ。キレイだね〜）

そう思えた途端、ルカの心を閉ざしかけていた寂しさの影が、少しばかり薄らいだように感じられた。

（ユイさんは一度も光を放っているガラス器に目をやってない。光が見えないのだろう。人形の笑い声や手を叩く音も聞こえてない。でも、私には見ることも聞くこともできる。今の私はただユイさんの傍にいるだけで、何の役にも立ってないけど、いつか彼女には見たり聞いたりできないことを私が補うことで、何か役に立てる日が来るかもしれない。そうなれば、もしかしたら、こんな私でも輝けるかも……）

この気持ちを少しでもいい、ユイに伝えたいとルカが口を開きかけたとき、機先を制するようにユイが話しかけてきた。彼女の目が発光してるんじゃないか、とカン違いしそうなほどにその目はキラキラ輝いていた。

「聞いて。面白いこと思いついちゃった。天の啓示だわ。このくるくる回ってるタロットカードって、神様が大きな手で筒をくるくる回して見ている万華鏡の模様なんじゃないかってこと。世界中の男と女を結婚という切り口で切り取り、万華鏡の筒の中に放り込んであるの。神様の万華鏡だもの。無数の男女の組み合わせで生まれる結婚運の占いなんてお手のものよ。神様から見たら、人間なんてちっぽけで愚かな生き物。どんな幸運だって、悲運だって、神様からすれば大差ないわ。でも、くるくる回して眺めることが楽しくって仕方がないんだと思う。そんな神様の喜びがこの美しさになって表れてるのよ。どう、面白くない？」

ルカはまたどう答えていいのか、分からなくなった。

（ユイさんは私を置いてきぼりにして、どんどん先に行ってしまう。とうてい追いつけるもんじゃない……）

ルカは言葉が出ず、口を半開きにして、ポカンとしていた。すると、ユイの足元から幼児の笑い声が響いてきた。

（そう。あなたはユイさんの万華鏡のお話が面白かったのね？）

ルカがそんなことを思ったとき、予想もしていなかったユイの言葉が口をついて出た。

「ルカも面白いと思ってくれたのね。嬉しいわ。だけど、あなたって、小さな子どもみたいな笑い声をあげるのね？」

「え⁉」

ルカは目をまん丸に見開き、ユイの顔をじっと見返した。

視線の先にあったもの――ユイの得意とする、人の心を見透かしたようなどこか底意地の悪い片方の口角だけを上げた、あの笑顔だった。

[著者紹介]
ともひで
30年前に女子高校で教師と生徒の関係だった二人が久しぶりに再会し、共作で小説（本作）を執筆。
共著者の一人には、著書に『1973-74　高校生　飛翔のリアル』『1993　女子高校生とホームレス』『2013　首吊りの木の下で』（文芸社）、『コロボックル・ヒュッテ幻想譚　ムネヤス先生が、いた』（山と渓谷社）、『仏が殺す夜』（風媒社）がある。

マリッジ・ハンター ユイ

2024年1月16日　第1刷発行　（定価はカバーに表示してあります）

著　者　　ともひで

発行者　　山口　章

発行所　名古屋市中区大須1丁目16番29号
電話 052-218-7808　FAX052-218-7709
http://www.fubaisha.com/
風媒社

乱丁・落丁本はお取り替えいたします。　＊印刷・製本／モリモト印刷
ISBN978-4-8331-5455-0